Eine junge Frau besucht ein Theaterstück über die Wende und ist die einzige schwarze Zuschauerin im Publikum. Mit ihrem Freund sitzt sie an einem Badesee in Brandenburg und sieht vier Neonazis kommen. In New York erlebt sie den Wahlsieg Trumps in einem fremden Hotelzimmer. Wütend und leidenschaftlich schaut sie auf unsere sich rasant verändernde Zeit und erzählt dabei auch die Geschichte ihrer Familie: von ihrer Mutter, die Punkerin in der DDR war und nie die Freiheit hatte, von der sie geträumt hat. Von ihrer Großmutter, deren linientreues Leben ihr Sicherheit gab. Und von ihrem Zwillingsbruder, der mit 19 ums Leben kam.

Olivia Wenzel, 1985 in Weimar geboren, Studium der Kulturwissenschaften und ästhetischen Praxis an der Uni Hildesheim, lebt in Berlin. Sie schreibt Theatertexte und Prosa, machte zuletzt Musik als Otis Foulie. Wenzels Stücke wurden u.a. an den Münchner Kammerspielen, am Hamburger Thalia Theater, am Deutschen Theater Berlin und am Ballhaus Naunynstrasse aufgeführt. Neben dem Schreiben arbeitet sie in Workshops mit Kindern, Jugendlichen und jungen Erwachsenen. In der freien Theaterszene kollaboriert sie als Performerin mit Kollektiven wie vorschlag:hammer. »1000 serpentinen angst« ist ihr erster Roman.

Weitere Informationen finden Sie auf www.fischerverlage.de

olivia wenzel

1000 serpentinen angst

Roman

FISCHER TASCHENBUCH

Die Autorin dankt dem Berliner Senat für das Arbeitsstipendium Literatur 2019.

MIX
Papier | Fördert gute Waldnutzung
FSC® C014496
www.fsc.org

2. Auflage, 2026
Erschienen bei FISCHER Taschenbuch
Frankfurt am Main, Mai 2022

Satz: Dörlemann Satz, Lemförde
Druck und Bindung: GGP Media GmbH, Pößneck
ISBN 978-3-596-70380-7

Kontaktadresse nach EU-Produktsicherheitsverordnung:
produktsicherheit@fischerverlage.de

I
(points of view)

Quiet! Hush your mouth, silence when I spit it out
In your face, open your mouth, give you a taste.

Missy Elliott

Mein Herz ist ein Automat aus Blech. Dieser Automat steht an irgendeinem Bahnsteig, in irgendeiner Stadt. Ein vereinzelter, industrieller Klotz, trotzdem unscheinbar. Eine Maschine, ein rostfreier, glänzender, quadratischer Koloss. Warum steht er allein, wer hat ihn erfunden?

Der Automat hat eine Glasscheibe an der Front, da kann ich hindurchschauen und alle seine Snacks sehen. Ich zoome näher ran: Die Snacks sind akribisch sortiert, lachen mich aus ihren Zellophankleidchen heraus an. Bei ihrer Anordnung haben vielleicht marktpsychologische Gründe eine Rolle gespielt, aber das ist jetzt egal. Diese leckeren, kleinen Snacks – von der morbiden Schweinerindswurst im Teigmantel bis zum Kokosschokoriegel – sie stehen hier alle nur für mich und ich hab' die Wahl. Ich kann sie in jeder beliebigen Konstellation anschauen, kaufen, einspeicheln und runterschlingen. *Mein lieber Scholli,* denke ich plötzlich, *noch 15 Minuten,* mein Magen gluckst, der Zug kommt bald.

Mein Magen gluckst noch einmal. Er will bloß Aufmerksamkeit, echter Hunger ist das nicht. Trotzdem fange ich an, in meiner Tasche nach Kleingeld zu suchen. Und während ich noch überlege, ob Kokos oder Schwein – mein Zeigefinger reckt sich schon zu den Tasten –, geht es los.

Der Automat aus Blech kommt mir plötzlich größer vor, er setzt sich in Bewegung. Auch das Gleis, neben dem ich stehe, fängt an, sich zu bewegen, der Boden um mich, der gesamte Automat, alles beginnt plötzlich zu schwingen, sogar ich selbst.
Für einen Moment verliere ich die Orientierung. Als ich nach oben schaue, sehe ich, dass der Himmel sich verdunkelt hat, überall Ruß. Mein Zeigefinger steht immer noch ausgestreckt. *Kokos*, schießt es mir durch den Kopf, dann falle ich auf die Knie, dann in Ohnmacht.

Es wäre vielleicht das Beste gewesen, ich hätte in dem Automaten Unterschlupf gesucht, gleich als ich den Bahnsteig betrat. Es wäre vielleicht das Beste gewesen, ich wäre sofort in diesen Automaten aus Blech eingezogen und hätte darin für ein paar Tage gewohnt. Hätte mich mit einer knisternden Folie aus Zellophan bedeckt und gegessen, was mir in den Schoß gefallen wäre, hätte mir schließlich eine raschelnde Toilette gebastelt. Ich hätte Ruhe und Zeit gehabt, ich meine, ich liebe Ruhe und Zeit, und ich wäre in Sicherheit gewesen. Ich hätte durch die Scheibe nach draußen schauen und die Menschen auf dem Bahnsteig beobachten können. Ich hätte Grimassen schneiden und pathetische Lieder singen, hätte die Gespräche der Leute live synchronisieren können. Den Menschen, die zu mir gekommen wären, um sich einen Snack zu holen, hätte ich eindringliche Fragen stellen können. Oder Antworten geben. Ich hätte mich verlieben können. Ich hätte meine bisherigen Berufe, mein bisheriges Leben einfach so vergessen können. Um Spaß zu haben, auf eine ganz verschrobene Art und Weise!
Ich hätte ein neues Leben beginnen können.

Aber ich will ja unbedingt hinaus in die so genannte weite Welt.

WO BIST DU JETZT?
Ich befinde mich in Durham, North Carolina, dem zweitnördlichsten der US-amerikanischen Südstaaten.
WAS IST DEIN LIEBLINGSESSEN?
Gestern habe ich mich in eine lokale Spezialität verliebt: Dicke, warme Waffeln mit Nüssen, Ahornsirup und Schokoladencreme werden serviert mit einem Topping aus frittierten Chickenteilen, also wahlweise mit vier Hähnchenflügeln oder -beinen.
PERVERS.
Ja.
WO WOHNST DU?
In einem soliden Hotel. Es gibt eine Klimaanlage, die Fenster kann man nicht öffnen. Wenn die Reinigungskräfte fertig sind, schalten sie alle fünf Lampen an, auch wenn ich nicht da bin. Im Innenhof leuchtet rund um die Uhr der Pool, obwohl es viel zu kalt ist.
UND WIE GEHT ES DIR? WAS IST MIT DEINEN AUGEN?
...
WAS MACHST DU MORGEN?
Ausschlafen.
ERZÄHL MIR NOCH MEHR VOM ESSEN.
Ein gut besuchtes Restaurant, es läuft unauffällige Musik. Die schwarze Kellnerin fragt mich: *You want them wings or them drumsticks?*

Drumsticks please, sage ich. Dann sagt sie, dass meine Frisur ihr gefalle. Ich sage: *This was more of an accident, but now I like it.* Wir lächeln uns an, als wären wir Freundinnen. Ich fühle mich plötzlich wohl … Zugehörig.
NETT.
Das Essen schmeckt mir, die Kombination aus Waffel und Hühnchen ist falsch, irritierend, perfekt. Es gibt keine weißen Angestellten im Laden, bloß ein paar weiße Gäste. Am Nachbartisch sitzt eine Mutter mit ihrem Sohn, beide schwarz, beide für die Dauer des Restaurantbesuchs in die Tiefen ihrer Handys abgetaucht. Der Junge sieht verträumt aus, spielt Autorennen, sein Körper ein bisschen zu groß für ihn selbst.
DAS HAST DU SCHÖN GESAGT.
Seit ich in den USA bin, sehe ich zuallererst die Hautfarbe der Menschen.
COOL.
Nein.
JETZT MACHST DU WIEDER DAS GESICHT.
LASS DAS BITTE, DAS IST DEIN WEISSES PRIVILEG-GESICHT.
Sorry, das war unbewusst.
IN ANGOLA HABEN SIE KOKOSNUSS ZU DIR GESAGT, ODER? AUSSEN BRAUN, INNEN WEISS. WENN DU DIESES GESICHT MACHST, VERSTEHE ICH, WIE SIE DARAUF KOMMEN.
Alle wollen ständig mit mir über Rassismus sprechen. Das ist doch nicht meine Lebensaufgabe.
DU HAST DOCH DAVON ANGEFANGEN.

WO BIST DU JETZT?
Immer noch in Durham, North Carolina.
WO BIST DU ZUHAUSE?
…
WAS SAGST DU?
…
WAS SAGST DU?
Ich sage, dass viele Schwarze sich hier kein Auto leisten können, aber dass die Stadt ausschließlich fürs Autofahren gebaut ist. Ich sage, dass ein schwarzes Pärchen letztes Jahr von einem stadtbekannten Rassisten auf dem Campus erschossen wurde. Ich sage, dass die Weißen auf dem Land viele Waffen haben und ich da besser nicht hingehe. Ich sage, dass auf dem Campus eine große Statue auf einem Sockel steht, die Silent Sam heißt, zu Ehren all jener, die im Bürgerkrieg gekämpft haben – für den Süden, gegen Lincoln. Ich sage, dass die Weißen ihre Gelder vom Campus abziehen, falls jemand die Statue anrührt, und dass nach Protesten der schwarzen Community ein Denkmal neben Silent Sam gesetzt wurde für alle afroamerikanischen Sklaven, die die Uni erbaut haben. Ich sage, dass das neue Denkmal aussieht wie ein Campingtisch: Eine große, runde Platte wird von gartenzwergähnlichen Figuren über Kopf gestemmt. Ich sage, dass diese Sklavinnen in die Erde eingelassen dastehen, als würden sie im Treibsand versinken, und dass manche Leute das neue, kleine Denkmal als Sitzfläche genutzt haben. Ich sage, dass man daraufhin Sitzhocker ringsherum gebaut hat, und das Denkmal dadurch wirklich ein Tisch geworden ist. Ein Tisch, den

die schwarze, versklavte Bevölkerung hochhält, aus dem Morast heraus, eine selbstverständliche Ablagefläche, von der weiße, wohlhabende Studentinnen in der Pause ihr Lunch essen. Ich sage, dass ich mir nichts von alldem ausgedacht habe.

DASS DIE SCHWARZEN GLAUBEN, SCHWARZ ZU SEIN, UND DIE WEISSEN WEISS.

Was?

DASS DIE SCHWARZEN GLAUBEN, SCHWARZ ZU SEIN, UND DIE WEISSEN WEISS.

Ja.

WAS IST MIT DEINEN AUGEN?

Verheult.

UNTYPISCH.

Na ja.

SEIT WANN IST ES EIGENTLICH PEINLICH, ÖFFENTLICH ZU WEINEN?

Manchmal komme ich abends ins Hotel, schaue stundenlang HBO auf dem riesigen Flatscreen, um mich vor meinen Gefühlen zu verstecken. Bis der Schlaf kommt. In der Nacht träume ich von jungen schwarzen Männern, die aus Flugzeugen in den Tod springen und dabei wütend die Namen weißer US-Amerikanerinnen rufen.

Ashley, Pamela, Hillary, Amber!

Viele Wolken, viele Namen, ein tiefes Fallen, am Ende kein Aufprall, bloß mein Erwachen.

WIE DU LOSGESCHLUCHZT HAST, ALS DIE STEWARDESS GEFRAGT HAT:

Do you want a cookie?

Ich habe geweint wie ein Kind, eine Stunde lang, rotzbesoffen über den Wolken.
DEIN WEICHES, OBSESSIVES HERZ. WENN DU'S AUFESSEN KÖNNTEST, WÜRDEST DU'S TUN?
Es kommt darauf an, wer es mir anbietet. Wie der Service ist. Womit es serviert wird.
FÜHLST DU DICH WOHL AN ORTEN, AN DENEN LEUTE FÜR DICH ARBEITEN?
Ja, sehr. Service-Inseln beruhigen mich.
VIELLEICHT, WEIL MAN HIER WÄHREND DER ARBEIT NICHT ÜBER POLITIK SPRICHT. DAS MACHT DIE ATMOSPHÄRE WEICH UND HARMLOS.
Andersherum geht es schon; die Politik spricht ständig über die Arbeit.
Watch now: the 10 most popular topics of politics of all times! Number seven: the future of labour!
Wir sind so gewöhnt an das Heilsversprechen von mehr Arbeitsplätzen, dass wir uns gar nicht mehr wundern, wenn einer vorbeikommt und flüstert:
Hello little slave of work – shake your booty, make it twerk!
WAS SOLLEN MENSCHEN SEHEN, WENN SIE IN DEIN GESICHT SCHAUEN?
Mich?
MIT WEM TRÄGST DU DEINE KONFLIKTE AUS?
Mir?
HAST DU JEMALS IN EINER TERRORISTISCHEN ORGANISATION MITGEWIRKT?
Nein.

WARST DU JEMALS TEIL EINER KRIMINELLEN ORGANISATION?
Nein.
IST DEIN HERKUNFTSLAND SICHER?
Nach welchen Kriterien?
WO BIST DU GEMELDET?
Zuhause.
WAS BEDEUTET DAS?
...
WO BIST DU JETZT?
Vor ein paar Tagen war ich in New York. In der Wahlnacht saß ich in einer Bar in Manhattan, nur wenige Blocks von Trump und Clinton entfernt.
WEITER, WEITER.
Ich unterhalte mich mit britischen Managern von Shell, wir sind besoffen und guter Dinge.
Cheers!
Ich habe mir Toleranz vorgenommen, will sie nicht verurteilen. Überraschend angenehme, eloquente Männer; wir kommen gut miteinander aus. Einer sagt, er sei Feminist, Angela Merkels Politik zerstöre Syrien, weil niemand zurückkehre, um das Land aufzubauen, Hillary Clinton habe so gut wie gewonnen. Der andere, Kee-nic, ist euphorisiert. *This is amazing,* wiederholt er immer wieder in British English, seine tiefe Stimme und die wohlklingende Sprache des ehemaligen Kolonialreichs ziehen mich an.
WELCHES DETAIL UNTERSCHLÄGST DU?
...
WELCHES DETAIL UNTERSCHLÄGST DU?

Und seine ›Ethnie‹.
WAS?
Seine ›Ethnie‹ zieht mich an. Aber es ist mir unangenehm, das so zu sagen. Oder zu denken.
WARUM?
This is amazing, sagt Kee-nic und meint die Stimmung dieser New Yorker Nacht, die Wahl, die Vorahnungen, vielleicht unser aller Gefühl, einem historischen Moment beizuwohnen. Gegen Mitternacht gehe ich mit ihm ins Hotel; wir sind überzeugt, dass am Morgen die erste weibliche Präsidentin der USA feststeht. Gegen halb drei haben wir uns betrunken in den Schlaf gevögelt. Mein Handy vibriert, Nachrichten meiner deutschen Freunde.
Nine eleven – eleven nine!
Pass auf dich auf!
What the fuck?
Ich schalte den Fernseher an, Trump beginnt gerade seine Rede. Kee-nic wacht auf, schmiegt sich an mich (so glatte Haut der Mann und riecht so gut, ist das Kokosöl?), wir schlafen noch mal miteinander. Während er mit seinem akkurat trainierten Managerkörper vor sich hinstößt, bekomme ich die Augen nicht vom Fernseher. Kee-nic stöhnt etwas, ich verstehe es nicht, er wiederholt es darum zweimal: *This is amazing. This is amazing.*
Donald Trumps Familie sieht tatsächlich geschockt aus, denke ich, während ich mich im 16. Stock eines Manhattaner Luxushotels von einem Mann ficken lasse, dessen Firma programmatisch die Umwelt zerstört.
UND VIER STUNDEN SPÄTER IM FLUGZEUG NACH

DURHAM DIE NETTE STEWARDESS MIT DEN COOKIES.
WO BIST DU JETZT?
Immer noch in Durham.
Hier steht auf eine Wand gesprüht: *Black lives don't matter and neither does your votes.*
HAST DU JEMALS EIGENTUM DEINER REGIERUNG BESCHÄDIGT?
Black lives don't matter and neither does your votes. Ich glaube, das ist kein korrektes Englisch. Ich glaube, das wird noch lange dort stehen. Ich weiß nicht, ob diese Dinge jemals aufhören werden oder sich verschlimmern. In den USA bin ich schwärzer als in Deutschland.
This is amazing.
Wie bitte?
This is amazing.
DER SKLAVENHANDEL IST DAS ERFOLGREICHSTE GESCHÄFTSMODELL IN DER GESCHICHTE DER MENSCHHEIT. ZWANGSARBEIT IST UND BLEIBT EIN ATEMBERAUBENDES KONZEPT! HANDELN MIT UNTERJOCHTEN KÖRPERN: AUSPEITSCHEN, VERGEWALTIGEN, AN BÄUMEN AUFHÄNGEN!
I love that idea!
Im anglophonen Raum neigt man zu sprachlichen Übertreibungen.
I would kill for the cookies they sell over there!
In Deutschland neigt man zu gewalttätigen Übertreibungen.
I would kill them if I could.

Leute zünden Wohnheime an, rufen Refugees so lang *Spring doch* zu, bis die sich aus dem Fenster der Unterkunft stürzen, verfolgen als 80-köpfiger Lynchmob irgendwelche Kids, um sie abzustechen. Ich muss glauben, dass diese Leute randständig sind. Ich muss glauben, dass die gesellschaftliche Mitte diese Angriffe verurteilt. Sonst unterschiede sich das Land, in dem ich lebe, wenig von den USA. Sonst könnte das Land, in dem ich lebe, schon bald genauso wählen. Sonst wäre das Land, in dem ich lebe, nicht länger mein Zuhause.

WAS PASSIERT DIR BEIM EINSCHLAFEN?

Ich falle.

WAS PASSIERT DIR BEIM AUFWACHEN?

Manchmal eine Melodie, ein Kichern, oft eine kurze, kalte Angst.

WO BIST DU ZUHAUSE?

Im Schlaf.

WAS IST DER GRUND DEINES AUFENTHALTS?

Wo, auf der Welt?

WOVON TRÄUMST DU?

…

WOVON TRÄUMST DU?

Für einen Moment sehe ich etwas aufflackern, ein Bild aus dem Geschichtsunterricht, aber aktualisiert, irgendwie neuer, mit Drohnen. Statt Köpfen in Stahlhelmen die Gesichter meiner Freunde. Meine lieben Freundinnen, wie sie rennen, sich ducken, stürzen, wie sie getroffen werden von Schüssen und Tritten, von Peitschenhieben, Fäusten und Bomben – irgendwo in Berlin, irgendwo in New York,

irgendwo in Thüringen. Meine Freunde mit abgetrennten Gliedmaßen, blutüberströmt, mit verzerrten Gesichtern am Boden liegend, meine Freundinnen zwischen eingestürzten Gebäuden. Meine Freunde mit weit aufgerissenen Glasaugen, über die kleine Fliegen huschen.
UND DANN?
Und dann:
Meine Freundinnen als Kapitel in einem Geschichtsbuch, das zugeschlagen wird, emotionslos, sachlich, weil das alles schon so lange her ist. Meine toten Freunde als etwas, das heute niemanden mehr betrifft. Meine toten Freundinnen als eine Erinnerung, als Denkmal auf Papier, über das man sagen wird:
Sei doch nicht so empfindlich, das war der Zeitgeist damals.

Ich starre in den Snackautomaten, der Snackautomat starrt in mich.

Von irgendwo dringt Musik; eine Rapperin beschreibt temporeich, wie sie und ihre Bitches husseln. Noch 15 Minuten, dann kommt der Zug, mein Magen gluckst.

Mein Gesicht spiegelt sich in der Scheibe; ich lächle mir zu, denke: *Schön, allein zu reisen,* drehe zwischen Daumen und Zeigefinger eine meiner Locken. Dabei bemerke ich die Spiegelung einer Gruppe blonder Schülerinnen. Ohne mich umzudrehen, beobachte ich, wie sie zusammenstehen und auf ihre Smartphones tippen. Der Track kommt aus einem ihrer Handys, sie sprechen nicht miteinander. Ich habe plötzlich Lust, auf dem Glas über ihre Gesichter zu lecken – ganz langsam, ganz gründlich.

WO BIST DU JETZT?
Am Flughafen in Berlin. Nach dem Eincheckprozedere sitze ich in der Wartehalle und schaue durch eine bodentiefe Fensterscheibe nach draußen auf die Maschinen. Ich mag Leute in grellen Westen mit Lärmschutzkopfhörern.
DU SCHWITZT.
Ich war spät dran, musste rennen.
WARUM LÄCHELST DU NICHT?
Was?
FREUST DU DICH NICHT?
...
BIST DU NERVÖS?
Nein.
BIST DU NERVÖS?
Übermüdet, ein bisschen aufgeregt vielleicht. So eine weite Reise habe ich lange nicht gemacht, dazu noch allein.
WARUM?
Warum ich allein reise, oder warum ich lange keine weite Reise gemacht habe?
WARUM BIST DU NERVÖS?
... es gab so einen Vorfall.
WEITER, WEITER.
Ich sitze in der Wartehalle. Weil ich nicht sicher bin, ob es im Flugzeug Essen gibt, kaufe ich in einer anderen, kleineren Halle Cola und Snickers. Dort ist niemand außer mir

und einem Mann. Er hat einen Bart und eine Kopfbedeckung, die ich nicht einordnen kann.
HAT ER DICH ANGEFASST?
Nein. So eine Geschichte ist das nicht. Er sieht mich überhaupt nicht.
OKAY. WEITER.
Während ich die kleine Wartehalle wieder verlasse, schnallt er sich eine Art Plastikgürtel mit einer merkwürdigen Ausbuchtung um die Hüfte. Dann wirft er ein weites Gewand über seine Schultern, das ihn komplett bedeckt. Ich bleibe stehen. Das Gewand sieht festlich aus und er irgendwie aufgebracht.
ER IST NERVÖS.
Sprengstoff! Selbstmordattentat!
Die Worte rasen mir durch den Kopf, da kann ich gar nichts machen. Der Mann setzt sich hin und beginnt mit weiten, hektischen Bewegungen des Oberkörpers nach vorn und hinten zu wippen. Dabei murmelt er Dinge vor sich hin; ich glaube, Angst in seinem Gesicht zu sehen.
SEIN LETZTES GEBET?
...
HAST DU EINE WAFFE DABEI?
Nein.
PFEFFERSPRAY?
Nein.
ANDERE ENTZÜNDLICHE GEGENSTÄNDE?
Um seinen Arm sind Bänder gewickelt, ich denke: *Das sind die Kabel oder Drähte.* Ich traue mich nicht, ihn anzusprechen.

Excuse me, Sir, do you wanna murder me or is this just a regular prayer?
Also beschließe ich, etwas anderes zu tun. Ich gehe zurück in den Vorraum, in dem die Ausweiskontrolle stattfindet und wo stichprobenartig Leute rausgewunken werden.
WURDEST DU RAUSGEWUNKEN?
Ich werde immer rausgewunken.
UND DANN?
Ich bitte einen Polizisten um Hilfe. Er zwinkert mir zu und erklärt irritierenderweise in breitem Thüringisch, dass er und seine Kollegen ihren Job bestimmt ordentlich gemacht hätten, dass er aber trotzdem mal wen rüberschicke.
Keen Grund zur Sorge, gäh.
Ich gehe zurück und setze mich in die große Wartehalle, esse das Snickers. Während meiner Abwesenheit hat der Mann sein Gebet beendet und sich umgezogen. Sein Gewand ist verschwunden, er läuft gelassen auf drei spielende Kinder und eine Frau mit buntem Kopftuch zu. Als er sich zu ihnen setzt, betritt ein Polizist den Raum. Er schlendert umher, mustert alle Wartenden, dann sieht er mich. Ich will den Blick senken, doch stattdessen schaue ich wieder zu dem Mann und seiner Familie. Der Blick des Polizisten folgt meinem, eins der Kinder klettert dem Mann gerade auf den Schoß.
WO BIST DU JETZT?
Ich steige ins Flugzeug.
Keen Grund zur Sorge, gäh.
Welcome on board! How are you today?
Voller Selbstekel, danke.

Be a hero! Better safe than sorry!
In New York wäre ich mit meiner Paranoia zur Heldin geworden. Plakate in der U-Bahn fordern auf, mit gutem Gewissen jeden Verdacht zu melden – für die Sicherheit der Stadt, für die Community. Aber in New York bin ich jetzt noch nicht.
GLAUBST DU, ES GIBT ECHTE HELDINNEN?
… Dieser Moment der Todesangst, dieser Moment, in dem ich überzeugt bin, gleich werde ich gesprengt. Und dann die Scham, jemandem so eine Ungeheuerlichkeit zugetraut und dafür denunziert zu haben.
BIST DU JETZT NERVÖS?
Ich kann nicht fliegen, ohne dass mich mindestens drei spektakuläre Fantasien über meinen Absturz ereilen. Und irgendwie glaube ich immer, ich wäre die Einzige, die überleben würde. Stürzt ein Flugzeug ab, sobald sich ein Vogel im Triebwerk verfängt?
Please fasten your seatbelts now.
TOTE HÜHNER – DAMIT WERDEN DIE TRIEBWERKE GETESTET.
Okay.
JE MEHR HÜHNER REIBUNGSLOS IN DER DÜSE ZERSCHREDDERT WERDEN, DESTO BESSER.
Oxygen will flow.
Eine Stewardess hat sich den Lippenstift über die Grenzen ihrer Oberlippe hinaus aufgetragen. Als sie versucht, mir mit dem Warenwagen Parfüm zu verkaufen, sehe ich einen Clown mit Leierkasten.
In case of emergency follow the following instructions!

Ich mag die Ansage, dass man zuerst sich selbst und erst dann den Kindern helfen soll, falls was ist.
Oxygen will flow!
BITTE KONZENTRIER' DICH.
ANGST VOR DEM ABSTÜRZEN, ANGST VOR TERROR.
WAS NOCH?
Ich will keine Person sein, die Angst vor ›Terror‹ hat. Ich meine, ich gucke ja auch nicht ständig an Häuserwänden hoch, ob mich gleich ein lockerer Dachziegel erschlagen könnte.
UND TROTZDEM STEIGST DU ALS ERSTE AUS, WENN ES IN DER U-BAHN NACH GAS RIECHT.
Fünf Leute sind mit mir ausgestiegen. Die waren auch verunsichert und haben auf die nächste Bahn gewartet. Wie wir uns angeschaut haben. Das vergesse ich nicht.
Do you want a cookie?
In der Armlehne gibt es vier verschiedene Kanäle mit Musik; auf den Monitoren läuft derselbe Film für alle Fluggäste. Eine turbulente New Yorker Liebeskomödie mit weißer Protagonistin. Der Film spielt oft in den Straßen New Yorks. Ich war noch nie in New York, trotzdem denke ich: *Alle Menschen im Film sind weiß, das muss viel Aufwand gewesen sein.*
KONZENTRIER' DICH.
DU BIST NERVÖS, DU FÜHLST DICH NICHT SICHER.
WAS NOCH?
Ich ärgere mich über den Film.
Und über Leute, die ihn angucken, ohne zu merken, dass was fehlt.

WAS NOCH?
Ich hab keine Lust, ständig solche Dinge zu besprechen.
WAS NOCH?
Ich schweife ab, schaue aus dem Fenster, denke über Wolken und verschiedene Formen von Terror nach, wie die Spülung der Toilette wohl funktioniert. Warum ich diese gemachte Angst in mich reinlasse. Warum ich das nicht besser abwehren kann. Wie die ganzen Exkremente wohl entsorgt werden. Ich denke plötzlich an einen Tag am See.
WELCHER TAG?
Als ich baden gehen wollte, und dann war da nur rechter Terror.
DAS KLINGT ABGEDROSCHEN.
National befreite Zonen, so was halt.
WIE VIELE SCHWIMMABZEICHEN HAST DU?
... rechter Terror ist, am See zu sitzen und vier Nazis kommen, zwei Frauen und zwei Männer. Sie sehen uns nicht, wir sitzen weit hinten im Schatten und haben trotzdem Angst.
WAS BEDEUTET WIR?
Mein Freund und ich, wir sind ein Paar, aber kein glückliches; wir haben uns vor einer halben Stunde gestritten. Rechter Terror ist: Als die Nazis kommen, gehören wir wieder zusammen. Sie ziehen sich aus, so wie ich mir das bei Soldaten vorstelle, stramm und zackig. Sie falten ihre Kleidung, stehen aufrecht und steif da, an einem heißen Sommertag, nackt und selbstbewusst, schauen auf den Strausberger Badesee, als gehörte er ihnen. Rechter Ter-

ror ist: nicht über diese Steifheit lachen zu können aus Furcht, entdeckt zu werden. Der größte und feisteste von ihnen hat ein Hakenkreuz auf die Brust tätowiert. Als sie zu viert so dastehen, beginnen zwei Familien synchron ihre Sachen einzupacken. Rechter Terror ist: Die Stimmung kippt von jetzt auf gleich, die zwei Familien verziehen sich, es sind nur noch wenige Leute am Badesee. Mein Freund und ich bleiben unbeholfen im Schatten, am Ufer sitzt ein weißer Mann, vielleicht Mitte 30, seine kleinen Söhne spielen im flachen Wasser. Die Nazis sehen auch ihn nicht sofort und gehen schwimmen. Als sie wieder rauskommen und sich abtrocknen, wieder so stramm dastehen, wieder so hölzern, niemand hatte hier eben Spaß, bemerken sie, dass nur eins der Kleinkinder weiß ist. *Bäh, da war ja ein Neger im Wasser*, sagt einer laut und das Wort sticht mir zwischen die Rippen. Ich sage leise: *Wir müssen uns da jetzt daneben setzen, zu dem Vater.* Mein Freund sagt: *Auf keinen Fall. Das sehen die als Provokation, dann geht erst richtig was los.* Ich sage: *Aber wir können doch die Kids und ihren Vater nicht mit denen allein lassen.* Mein Freund sagt: *Den Kindern werden die nichts tun. Uns schon. Wir fahren jetzt.* Flüsternd streiten wir weiter, schließlich setzt mein Freund sich durch. Rechter Terror ist: Ich kann nicht riskieren, dass er verprügelt wird, ich weiß selbst nicht, was jetzt das Richtige wäre, rechter Terror ist: Auch wir verdrücken uns leise. Im Auto rufe ich sofort die Polizei an und höre, verfassungswidriges Symbol in der Öffentlichkeit zeigen ist verboten: *Gut, dass Sie anrufen, wir sind hier wirk-*

lich sehr bemüht, solche Leute zu schnappen, wo genau liegt noch mal dieser See? Rechter Terror ist: Die Polizei findet ihn auch nach zwei Stunden nicht, ich komme mit dem Gefühl zuhause an, etwas Schlimmes getan zu haben. Oder etwas unterlassen. Rechter Terror ist: Ich denke bis heute an diesen Tag, an die Unmöglichkeit, mich korrekt zu verhalten. Rechter Terror ist: Ich schäme mich für meine Feigheit. Rechter Terror ist: Ich war auch mal dieses Kind am See.

Excuse me, Sir, do you wanna murder me or do you just wanna hate me while you're swimming?

Was?

DIESE KOMBINATION AUS ANGST UND DER UNFÄHIGKEIT, ETWAS ZU SAGEN, OHNMACHT, HANDLUNGSUNFÄHIGKEIT, VERSTEHE.

WAS TUST DU DAGEGEN?

… es mir bewusst machen?

WO BIST DU JETZT?

Immer noch im Flugzeug.

Excuse me, dürfte ich mal bitte Ihren Boardingpass sehen?

Ich habe mich umgesetzt, also ich sitze eigentlich da hinten, aber es war so eng.

Das ist leider nicht erlaubt.

Aber die ganze Reihe ist doch frei. Oder, ach so, weil hier der Notausstieg ist?

Der Sitzplatz XL kostet 83 Dollar extra, sorry.

Weil hier mehr Platz ist? Aber die anderen Sitze sind viel zu klein für mich, ich kann da mit den Beinen nicht mal gerade sitzen.

Tut mir leid, Sie müssen jetzt bitte zurück an Ihren Platz gehen.
Ja, okay.
WO IST DEIN PLATZ?
...
WO IST DEIN PLATZ?
...
HAST DU EINEN KOMPASS DABEI?
Wozu?
HAST DU DAS GEFÜHL, DEIN LEBEN HAT EIN ZENTRUM?
Vielleicht.
HAST DU DAS GEFÜHL, DEIN LEBEN NÄHERT SICH EINEM ZIEL?
Nein.
WER SIND DEINE NACHBARN?
Meine Nachbarn?
WO BIST DU GEMELDET?
In Berlin.
WO KOMMST DU HER?
Ich komme –
WO KOMMST DU HER?
Ich komme –
WO KOMMST DU HER?
Ich komme –
WARUM LÖSCHST DU IMMER DEINEN BROWSERVERLAUF?
Was?
BIST DU VERLIEBT IN DEINE BEWEGUNGSFREIHEIT?

WARUM KAUST DU AN DEN NÄGELN?
Manchmal habe ich Schwierigkeiten, zu merken –
WÜRDEST DU GERN EINE BUNTE GRAPHIK DEINES BEWEGUNGSPROFILS AUS DEN VERGANGENEN DREI JAHREN SEHEN? IN FORM EINER ÜBERRASCHUNGS-TORTE, AUS DER –
was gerade am wichtigsten ist.
WO BIST DU JETZT?
... Zuhause.
OKAY.
...
Zwei Tage vor der Abreise habe ich einen idiotischen Fehler gemacht, musste noch mal meinen Flug bei der amerikanischen Fluggesellschaft stornieren. Bei der deutschen Hotline hebt niemand ab. Ich wähle also die Nummer der englischsprachigen Hotline; kurz darauf buchstabiert mir eine Frau in gebrochenem Englisch minutenlang Worte, die ich kaum verstehe und in eine Suchmaske eingeben soll. Irgendwann, als das Stornoding endlich online läuft und buffert, frage ich, ob sie eigentlich in den USA sitze. *No no, on Fiji Island.* Wir reden übers Wetter, hier in Berlin und da, auf der Insel, so und so, aha, jaja, wir sind herzlich miteinander. Schließlich fragt sie, schüchtern auf einmal:
In winter, where you live ... does it snow?
Yes, sage ich. Darauf sie: *I have never touched the snow in my life.*
Es klingt wie ein Geheimnis und ein bisschen ehrfürchtig. Also versuche ich ihr zu beschreiben, wie das ist, Schnee,

wie es sich anfühlt, so eine schmelzende Schneeflocke auf der Hand. *It's like a very light raindrop, you know.* Als wir auflegen, habe ich das Gefühl, ich wäre gerade wirklich jemandem begegnet.
SWEET. WO BIST DU JETZT?
Ich schaue mir wieder die Wolken an. Der Gedanke, dass – egal, wie viel Regen oder Schnee da unten ist – viel weiter oben immer die Sonne scheint, beruhigt mich.
BIST DU IMMER NOCH NERVÖS?
Ich bin entspannt, der Film ist zu Ende, mein Ärger verflogen. Ich denke oft, ich hab Glück, in das Leben hineingeboren zu sein, das ich führe. Aber vielleicht ist das auch Quatsch. Wenn ich die Augen schließe, vergesse ich, wie verletzlich ich bin.
WÜRDEST DU GERN VERGESSEN, WER DU BIST?
Wieso?
WÜRDEST DU GERN VERGESSEN, WER DU BIST?
Nein.
WÜRDEST DU MICH GERN VERGESSEN?
… Nein.
FREUST DU DICH?
Worauf?
AUF ALLES, WAS KOMMT.
… ja. Merkwürdigerweise ja.
It's like a very light raindrop, you know.
It's like a very light raindrop.
It's like rain.
Ich werde bald landen und neue Dinge sehen, neue Menschen treffen, eine andere Sprache sprechen, anderes Geld

ausgeben. Ich werde die Wahl miterleben und bestimmt einen wichtigen historischen Moment – ich habe ein gutes Gefühl.

Ich stehe mit etlichen Leuten am Bahnsteig und warte auf den Zug. Noch vier Minuten, mein Magen gluckst.

Für einen Moment habe ich zu viele Gedanken, sie fallen mir runter. Doch ich bücke mich nicht danach, betrachte lieber mein Gesicht in der spiegelglatten Scheibe des Snackautomaten. Natürlich nur kurz; niemand soll denken, mit mir sei was nicht in Ordnung.

Plötzlich kommt aus dem Automaten eine lang vergessene Melodie.

Leise beginne ich zu summen.
So leise, dass niemand auf dem Bahnsteig es hört, nicht einmal die kleinen Mäuse zwischen den Schienen.

WO BIST DU JETZT?
Ich bin eben gelandet, niemand hat geklatscht … draußen sieht es kalt aus.
HAST DU LEBENSMITTEL DABEI?
Nein.
HAST DU MEHR ALS 10000 DOLLAR DABEI?
Nein.
UNTER WELCHER ADRESSE BIST DU ERREICHBAR?
Das will ich spontan entscheiden.
OHNE ADRESSE GEHT ES NICHT.
Okay.
WER SOLL KONTAKTIERT WERDEN, FALLS DIR ETWAS ZUSTÖSST?
Was soll mir denn zustoßen?
WER IST DEIN KONTAKT IN CASE OF EMERGENCY?
Würde mich morgen irgendein Pickup Truck anfahren und meine Großmutter bekäme einen dramatischen Anruf aus den USA – sie bekäme einen Herzinfarkt gleich mit dazu. Das ist also keine Option.
Intense heart attacks! Brought to you by:
Your grandchild!
Stattdessen gebe ich den Namen und die Nummer von Kim an. Damit wäre meine Großmutter sicher nicht einverstanden und Kim schon gar nicht; sie hasst die Tatsache, dass ihre Daten nicht ihr gehören.

SMARTPHONES, FACEBOOK, GOOGLEMAPS – DAS WAREN IRGENDWANN MAL FEUCHTE, GRÖSSENWAHNSINNIGE TRÄUME EIFRIGER STASI-MITARBEITER.

A sexy, sexy dream come true!

Und vielleicht, denke ich plötzlich, *hasst Kim auch mich. Sorry Miss, we have sad news. We've got your friend here in the hospital. You were mentioned as her emergency contact. She's in a very critical condition. Could you please help us find – hello? Miss, are you still there?*

Aber vielleicht würde Kim den Hörer nicht einfach auflegen, falls mir etwas zustoßen würde. Vielleicht würde sie innehalten, an mich denken, sich Sorgen machen. Oder sie würde Hals über Kopf ihren Rucksack packen, die Wohnung verlassen und mir nachreisen. Vielleicht säße sie schon 28 Stunden nach dem dramatischen Anruf aus den USA an meinem Krankenbett in den USA. Ich läge noch im Koma, völlig zerbeult vom rücksichtslosen Pickup Truck, sie hielte meine Hand. Dann würde sie irgendwann beginnen, leise zu schluchzen, einzelne Tränen würden meinen Infusionsschlauch benetzen, vor der Tür würden sich viele einfühlsame Krankenschwestern und -brüder versammeln, und für mich, für uns, beten, *Halleluja*. Wenn Kim sich schließlich beruhigt hätte und ihre Tränen getrocknet wären, würde sie meine blutverkrustete Wange streicheln und sich flüsternd entschuldigen, ganz leise, fast tonlos, ihr warmer Atem in meinem Ohr. Sie würde bereuen, wie wir einander verletzt haben. Und dann, endlich, würde ich aus dem Koma erwachen und mein einziges, verbleibendes Auge auf sie richten.

STÖRT ES DICH, DASS MÄNNER IN SO WENIGEN FILMEN WEINEN?
Was?
BIST DU RELIGIÖS?
WELCHEM GLAUBEN GEHÖRST DU AN?
Ich gehöre niemandem an.
WORAN GLAUBST DU?
An soziale Beziehungen.
BIST DU LEDIG?
Das klingt mittelalterlich.
LEBST DU ALS ALLEINSTEHENDE PERSON?
Ja.
WO LEBEN DEINE NÄCHSTEN VERWANDTEN?
Das weiß ich nicht genau.
BESUCHST DU FAMILIENMITGLIEDER WÄHREND DEINES AUFENTHALTS?
Nein.
WO LEBEN DIE MITGLIEDER DEINER FAMILIE?
Ich habe keine richtige Familie, also im biologischen Sinne.
The lone wolf, far away from its pack!
So meine ich das nicht.
Out in the open – the adventure begins!
Ich komme aus einer Familie, in der die Idee, sich so weit wie möglich von sich selbst zu entfernen, übertrieben romantisiert wurde.
WAS SOLL DAS HEISSEN?
… Ich komme aus einer Familie, in der das Reisen immer eine unerfüllte Sehnsucht war. Aber nicht so lone-wolfmäßig, eher so …

WEITER, WEITER.
Picture this:
Meine Mutter: eine junge Frau mit blauen Haaren und Nietengürtel, eine Punkerin, gefesselt an die DDR. Eine junge Frau, die sich mit einem angolanischen Mann einlässt, in einer ostdeutschen Kleinstadt, in der alle einander kennen. Eine junge Frau, die sich fortwünscht, die exzessiv die Bewilligung der Ausreisegenehmigung herbeisehnt, kurz nachdem ›der Afrikaner‹ in sein Land zurückmuss. Eine junge Frau, die sich ein gemeinsames Leben in Angola ausmalt, ein Leben unter einer anderen Sonne, mit anderen Mentalitäten, ein Leben in Freiheit. Aber dann, mit 19, wenige Monate nachdem sie Zwillinge geboren hat: Verhaftung, Annulierung der Ausreisegenehmigung, Zerbröselung der Psyche im Stasiknast.
IST DAS DER PITCH FÜR DEN NÄCHSTEN, KLISCHEEHAFTEN DDR-FILM BEI DEN ÖFFENTLICH RECHTLICHEN?
Das Problem mit Klischees ist nicht, dass sie nicht stimmen.
SONDERN?
Sie stimmen ziemlich oft. Das Problem ist, dass sie immer wieder nur dieselbe, eine Perspektive beschreiben.
UND?
Picture this:
Meine Mutter: Eine Frau, die mich und meinen Zwillingsbruder aufzieht, so gut sie kann und so, als wären wir schuld an ihrem Leben, schuld daran, dass sie nie wegkommt aus dem *verfluchten Scheißstaat*, womit sie mal

die DDR und mal die BRD meint. Vor der Wende, nach der Wende – immer muss sie bleiben. Der Mann ist fort, hat schon eine neue Familie in Angola, weil die alte damals nicht nachkam, außerdem ständig zu wenig Geld, ständig allein.

ABER SIE HATTE DOCH EUCH KINDER.

Meine Mutter heute: eine 53-jährige Frau, die ihre multiplen Gefangenschaften nie verwindet und den gewaltsamen Tod ihres Sohnes auch nicht. Eine Frau, die sich selbst einweist und auch mich für tot erklärt. Ein verwundetes Tier, das ein Leben lang in die Ecke gedrängt steht und die Zähne fletscht.

TOLLWUT?

Was?

DARAN KANNST DU SCHON 15 TAGE NACH ANSTECKUNG STERBEN.

BIST DU GEIMPFT?

Wogegen?

GEGEN ALLES, WAS DIR GEFÄHRLICH WERDEN KÖNNTE.

Diese Narbe, diese kleine, reliefartige Aushebung auf dem Oberarm meiner Mutter und so vieler anderer in der DDR Geborener. Die hat mich als Kind fasziniert. Ich hielt sie für die Miniatur-Map eines geheimen, wunderbaren Landes.

PERVERS.

HEISST DAS, IHR HABT KEINEN KONTAKT?

Sie verweigert alles. Ich hab sie das letzte Mal bei der Beerdigung gesehen.

IN WELCHER EINRICHTUNG IST SIE JETZT?
Das weiß ich nicht.
UND DEIN BRUDER?
Was soll mit ihm sein?
WIE IST ER UMS LEBEN GEKOMMEN?
Ums Leben gekommen. Ums Leben drumherum gekommen?
ANDERE FAMILIENMITGLIEDER?
Mein Vater schreibt zweimal im Jahr eine E-Mail aus Angola. Eine davon kommt immer einen Tag vor unserem Geburtstag an, also mittlerweile nur noch vor meinem Geburtstag. Er kann sich das richtige Datum nicht merken.
UND DEINE GROSSELTERN?
Mein Großvater lebt nicht mehr, Krebs, meine Großmutter gibt es noch.
WO IST SIE JETZT?
Wahrscheinlich zuhause, vorm Fernseher. Oder beim Arzt.
WARUM SO ABSCHÄTZIG?
Picture this:
Meine Großmutter: treue SED-Anhängerin und stolze Mutter zweier Töchter, stolz ganz generell und oft, wegen der guten Verbindungen (Nylonstrumpfhosen und Jeans, Westschokolade und immer ein Bungalowplatz an der Ostsee), stolz wegen der hübschen, hochtoupierten, blonden Haare, stolz auf ihre auffallende Schönheit, auf ihre überdurchschnittliche Intelligenz, stolz auf die Schönheit und Intelligenz ihrer Töchter. Meine Großmutter: ein eitler Teenager, der sich nichts sehnlicher wünscht, als

Stewardess zu werden. Um das Angenehme mit dem Beruflichen zu verbinden. Um aller Herren Länder zu bereisen, um fortgehen zu können, ohne wirklich fort zu sein. *Weil klar, die DDR ist spitze, die ist meine Heimat, ich will ja nicht richtig weg.* Stewardess werden, um dem prügelnden Vater zu entkommen. Stewardess werden, um mehr zu sehen und mehr zu sein als die bekloppten Leute im Ort, Stewardess werden, um zu erfahren, wie sich Fliegen anfühlt. Doch dann leider nie Stewardess werden, sondern schwanger und später Sekretärin. Mit Mitte 40 Bandscheibenvorfall, seitdem arbeitsunfähig.

SO VIEL SCHEITERN AUF DER MÜTTERLICHEN LINIE.

Excuse me, is your family A) cursed, B) just very unlucky, C) mentally ill or D) pretty solid regarding the circumstances?

Meine Großmutter heute: eine niedliche, runde Frau knapp über 70, die Flugangst hat und keinen Fahrstuhl betreten kann. Eine Frau, die die Wärme ihres Heizkissens liebt. Eine Frau, die immer wieder träumt, dass sie fliegen kann, und die mit mir, ihrer leicht reizbaren Enkelin, nicht offen sprechen kann, schon gar nicht über den anderen Enkel, den Jungen, der sich das Leben nahm.

WIESO KANN SIE MIT DIR NICHT DARÜBER SPRECHEN?

WAS VERHEIMLICHST DU?

Nichts.

HAST DU SCHON MAL ÜBER DAS WORT ›HEIM‹ IM WORT ›VERHEIMLICHEN‹ NACHGEDACHT? ODER ÜBER DAS WORT ›UNHEIMLICH‹?

Nein.
ODER ÜBER DAS WORT ›GEHEIMNIS‹?
Alle Männer in der Familie sind tot oder weit weg, die hinterbliebenen Frauen beschädigt, jede auf ihre Art, und ich kann reisen, so oft und so weit ich will, obwohl es mir nie wichtig war. Obwohl ich nichts dafür tun musste, außer zur richtigen Zeit am richtigen Ort geboren zu werden. Ich kann sogar übers Reisen als Urlaubsunternehmung nachdenken, ich kann, während ich reise, über die selbstbestimmte, angenehme Erfahrung nachdenken, die ich gerade mache, während Tausende Menschen Zwangsreisen antreten, für die Worte wie Krise und Welle und Zustrom benutzt werden.
STOPP, STOPP, STOPP, DAS IST EIN ANDERES THEMA. KONZENTRIER DICH. REISEN ALS GRUNDTHEMA, EINSAMKEIT ALS NEBENWIRKUNG. WAS NOCH?
Wieso Einsamkeit?
WARUM KAUST DU AN DEN NÄGELN?
Als wir Kinder waren, ist unsere Mutter manchmal ohne uns in den Urlaub gefahren. Einmal reiste sie zwei Monate lang durch Französisch-Guyana und Suriname. In dieser Zeit lag unser Großvater im Krankenhaus und dadurch das Leben unserer Großmutter brach. Deshalb passte Melanie, eine Freundin unserer Mutter, auf uns auf. Melanies Partner, ein moderater Neonazi, war auch manchmal dabei. Wenn es Abendbrot gab, bat er meinen Bruder und mich gern lautstark zu Tisch; er brüllte dann durch die Wohnung, dass wir *Kaffeebohnen* endlich in die Küche kommen sollten. Als meine Mutter aus dem Urlaub zu-

rückkehrte, waren ihre Nägel zum ersten Mal nicht abgefressen, die Haut ringsherum unverletzt, so gut war es ihr im Ausland gegangen.
DANN IST SIE JA DOCH GEREIST.
WOHIN ÜBERALL?
Sie war danach jedes Mal tagelang traurig, dass sie wieder zurück nach Deutschland musste.
UND DU?
Ich habe mehr Privilegien, als je eine Person in meiner Familie hatte. Und trotzdem bin ich am Arsch. Ich werde von mehr Leuten gehasst, als meine Großmutter es sich vorstellen kann. Am Tag der Bundestagswahl versuche ich ihr mit dieser Behauptung 20 Minuten lang auszureden, eine rechte Partei zu wählen.
Intense heartaches! Brought to you by:
Your grandmother!
WAS MACHST DU JETZT?
Während ich einen Rollkoffer für meine Reise in die USA packe, bekomme ich interessante Gefühle. Vielleicht, weil ich das Gepäck, in das meine Mutter, meine Großmutter und mein Bruder ihre Schatten gestopft haben, für einen Moment liegen lassen kann. Vielleicht, weil ich bald mit einem anderen Gepäck unterwegs bin. Ich glaube, es gibt nichts Befreienderes, als anonym zu sein.
ES GIBT NICHTS EINSAMERES, ALS ANONYM ZU SEIN.
GLAUBST DU TATSÄCHLICH, REISEN HAT WAS MIT FREIHEIT ZU TUN?

Vielleicht. Aber vielleicht ist meine dem Reisen vorauseilende Nostalgie genau der Unfug, dem schon meine Großmutter und meine Mutter erlegen sind.
WIESO IST DAS WICHTIG?
Meine Familie?
HERKUNFT. WIESO IST DAS SO WICHTIG?
Am Ende des Tages ist es so: Ich stehe auf einer Dachterrasse in New York, habe zwei Gläser Rotwein getrunken und fühle mich gelöst und erwachsen. Und dann, am Ende des Tages, denke ich:
In New York gehe ich die Fifth Avenue entlang und esse unbefangen eine Banane.
Plötzlich kriege ich Herzrasen, schlucke mehrmals und schaue über die Stadt. Kein Wind geht, kein Hund bellt. Ich bin allein, mein Gesicht ist kühl, in der Ferne blinken die Lichter der Hochhäuser, als wollten sie mir etwas zumorsen. *Was denn?*, frage ich laut und spüre das zu schnelle Klopfen, *na was denn?* Seit Wochen dieses Herzrasen, immer öfter vor allem nachts. Ich habe mir angewöhnt, vor dem Einschlafen zwanghaft auf meinen Herzschlag zu lauschen. Vor Jahren meinte ein Arzt, Herzrasen habe oft psychische Ursachen, Angst. Wovor? Die Hochhäuser verraten es mir nicht. *Irgendwas kommt auf mich zu, das weiß ich,* denke ich und rülpse lautlos.
DU STEHST IN EINER PULSIERENDEN METROPOLE UND RÜLPST LAUTLOS.
Pulsieren die Menschen in einer 30-Millionen-Stadt intensiver als im Thüringer Wald? Habe ich mit den Menschen in New York mehr gemeinsam als mit denen im

Thüringer Wald? Warum fühle ich mich hier so wohl? Im Waschsalon, auf der Straße, im mexikanischen Schnellimbiss. Nur in die Kirche traue ich mich nicht. Ich habe Sorge, meinen Atheismus könnte man dort meilenweit gegen den Wind riechen.

MEILENWEIT GEGEN DEN WIND, ICH BITTE DICH.

Vor ein paar Jahren erzählte mir Kim, sie habe in einer Graphik gesehen, dass ich vom unreligiösesten Ort der Welt stamme.

WO IST KIM JETZT?

In Berlin.

UND WARUM FÜHLST DU DICH HIER SO WOHL UND NICHT BEI IHR?

In New York gehe ich die Fifth Avenue entlang und esse unbefangen eine Banane.

AUSGEZEICHNET!

DAS DREIFACHE PROBLEM MIT DER BANANE.

Let me explain:

1. Öffentlich eine Banane essen als schwarze Person: Rassistische Affenanalogien, *uga uga uga. Aua.*

2. Eine Banane essen als Ossi – die Banane als Sinnbild für die Unterlegenheit des beigen Ostens gegenüber dem goldenen Westen. Die Banane als Brücke in den Wohlstand, exotische Südfrüchte als Symbol wirtschaftlicher Übermacht. *Boah und die blöden Ossis standen da nach'm Mauerfall stundenlang für an, ey.*

3. Eine Banane essen als Frau – Blowjob, dies das. Die Banane als Penisanalogie und Werkzeug des Sexismus. Unsichere, pubertierende Teenager traumatisieren andere

unsichere, pubertierende Teenager. *Mach doch mal Deepthroat, hähähä. Hähähä.*
In New York gehe ich die Fifth Avenue entlang und esse unbefangen eine Banane.
Und danach merke ich: Das war eben ein kleiner Moment, den andere Freiheit nennen. In New York stehe ich nachts auf einem Dach und starre nervös und ahnungslos auf eine Skyline, die ich aus Filmen und von Postkarten kenne. Und danach merke ich: Das war eben ein kleiner Moment, den andere Zukunft nennen. In New York denke ich an meinen Bruder und vermisse ihn weniger als sonst. Und danach merke ich: Das könnte gut so sein.
WO BIST DU JETZT?
Zurück in Berlin.
WAS MACHST DU?
Ich sortiere mich. Ich verliebe mich. Ich melde mein Onlinedatingprofil ab, mache Sport, trinke weniger Alkohol und schlafe besser.
WIRKLICH?
Nein. Ich bin immer noch in New York.
WAS ERLEBST DU?
Dass ich dazugehöre.
WEITER, WEITER.
Dass ich joggen gehe und eine ältere, schwarze Frau ruft mir hinterher: *Keep up the good work, baby!* Dass ich diesen Satz noch Monate mit mir herumtrage. Dass mich Afroamerikanerinnen in der Nachbarschaft grüßen und mir warmherzig einen schönen Tag wünschen. Jeden Tag. Dass dadurch meine Tage tatsächlich schöner werden.

Dass Afroamerikaner sagen: *Darling, how are you today?*, und es fühlt sich an wie: *Du mein kleiner Schatz, ich hab dich lieb, jaja und ich hoffe echt, es geht dir gut; lass mich deine Wange tätscheln.* Dass ich mindestens fünfmal täglich angelächelt werde. Dass ich öffentlich gemocht werde.

IST DAS ALLES?

Alles, was bleibt, ja.

Ständig schwarze Männer in Business-Suits, schwarze Jugendliche auf Skateboards, schwarze obdachlose Seniorinnen, die sich in die U-Bahn quetschen – ich bin auf einmal Teil davon. Das kannte ich nicht.

HM. UND DIE POLITISCHE LAGE?

Das ist die politische Lage.

...

...

IST DIR BEKANNT, DASS NUR CIRCA 13 PROZENT DER GESAMTEN US-BEVÖLKERUNG SCHWARZ SIND?

Ja. Und?

IST DIR BEKANNT, DASS KNAPP 40 PROZENT ALLER GEFÄNGNISINSASSEN IN DEN USA SCHWARZ SIND?

This is amazing!

Wie bitte?

IST DIR BEKANNT, DASS VON DEN INSGESAMT FAST ZWEIEINHALB MILLIONEN INHAFTIERTEN IN DEN USA KNAPP 70 % NICHTWEISSE GEFÄNGNISINSASSINNEN SIND?

Was ist die Frage? Ob ich mich auch kriminellen Afroamerikanern zugehörig fühle?

TUST DU?
Keine Ahnung.
WARST DU JEMALS TEIL EINER KRIMINELLEN ORGANISATION?
Nein.
HAST DU JEMALS IN EINER TERRORISTISCHEN ORGANISATION MITGEWIRKT?
Nein.
WARST DU JEMALS MITGLIED EINER GANG?
Ja.
WIE BITTE?
Ich hatte mal eine Bande, in der Grundschule. In der Pause haben wir kleine Tunnel im Sandkasten gegraben und gehofft, durch den so entstehenden Geheimgang an noch geheimere Orte und Schätze zu gelangen. Einmal haben wir einen großen, merkwürdigen Knochen gefunden und wieder vergraben.
OKAY.
HAST DU JEMALS EINE STRAFTAT BEGANGEN?
Nein.
KEIN LADENDIEBSTAHL, KEIN FAHREN OHNE TICKET, KEIN GRAFFITISPRÜHEN?
... Vielleicht.
Three strikes and you're out!
Wie bitte?
Wenn du dreimal erwischt und verurteilt wirst, kannst du unter Umständen lebenslänglich kriegen – three-strikes law.
Für Graffiti und Lippenstift klauen?

DIE US-BUNDESSTAATEN LEGEN DIE GESETZE UNTERSCHIEDLICH STRENG AUS.
All good things go by three!
This is amazing, this is amazing, this is amazing!
DER SKLAVENHANDEL IST DAS ERFOLGREICHSTE GESCHÄFTSMODELL IN DER GESCHICHTE DER MENSCHHEIT. ZWANGSARBEIT IST UND BLEIBT EIN ATEMBERAUBENDES KONZEPT! HANDELN MIT ENTMENSCHLICHTEN KÖRPERN: KRIMINALISIEREN, INHAFTIEREN, AUSBEUTEN!
I love that idea!
ICH WÜRDE ZUM BEISPIEL DAVON ABRATEN, DEINEN KRIMINELLEN ENERGIEN IN KALIFORNIEN NACHZUGEHEN.
Ich bin in New York, nicht in Kalifornien.
Hey, young lady!
Hallo.
Can you name ten body parts that consist only of three letters?
Wie bitte?
Can you name ten body parts that consist only of three letters?
Einmal sitze ich in einem Waschsalon. In einer Ecke ist ein Röhrenfernseher montiert, über den Köpfen der Waschenden, es läuft eine spanischsprachige Telenovela. Darin bricht ein muskulöser Mann aus dem Gefängnis aus, um seine stark geschminkte Geliebte zu ehelichen. Zwischen silbernen, menschenhohen Apparaten, beigem Linoleum und dem Geruch von Weichspüler warte ich auf

meine Wäsche. Ein älterer schwarzer Mann kommt rein, setzt sich neben mich auf die Bank und gibt mir das Rätsel auf, zehn Körperteile mit drei Buchstaben, ich versuch's. *Eye, ear, lip, toe?* … Am Ende hilft er mir, das Rätsel zu lösen und lacht zufrieden.

UND?

Drei Tage später begegnet er mir auf der Straße wieder. Er sieht ramponiert aus.

KRIMINELL?

Er strahlt mich an, umarmt mich und wünscht mir alles Liebe. Eine harmlose, warmherzige Verrücktheit geht von ihm aus.

HÄTTEST DU SO EINEN MANN GERN ALS DEINEN GROSSVATER GEHABT?

Wieso?

WARUM ERZÄHLST DU VON IHM?

WORAUF WILLST DU HINAUS?

…

…

Einmal suche ich eine Stunde lang einen Copyshop und verzweifle fast, ich muss dringend etwas ausdrucken und verschicken. In einem Bushwicker-Laden für Steuererklärungen treffe ich einen jungen Afroamerikaner. Er bietet mir seine Hilfe an:

I could give you a ride to Staples if you want?

If you're not a creep, antworte ich, er grinst. Im Auto unterhalten wir uns gut. Er ist Filmregisseur, übergewichtig und absurd witzig, chauffiert mich den ganzen Tag herum, zum Copyshop, zur Post, zum Essen. Wir verstehen uns, lachen miteinander, bis heute schicken wir uns manchmal Nachrichten.

SCHLAFT IHR AUCH MITEINANDER?

Nein.

WARUM NICHT?

… Einmal gehe ich zu einem NBA-Spiel. Aufgepeitscht von der Stimmung lasse ich die Armada des Entertainments über mich hinwegrollen. Nacheinander treten fünf verschiedene Gruppen tanzender Cheerleader auf, ich bin jedes Mal begeistert, viel zu laute, schrille Sounds werden während des gesamten Spiels abgefeuert. Ein kleiner Zeppelin fliegt durch die Halle und filmt das Publikum, das hysterisch in die Kamera winkt, aufsteht und tanzt, um gut gelaunt auf riesigen Screens zu sehen zu sein. Sobald der Zeppelin vorbeigeflogen ist, hören alle auf zu tanzen und nehmen wieder Platz. Überall werden Snacks herumgereicht, Hotdogs, Pizza, Käsesauce mit ein paar Nachos, die obligatorischen Riesenpappbecher voll Cola; alles ist überteuert, schmeckt billig und gut. Der Jubel, das Grölen, die unmittelbare, kollektive, schallende Euphorie kurz vor Beginn des Spiels sind intensiv und packen auch mich. Plötzlich tritt eine junge Frau in Polizeiuniform auf und singt die Nationalhymne, vielleicht eine Latina (ist es wichtig, das so zu sagen?). Als alle aufstehen, bleibe ich sitzen und bekomme Gänsehaut: Die Stille und Ehrfurcht, die abrupt in den Madison Square Garden einfallen, haben Wucht: Tausende Amerikanerinnen singen gleichzeitig los, ein Gefühl wie zwanzigmal Abiball und zehnmal Beerdigung. Für einen Moment gehören alle diese Leute zusam-

men. Nach dem Spiel kann ich eine Stunde lang nicht sprechen, weil ich von der Schlagkraft des Events umgehauen wurde.
WARUM SO NEGATIV? ICH DACHTE, ES GEFÄLLT DIR IN NEW YORK.
Tut es auch.
WIE LANGE IST DEIN VISA GÜLTIG?
90 Tage.
HAST DU DIE ABSICHT, DANACH WIEDER AUSZUREISEN?
Klar.
INDIANER-EHRENWORT?
Wie bitte?
ICH MEINE: SCHWÖRST DU?
SO, WIE MANCHE NATIVE AMERICANS SCHWÖREN.
Wie schwören denn manche Native Americans?
These people! With their casinos and their booze.
Was?
They really know how to party!
Vor einigen Jahren war ich mit Kim in Kreuzberg in einem Club tanzen. Beim Rausgehen steht ein weißer Typ, vielleicht Mitte 20, in der Einlassschlange. Besoffene Augen, offenes Hemd, auf dem Kopf ein billig aussehendes Gebilde aus Plastik und Federn. Kim, ebenfalls angetrunken, sieht ihn und marschiert direkt auf ihn zu. Ob er mal darüber nachgedacht habe, was die Scheiße, die er hier abziehe, eigentlich solle? Wie problematisch das sei, dieser Kopfschmuck? Woher er das Recht nehme, sich die Kultur marginalisierter Minderheiten anzueignen? Ob er über-

haupt wisse, was er als weißer Cis-Mann für Privilegien besitze? Ob er überhaupt wisse, was er für ein Arschloch sei?! Bevor Kim den Typ schubsen kann, schiebe ich mich dazwischen, sage, er solle einfach mal darüber nachdenken, was er da auf dem Kopf trage, wir müssten jetzt los. Der Typ schaut mich an und lallt, dass er gar nicht verstehe, was das Problem sei, die Olle sei doch Chinesin, und Indianer hätten doch nichts mit Chinesen zu tun, was rege die sich denn so auf? In dem Moment hätte ich ihm gern eine Decke über die Schultern gelegt.

WAS FÜR EINE DECKE?

So eine mit Bazillen vergiftete, von Krankheiten, gegen die ich selbst immun bin. Aber so eine Decke habe ich leider nicht dabei. Deshalb ziehe ich Kim weg und lasse mich auf den Streit über mein mangelndes Rückgrat ein.

KIM IST ALSO CHINESIN?

Nein.

ABER?

Kein Aber.

IST SIE DEUTSCHE?

Kim ist in Deutschland geboren und aufgewachsen. Sie hat einen vietnamesischen Pass, ihre Eltern stammen aus einem Dorf südlich von Hanoi.

ALSO IST SIE KEINE DEUTSCHE?

Kim ist absurd klug und darf in Deutschland trotzdem nur kommunal wählen, solange sie ihre vietnamesische Staatsbürgerschaft nicht aufgibt. ›Blut und Boden‹-Ideologie, bis heute; zumindest das machen die USA besser.

Born in the USA!

Das Land der unbegrenzten Möglichkeiten – eigentlich ein ziemlich unheimlicher Slogan.
Born in the USA!
Ist Deutschland das Land der begrenzten Möglichkeiten? Gartenzäune und Bürokratie vs. vom Tellerwäscher zur Millionärin und dann sweet life in Beverly Hills?
WIE FINANZIERST DU DEINEN AUFENTHALT IN DEN USA?
Ich habe gespart und mir Geld geliehen. Außerdem hat meine Großmutter mir was geschenkt.
WAS MACHST DU BERUFLICH?
Ich arbeite nebenbei im Callcenter, Marktforschung.
WAS IST DEINE HAUPTBERUFLICHE TÄTIGKEIT?
Über Menschen und mich nachdenken?
KLINGT LANGWEILIG.
Geht so.
UND EINSAM.
…
WEITER, WEITER.
Eigentlich fühle ich mich nur einsam, wenn ich mit meiner Großmutter telefoniere. Ihre Traurigkeit tropft durch den Hörer direkt in mich rein. Und ich lasse das zu, weil ich sie liebe. Sie ist die einzige Person aus meiner Familie, zu der ich noch Kontakt habe; ihre Monologe sind Aufzählungen von Arztbesuchen, Krankheiten und Fernsehsendungen.
WEITER IN DEN USA, MEINTE ICH.
Ach so.
HAST DU ANSTECKENDE KRANKHEITEN? LEIDEST

DU UNTER EINER KÖRPERLICHEN ODER GEISTIGEN KRANKHEIT?
Nicht, dass ich wüsste.
KONSUMIERST DU DROGEN? BIST DU DROGENABHÄNGIG?
Nein.
WARUM BIST DU DANN SO NERVÖS?
Einmal kriege ich in den USA eine Panikattacke auf dem Times Square, weil es von allem zu viel ist. Zu viel Licht, zu viel Rush, zu viele Leute, zu viele hohe Häuser, zu viele Leuchtreklamen; Totalität im Schafspelz von Konsum und Glamour. Mein Herz pocht hektisch, meine Beine sind Wackelpudding, ich lehne mich an eine Hauswand.
Während ich konzentriert durchatme, beobachte ich eine Gruppe Latinas (ist es wichtig, das so zu sagen?). Sie posieren in bunten Kostümen bekannter Filmcharaktere auf dem Bordstein mit Passanten und bekommen dafür Bargeld. Mickey Mouse neben Spiderman, irgendeine weiße Disneyprinzessin neben Hulk. Ich beobachte, wie ein junger Mann im Elmokostüm seinen Elmokopf abnimmt und unter den Arm klemmt, hastig eine Zigarette raucht und dabei auf sein Handy starrt, vielleicht Pause, vielleicht Probleme. Den vorbeischleichenden Kindern schenkt er keinen Blick.
DAS IST LUSTIG. WEITER, WEITER!
Einmal sitze ich im Comedy Cellar. Ich lache Tränen über manche Stand-up-Acts, begreife dabei das Ausmaß deutscher Humorlosigkeit. Was sagt es über ein Land, wenn es mehrheitlich ekelhafte Lappen wie Mario Barth gut

findet? Am besten gefällt mir die Story einer weißen Performerin, bei der sie mit einem imaginären Kind aus der ›Dritten Welt‹ durch einen Wasserpark spaziert. Sie erklärt dem durstigen Kind, dass die Leute aus der ›Ersten Welt‹ das Wasser bloß zum Anschauen in Fontänen sprudeln ließen. Weil das so schön aussähe, nicht, um es zu trinken. Dann zeigt sie dem Kind einen Wunschbrunnen: Hier würden die Leute Geld hineinwerfen, weil sie davon zu viel hätten, und dann würden sie sich etwas wünschen.

And you know what they don't wish for?

... No.

Water!

DAS IST AUCH LUSTIG. WEITER!

Seit meiner Ankunft in New York schreibe ich mir auf einer Dating-App mit drei Leuten. Die Frau hört irgendwann auf, ich habe mal wieder das Gefühl, die Regeln des Onlinedatings nicht zu begreifen, von den beiden Männern ist einer interessant, wir verabreden uns schließlich. Zwei Stunden vor dem Date canceln wir das Date, er hat doch erst später Zeit und ich bin jetzt schon müde. Am nächsten Morgen schreibt er, er habe sich bei einem Umzug die Schulter verrenkt, *sorry, maybe another time, take care!* Etwas später fahre ich durch Manhattan und verliere den Überblick, weiß auf angenehme Art nicht mehr, wo ich bin. Irgendwann sitzt mir ein Mann gegenüber, der dem aus der Dating-App ähnlich sieht. Wir schauen uns immer wieder an, finden einander attraktiv. Schließlich denke ich: *Why not?*, stehe auf und gehe zu ihm, zeige ihm das Datingprofil von *sorry, maybe another time, take care!* auf meinem Handy. Ich sage: *Are you this guy?* Seine Augen weiten sich. Dann nickt er, wir starren einander an. Er sagt: *I never met anyone I know in the subway before, this is crazy!* Wir lachen und unterhalten uns fünf Stationen lang, beschließen: Diesen Samstag treffen wir uns auf jeden Fall, *wow, what a coincidence!* Zum Abschied umarmen wir uns, begeistert und emotionalisiert von der Unwahrscheinlichkeit unseres Treffens, nach seinem Ausstieg kommen hübsche Gefühle auf, romcom meets real life. Am Samstag meldet sich keiner von uns beim anderen, wir sehen einander nie wieder.

WARUM?

Eine Woche später habe ich eine lose Verabredung mit einem anderen Mann im Bookstore der French Embassy, dort fände eine spannende Veranstaltung statt, *feel free to drop by, if you can. It'll be truly thought-provoking!* Beim Einlass ein Securitycheck wie am Flughafen. Ich gehe die Treppe der Botschaft nach oben, stehe plötzlich in einem Raum voll schwarzer Künstlerinnen, Schriftsteller, Kuratorinnen, Verleger und Journalistinnen. Alle hochgebildet, eloquent, lässig, ihre Vorträge und Podiumsgespräche begeistern mich; *black excellence at its best,* lese ich später in einem Artikel. *In Deutschland,* denke ich, *glänzt nur white excellence – Ingenieure, Chemiekonzerne, Autoindustrie, dies das.* Und Türken machen Döner.

WIE BITTE?

In den meisten weißen Köpfen, meine ich.
WO BIST DU JETZT?
Keine Ahnung, wieder in Berlin?
May I see your passport please?
Ich spreche Deutsch.
Ach so.
Die Grenzbeamtinnen nicken mir kurz zu, als ich die Passkontrolle durchlaufe, in Deutschland sagt niemand *Willkommen zurück.*
WAS MACHST DU IN BERLIN?
Ich sortiere mich. Ich verliebe mich. Ich melde mein Onlinedatingprofil ab, mache Sport, trinke weniger Alkohol und schlafe besser.
STIMMT ES DIESMAL?
Ich bin wieder da, aber komme nicht richtig an, es ging zu schnell. Oder ich komme zwar an, aber ich fühle mich anders als vorher. Irgendetwas fehlt auf einmal.
IRGENDETWAS FEHLT IMMER.
Drei Tage nach meiner Rückkehr rufe ich Kim an. Ihre Stimme am Telefon klingt verdächtig normal; sie spricht mit mir, als hätte sie meinen Anruf erwartet, als hätten wir einander nicht fast ein Jahr lang ignoriert. Ich kann nicht heraushören, ob sie immer noch verletzt ist.
WOVON?

Hallo. Ich wollt' mich mal melden.
    Hi.
Du bist voll schnell rangegangen.
    Wie geht's dir?

Ganz okay. Und dir?

Gut. Was machst du?

Ich weiß nicht, ich hänge irgendwie rum, Jetlag und so.

Warst du länger weg?

Ja, USA. Aber nichts Besonderes erlebt eigentlich.

Wollen wir uns vielleicht mal treffen?

… Dein Ernst?

Zum Beispiel heute Abend. Ich kann auch in deine Richtung kommen.

Heute bin ich schon verabredet.

Ach so.

Abschiedsparty. Aber du kannst gern dazukommen auf ein Bier.

Ist das nicht komisch für die anderen oder wer feiert da überhaupt?

Die Schwester meiner Freundin.

Ah, okay.

Wohin geht sie denn?

Die Schwester meiner Freundin?

Ja.

Nach Neuseeland.

Zum Studieren?

Frag sie am besten selbst.

Ab wann seid ihr da?

Neun.

Cool, dann komm ich so gegen zehn. Falls das wirklich okay ist. Also auch für deine Freundin?

Kein Ding. Ich sag einfach, ich kenn dich nur flüchtig, du warst'n Tinderdate.

Okay.

Das war'n Witz.

…

Die wissen alle, wer du bist; die Hälfte der Leute kennst du bestimmt noch.

Äh, ja. Bis dann.

Du hast doch noch gar nicht gefragt, wo.

Wo trefft ihr euch denn?

In der blauen Trommel.

Voll weit weg.

Traust du dich jetzt doch nicht, oder was?

Doch. Also bis nachher.

Bis gleich.

WIE SÜSS IHR DAMALS WART.

Was?

IN EUREM URLAUB IN MAROKKO ZUM BEISPIEL, VOR DREI JAHREN.

Ich ziehe mich viermal um, ehe ich losgehe.

ANFANGS KONNTET IHR EUCH NICHT SATTSEHEN AN DEN FARBEN.

… Ja.

AUSGEBLICHENES TÜRKIS AN HÄUSERWÄNDEN, WARMES ROSÉ UND APRICOT AM HIMMEL, DAS KLARE WEISSBLAU DES MEERES, GOLDENE, GELBE UND TÜRKISE STOFFE AUF DEM MARKT, BEIGEROTE TEPPICHE. UND IN DER FERNE STETS EIN RÖTLICHES OCKER.

Als wir einmal beim Essen sitzen und über die Stadt

schauen, denke ich: *Wenn man von hier ist und nach Deutschland geht, dann muss es einem wie ein Krankenhaus vorkommen. Kim,* sage ich, *Deutschland ist wie ein Krankenhaus, nur als Land.* Sie grinst mich verwundert an, mit Öl auf den Lippen und einem kleinen, silbrigen Fisch zwischen den Fingern.

SWEET.

WOVON SOLLTE KIM IMMER NOCH VERLETZT SEIN?

Ich entscheide mich für weiße Sneakers, schwarze Jeans und einen grauen, weiten Pullover, dazu Lippenstift. Mein Outfit sagt: *Ich bin locker drauf, casual, aber nicht gleichgültig, etwas Mühe hab ich mir schon gegeben.*

DU BIST NERVÖS.

Einmal haben wir in Essaouira einen schönen, wortlosen Dialog beobachtet. Ein runzliger, kleiner Mann stand mit seinem Verkaufsstand auf der Marktstraße: Zwei weiße US-Amerikaner kommen vorbei, der dünne Alte nickt ihnen zu. Dann lächelt er sie an und entblößt dabei blutig rote Zähne, die Amerikaner stutzen. Mit der Hand winkt er sie heran. Sie gehen zu ihm und kosten von der Frucht, die er zum Verkauf anbietet. Sofort haben die Amerikaner auch blutrote Zähne und lächeln damit begeistert erst sich, dann den Alten an.

WIE HÄNGEN DIE ROTEN ZÄHNE DES RUNZLIGEN MANNES MIT KIM UND DEINER RÜCKKEHR AUS DEN USA NACH BERLIN ZUSAMMEN?

Marokko, die Wärme, wir dort miteinander. Dahin kommen wir nicht mehr zurück. Auf dem Weg in die Bar drücke ich meinen Handballen gegen die Stelle, unter der ich mein beunruhigtes Herz vermute. Als ich eintrete, fühle ich mich, als würde mein Körper in etwas Gefährliches hineinlaufen.

NEIGT KIM ZU GEWALTTÄTIGKEIT?

Nein.

ABER IHR SOZIALES UMFELD?

UMGIBT SIE SICH MIT DUBIOSEN CHARAKTEREN?

Blödsinn.

WOMIT VERDIENT SIE IHR GELD?

Sie arbeitet als Projektmanagerin für E-Commerce-Kram.

HAT KIM JEMALS IN EINER TERRORISTISCHEN ORGANISATION MITGEWIRKT?

Nein.

WAR SIE JEMALS TEIL EINER KRIMINELLEN ORGANISATION?

Nein.

HAT KIM ANSTECKENDE KRANKHEITEN? LEIDET SIE UNTER EINER KÖRPERLICHEN ODER GEISTIGEN KRANKHEIT?

Nein.

UM WIE VIEL UHR HAST DU AN DIESEM ABEND DIE BAR BETRETEN?

Vielleicht so gegen halb elf?

22:30?

Circa.

MIT WELCHER ABSICHT HAST DU DIE BAR BETRETEN?

Ich wollte Kim treffen.

MIT WELCHER ABSICHT HAST DU DIE BAR BETRETEN?
Ich wollte Kim nahe sein.
WAS UNTERSCHLÄGST DU JETZT?
... Nichts.
WOVON TRÄUMT KIM?
Keine Ahnung.
WOVOR HAT SIE ANGST?
Vor Schlangen und Tauben.
WORAN GLAUBT SIE?
An Gerechtigkeit?
Früher habe ich sie manchmal ›mein Friedenstäubchen‹ genannt.
UND HEUTE?
Heute denke ich manchmal mit dem gleichen Gefühl an sie wie an meinen Bruder.
OKAY ... WEITER.
Picture this:
Anfang der 90er Jahre, zwei schwarze Kinder stehen allein an der Straßenecke einer ostdeutschen Kleinstadt:
Als mein Bruder und ich ungefähr sechs Jahre alt sind, sperren wir uns aus Versehen aus. Mein Bruder will mir irgendwas im Hof zeigen, wir sind allein zuhause, schlüpfen in die Schuhe unserer Mutter und rennen raus, sofort fällt die Tür hinter uns ins Schloss. Nach ein paar vergeblichen Versuchen, sie zu öffnen, gehen wir los.
WOHIN?
Wir wissen nicht, wo sich unsere Mutter tagsüber aufhält, oder nachts, aber unsere Großeltern sind immer am

selben Ort. Also sprechen wir fremde Leute an und bitten um ein paar Groschen. An den Füßen tragen wir weiße Tennissocken, die die dunklen Pumps unserer Mutter zu zwei Drittel ausfüllen. Niemand scheint sich darüber zu wundern. Als wir genügend Kleingeld beisammenhaben, rufen wir aus einer Telefonzelle unsere Großeltern an. Ihre Festnetznummer ist die einzige, die sich seit unserer Kindheit nicht verändert hat und die wir, die ich auswendig weiß. Nach circa 20 Minuten fährt unser Großvater im Honda vor. Kommentarlos nimmt er uns mit ins Neubaugebiet, zu heißer Schokolade und Wiener Würstchen mit Ketchup.
WO GENAU BEFINDET SICH DIESES NEUBAUGEBIET?
Am Stadtrand.
WELCHER STADT?
... Manchmal, wenn ich an Kim und mich vor ein paar Jahren denke, zum Beispiel in Marokko, dann steckt auf einmal nicht mehr mein Bruder in den viel zu großen Absatzschuhen meiner Mutter, sondern Kim. Zusammen laufen wir aus einer Telefonzelle raus an den Strand. Es ist heiß, kein Honda kommt, niemand außer uns ist da. Ganz langsam, ganz ruhig, waten wir mit großen Pumps an den Füßen ins Meer. Unsere Schuhe werden immer schwerer, wir gehen Arm in Arm, in der freien Hand hält jede von uns ein Wiener Würstchen.
HAST DU GETRUNKEN?
Ja.
WIE VIEL?
Nicht genug. Gegen vier Uhr sind Kim und ich in der

Bar fast allein, die meisten Leute schon gegangen, auch Kims Freundin. Als sie sich zum Abschied geküsst haben, musste ich wegschauen. Jetzt ist mein Getränk leer, ich bestelle noch einen Gin Tonic, nehme zur Überbrückung einen Schluck von Kims Bier. Sie wartet, bis ich ansetze und mir den Alkohol in den Mund laufen lasse. Dann raunt sie: *Ich bin erkältet,* und ich muss so lachen, dass ich meinen rechten Arm voll Bier spucke. Später am Abend sagt sie: *Es ist immer so schön, wenn wir beide betrunken sind, oder?*
In unserer Beziehung hatte ich früher manchmal das Gefühl, sie würde an meiner Stelle traurig werden, fast so, als würde ich meine Emotionen auf sie outsourcen.
EMOTIONEN OUTSOURCEN?
Jetzt ist es auch wieder so.
DU FLIRTEST GANZ GERN MIT DEM KAPITALISMUS, ODER?
FINDEST DU KONZERNE, DIE MENSCHEN AUSBEUTEN, SEXY?
Wieso?
FINDEST DU SHELL-MANAGER UND UMWELTZERSTÖRUNG GEIL?
Eigentlich wollte ich mich bei Kim entschuldigen.
Finally!
WOFÜR?
...
FÜR MANCHE DINGE KANN MAN SICH JAHRELANG ENTSCHULDIGEN, UND WIRD TROTZDEM KEINE SCHULD LOS.

Woran denkst du?, fragt Kim plötzlich, und ich merke, dass wir länger nicht gesprochen haben.
WORAN DENKST DU?
Sie nimmt meine Hand in ihre. Mit der freien Hand greife ich nach meinem Glas und trinke einen Schluck Gin Tonic. *Soll ich dir was Lustiges erzählen?* Ich nicke. Aber Kim sagt nichts und schaut mich ruhig an; im Blickkontakt-Halten war sie immer stark. Langsam kommt ihr Gesicht näher, sie küsst mich auf den Mund. Offene weiche Lippen, keine Zunge. *Na komm*, sagt sie dann, nimmt mein Glas und trinkt es aus, *wir gehen schlafen*. Ich verkneife mir, nach ihrer neuen Freundin zu fragen, Kim zieht meine Jacke vom Haken unterm Bartresen und wirft sie mir über die Schultern. Eine Stunde später liege ich in meinem Bett und kann nicht schlafen. Sie mit dem Rücken zu mir, fast unhörbar schnarchend, ihr Hintern an meiner Hüfte, so wie früher, meine Schlafstörungen stärker als der Alkohol.
WORAN DENKST DU?
Den angestochenen Jungen.
WELCHER ANGESTOCHENE JUNGE?
Das war auf dem Heimweg. Aber daran will ich nicht denken.
WAS IST PASSIERT?
…
WAS WAR DAS FÜR EIN VORFALL?
Ich will lieber an was anderes denken.
UM WIE VIEL UHR HAT SICH DER VORFALL EREIGNET?
An was Schönes.

GLAUBST DU, AN WAS SCHÖNES ZU DENKEN KANN DIR SCHÖNE GEFÜHLE MACHEN? GLAUBST DU, KOPF UND HERZ FUNKTIONIEREN SO?
Schöne Gefühle. Mein Vater konnte diese Umlaute nie aussprechen. Wenn er sagen wollte: *Du bist schön,* dann kam dabei immer heraus: *Du bist schon.* Sagt zumindest meine Großmutter.
KONZENTRIER DICH. EIN ANGESTOCHENER JUNGE. BITTE BESCHREIBE DEN TATHERGANG.
Es gibt ziemlich viele Tage im Monat, an denen ich nicht an meinen Vater denke. An meine Mutter denke ich mehrmals pro Woche, an meinen Bruder immer. Ich glaube, es gibt niemanden, der jeden Tag an mich denkt.
WURDE DEIN BRUDER ABGESTOCHEN?
Nein.
UND DEINE MUTTER?
Das würde sie nie zulassen.
WO IST SIE JETZT?
Das weiß ich leider nicht genau.
WO BIST DU JETZT?
Auf dem Berliner Fernsehturm.
WIE BITTE?
...
WAS MACHST DU DORT?
Prosecco trinken, runtergucken. Der Eintritt hat über zwanzig Euro gekostet.
WAS WILLST DU HIER?
Ich find's schön, mich langsam und angetrunken über der Stadt im Kreis zu drehen.

WO IST KIM?
Ich hab sie seit dem Abend in der Bar nicht mehr gesehen.
WAS IST PASSIERT?
Nichts.
WAS UNTERSCHLÄGST DU JETZT?
...
HABT IHR EUCH GESTRITTEN?
Nein.
HAST DU JEMANDEN VERLETZT?
Nein.
HAT KIM JEMANDEN VERLETZT?
Nein.
WURDEN DU UND KIM OPFER EINER STRAFTAT?
Nein. Also zumindest nicht an dem Abend.
WAS WAR MIT DEM JUNGEN?
Vor zwei Jahren haben Geflüchtete den Fernsehturm besetzt. Um für ihre Rechte zu demonstrieren. Ich frage mich, wie sie das geschafft haben. Also nicht hier hoch zu kommen, sondern hier zu bleiben. Generell in diesem Land bleiben zu wollen. Mein Vater ist damals freiwillig zurückgegangen, kurz nach unserer Geburt. Obwohl er noch ein paar Wochen Aufenthalt hatte.
NACH ANGOLA?
Ja.
DORT WAR ENDE DER ACHTZIGER JAHRE BÜRGERKRIEG.
... So hat meine Mutter es uns erzählt.
UND DAS GLAUBST DU IHR?
...

PLANST DU, DEN FERNSEHTURM ZU BESETZEN?
Ich glaube, nicht.
PLANST DU ANDERWEITIGE UNGESETZLICHE AKTIONEN?
Nein.
PLANT KIM ANDERWEITIGE UNGESETZLICHE AKTIONEN?
Ganz sicher nicht.
WO IST SIE JETZT?
Arbeiten?
UND DER ANGESTOCHENE JUNGE?
Hoffentlich am Leben und gesund.
WEITER, WEITER.
... Nachdem Kim und ich an dem Abend die Bar verlassen haben, sind wir auf dem Heimweg in das Ende einer Messerstecherei geraten: Wir laufen Arm in Arm, Kim summt eine Melodie vor sich hin, als plötzlich ein Jugendlicher von der Seite gegen mich stößt. Lautes, unverständliches Geschrei von ringsum, viele Leute, die in verschiedene Richtungen stürmen. Der Junge, der mich angerempelt hat, sackt plötzlich zusammen. Ich löse mich von Kim, sehe, dass er dunkle Flecken am Shirt hat, nehme ihn von der Seite in den Arm, um ihm hochzuhelfen. Kim ist plötzlich fort, ihr wurde schwindlig wegen des Bluts, erklärt sie mir später, ich stehe da und halte den fremden Jungen, der sich wiederum die Seite hält; Aufstehen geht nicht, er setzt sich auf den Boden. Seine aufgebrachten Freunde laufen weiter ziellos herum, telefonieren mit heiseren, lauten Stimmen, Hysterie, Testosteron, Ohn-

macht, ein orientierungsloser Schwarm. Via Handy holen sie noch mehr aufgebrachte Jungs dazu, ich rufe deshalb mit der freien Hand selbst den Krankenwagen, mittlerweile hinter dem Jungen kauernd. Er lehnt seinen Rücken gegen meine Knie, ich denke nicht nach, meine freie Hand auf seiner Schulter. Plötzlich löst sich aus der Gruppe der Jungen einer, rennt auf uns zu und brüllt: *Zeig uns die Wunde, Bruder!*
Mit der linken Hand schiebt er das nasse T-Shirt des Verletzten hoch. Ich halte den Jungen weiter fest, während sein Freund das Blut spuckende Einstichloch mit dem Handy fotografiert, dann wieder aufsteht, wegläuft, dabei etwas ruft. Der Körper des Jungen an meinem Körper, er fängt an zu wimmern und mit den Händen das Einstichloch zuzupressen, fast so, als habe er die Verletzung erst durch ihr Fotografiertwerden realisiert. Ich halte den Jungen, bis der Notarzt kommt, bis die Polizei kommt, ich halte ihn, während zwei Polizisten die Freunde des Jungen mit dem Gesicht zur Wand stellen:
Euer Freund wird schon nicht sterben, der hat schließlich zwei Lungenflügel, jetzt seid leise, verdammt.
Ich halte den Jungen, während die Sanitäterinnen nicht die richtigen Bandagen finden und im Flüsterton vor sich hin fluchen, während sich eine Menschentraube bildet und die Jugendlichen an der Wand mustert, während Kim irgendwo um die Ecke auf einer Treppenstufe mit geschlossenen Augen sitzt. Die ganze Zeit halte ich den Jungen fest, aber vielleicht, denke ich jetzt, habe ich mich selbst auch bloß an ihm festgehalten.

UND? WIE IST DIE AUSSICHT?
Vom Fernsehturm?
FÜR DEN JUNGEN. DIE PROGNOSE.
Ich weiß nicht. Nachdem er in den Krankenwagen gebracht wurde, gehe ich los und suche Kim.
IST DAS ALLES?
Wie?
ALLES, WAS DU GETAN HAST?
Die Sonne bricht immer wieder durch die Wolken; Pärchen schauen sich verliebt in die Augen, während sie Mini-Croissants essen, dann verliebt über Berlin. Auf dem graubraunen Teppich bilden Punkte kreisförmige Muster. Billiger Lachs mit Meerrettich, überteuerter Sekt, gedämpfte Schritte; hier oben ist es fast wie in einem Flugzeug, fast wie Fliegen, aber langsamer, mit mehr Platz und ohne Ziel.
WARST DU SCHON FRÜHER IN DIESEM RESTAURANT?
Nein.
IST DER TURM EIN TREFFPUNKT VON DIR UND KIM?
Nein.
HAT DER TURM IRGENDETWAS MIT DEM JUNGEN ZU TUN?
Niemand interessiert sich hier für mich, aber ich kann mich in Ruhe für alles interessieren. Die Kellner kommen mir vor, als stammten sie aus Ostberlin. Sobald ich Deutsch spreche: ehrliche Freundlichkeit, als ich ein leichtes Thüringisch zulasse: Liebe.
Na der Zusammenhalt unter uns, der … der is' eenfach, na ja, 's merkste eenfach, gäh, dass der anners is'.

So weit über die Stadt zu blicken tut gut. Immer wieder ziehen Vogelschwärme vorbei; von oben auf sie draufzuschauen ist ulkig.
GEHT DIE GESCHICHTE MIT DEM JUNGEN SPURLOS AN DIR VORBEI?
Als ein Kellner mein Frühstück *360 Grad Celebration* abräumt, fällt mir ein, dass ich schon mal hier war. Anfang der 90er, mit meiner Mutter und meinem Bruder.
ALSO DOCH. WARUM?
Ich glaube, die Inneneinrichtung sah damals genauso aus wie heute, vielleicht gab es sogar schon diese chromfarbenen Ständer, die an den Tischen befestigt sind und in denen digitale Zahlen leuchten, vielleicht haben wir damals auch die Tischnummer Acht gehabt: Meine Mutter führt eine lautstarke Auseinandersetzung mit einer Kellnerin, weil sie ein vegetarisches Mittagessen bestellt, aber der Koch, wohlwollend und/oder ignorant, eine große Portion Bratensauce über Kartoffeln und Gemüse gegossen hat. Die Kellnerin und meine Mutter diskutieren hitzig, ob das Essen jetzt noch vegetarisch sei oder nicht. Meine Mutter sagt, nein, die Kellnerin, ja; mein Bruder und ich grinsen uns verschämt an, sitzen auf bequemen, auberginefarbenen Lederstühlen, die nicht knarzen. Ich denke damals zum ersten Mal, dass auch andere Leute Schwierigkeiten haben, meine Mutter richtig zu verstehen.
IM JAHR 1998 WAREN CIRCA DREI PROZENT DER BEVÖLKERUNG IN DER BRD VEGETARIERINNEN. HEUTE SIND ES KNAPP ZEHN PROZENT.
Sagt wer?

WIE ERKLÄRST DU DIR DIESEN EKLATANTEN ZUWACHS AN VEGETARIERN IN DEN LETZTEN KNAPP ZWANZIG JAHREN?
Mehr Aufklärung über die Zustände von Massentierhaltung?
BIST DU VEGETARIERIN?
Manchmal.
ALSO FLEXITARIERIN. UND KIM?
Kim liebt Fleisch. Wenn sie kocht, ist es wichtig, dass immer mindestens drei verschiedene Dinge auf dem Teller angerichtet werden. Fleisch, Gemüse und irgendwas Drittes. Wenn es nur zwei Dinge sind, schmeckt's ihr aus Prinzip nicht. Und sie ist ziemlich stolz darauf, dass sie so viele vietnamesische Gerichte kochen kann.
WENN JEMAND ABGESTOCHEN WIRD, GEHT SIE FORT, WEIL SIE KEIN BLUT SEHEN KANN. ABER TOTE TIERE ZU ZERSCHNEIDEN, ZU KOCHEN UND ZU ESSEN IST KEIN PROBLEM FÜR SIE?
Meine Großmutter hielt den Vegetarismus meiner Mutter früher für den Beweis, dass mit ihr etwas nicht stimmte. Meinem Bruder und mir heimlich Wiener Würstchen einzuflößen, wenn wir am Wochenende zu Besuch kamen, bedeutete ihr viel. Einerseits um der uns aus ihrer Sicht allzeit drohenden Mangelernährung vorzubeugen, andererseits als Akt der Rebellion.
WOGEGEN?
Meine Großmutter sagt bis heute manchmal, dass wir früher schon alle sehr unter der Susanne gelitten hätten. Aber sie sagt das immer seltener; ich glaube, sie macht

langsam ihren Frieden damit, dass sie ihre Tochter verloren hat. Dass ihre Tochter Susanne sich von ihr, von mir, von allem, was mit Familie und Vergangenheit zu tun hat, abgewandt hat.

Excuse me, is your family A) dead, B) just very far away, C) invisible or D) looking really pretty in these old pictures?

An Feiertagen, wenn Freundinnen zu ihren Familien fahren oder von ihnen besucht werden, laufe ich manchmal durch die Stadt, spiegle mich in den Schaufenstern geschlossener Geschäfte und halte mich für die einzige Überlebende einer Zombieapokalypse.

WARUM HAST DU DICH LETZTENS SO FRÜH AM MORGEN AUS DEINER WOHNUNG GESCHLICHEN?

Darum geht es jetzt nicht. Ich bin im Turm, ich schaue über die Stadt, ich habe Lachs gegessen und Sekt getrunken. Die Apokalypse kann kommen, von hier aus werde ich den besten Blick darauf haben.

WARUM HAST DU DU DICH LETZTENS SO FRÜH AUS DEINER WOHNUNG GESCHLICHEN? AM MORGEN NACH DER MESSERSTECHEREI.

Meine Großmutter hat panische Angst in Fahrstühlen; hier hoch zu mir könnte sie es unter keinen Umständen schaffen, nicht mal, wenn ihr Leben davon abhinge.

Nee, da krieg'n mich keene zehn Pferde rein, ums Verreck'n nich'.

Vielleicht, denke ich manchmal, *hat sie auch einfach Angst vor allem, was sie nicht kontrollieren kann und was sie nicht kennt, Berlin zum Beispiel.* Manchmal bittet sie

mich am Telefon, nach Einbruch der Dunkelheit das Haus nicht mehr zu verlassen.
WARUM HAST DU AN DEM MORGEN VOR ZWEI WOCHEN GEGEN 7:30 DEINE WOHNUNG VERLASSEN, *OBWOHL* ES NOCH DUNKEL WAR?

…

WARUM HAST DU DICH IN DIE BÄCKEREI GEGENÜBER GESETZT, BITTEREN TEE GETRUNKEN, FÜNF ZIGARETTEN GERAUCHT UND ZWEI STUNDEN LANG DEINEN HAUSEINGANG AUSGESPÄHT?
Ich habe gewartet, dass sie rauskommt.
WER?
Kim. Nach dem Abend in der Bar. Ich wollte sie nicht in meinem Bett neben mir aufwachen sehen.
WORAUF NOCH?
Was?
WORAUF WARTEST DU NOCH?
… Dass irgendwer mich mal besuchen kommt? Also so familymäßig.
WORAUF NOCH?
Dass ich aufhöre, darauf zu warten.
WIE IST DAS GEMEINT?
Als ich das letzte Mal bei meiner Großmutter zu Besuch war, schaute nach wenigen Minuten unverhofft ein Freund von ihr vorbei, Rudi. Ein älterer Herr, der ihr seit dem Tod meines Großvaters manchmal bei Reparaturen im Haushalt hilft. Als Rudi zur Tür reinkommt, guckt er mich erstaunt an, dann beginnt er zu lachen und prustet in raumgreifendem Thüringisch:

Näh! Das glaub' ich jetz' nich'. Ich hab dich da vorhin schon rumlatsch'n seh'n, draußen, als ich eingeparkt hab, und da dacht' ich mir schon so ... Aber dass du jetze die Enkelin von der Rita bist und keene Asylantin, Mensch, da ham wer ja nochma' Schwein gehabt!
Ich glaube, ich warte darauf, dass meine Großmutter versteht, wie es ist, ich zu sein in der Stadt, in der sie lebt. Was es mich kostet, diesen Ort auszuhalten. Wenn ich ihr von der Schule erzählen würde, die Refugees in Kreuzberg vor einigen Jahren besetzt haben, wenn ich ihr von dem verzweifelten Mann erzählen würde, der auf dem Dach dieser Schule stand und damit drohte, sich in den Tod zu stürzen, sollte die Schule geräumt werden, weil er lieber sterben wollte, als abgeschoben zu werden, wenn ich meiner Großmutter von dem weißen Polizisten erzählen würde, der auf dem Dach gegenüber stand und erst mit einer Banane, dann mit Handschellen dem Suizidgefährdeten zuwinkte, was sollte sie erwidern? Wenn ich meine Oma Rita fragen würde, ob sie Parallelen sehen könne zwischen dem Hass, der meinem Vater in der DDR entgegenschlug, auch von ihren Freundinnen, auch von ihren Arbeitskollegen, und dem Hass, der mir und meinem Bruder entgegenschlug, von Mitschülerinnen, Eltern und allen, die sich generell für Hitler begeistern, wenn ich fragen würde, ob sie Parallelen sehen könne zwischen dem Hass, der heute systematisch schwarzen Menschen in den USA entgegenschlägt, und dem Hass, der permanent und weltweit Geflüchteten entgegenschlägt, was sollte sie sagen?
Ja, stimmt. Danke für diese augenöffnenden Überlegun-

gen! Ich bin ab jetzt ein ganz neuer Mensch und Rudis Ansichten haben plötzlich echt nichts mehr mit meinen eigenen, superlinken, supernicen Überzeugungen zu tun. Cool!

Wie sollte sie reagieren, wenn ich sie fragen würde, ob sie sich vorstellen könnte, dass ich natürlich erstmal nichts mit von weißen Polizisten hingerichteten Afroamerikanern zu tun habe und auch nichts mit Refugees auf irgendeinem Dach in Kreuzberg, dass ich aber am Ende des Tages doch mit diesen Menschen im Alltag mehr teile als mit ihr, meiner Großmutter, nämlich die Tatsache, einem Blick ausgeliefert zu sein, der uns, wenn ich überhaupt von einem Uns sprechen kann, als das Gleiche begreift, als das Gleiche markiert, als das Nichtweiße, das Andere, als Beleg einer Idee von Hautfarben und Differenz?

DASS DIE WEISSEN GLAUBEN, WEISS ZU SEIN, UND DIE SCHWARZEN SCHWARZ.

Was?

DASS DIE WEISSEN GLAUBEN, WEISS ZU SEIN, UND DIE SCHWARZEN SCHWARZ.

Ja … genau.

SOLANGE DU AN DIESE KONSTRUKTE GLAUBST UND IHNEN ERLIEGST, BEKRÄFTIGST DU SIE NUR.

Das sind doch mehr als nur Konstrukte. Das sind jahrhundertealte Ideen; die sind in ihrer Wirkmächtigkeit so stark, so allumfassend –

RELAX. TRINK ERSTMAL 'NEN SCHLUCK.

Möchten Sie noch einen Sekt auf Eis?

Was soll mir meine weiße Großmutter antworten auf die Frage, ob sie eine Ahnung hat, was es bedeutet, keinen Ort zu kennen, an dem man selbst die Norm ist?
DU SITZT IN EINEM MITTELMÄSSIGEN RESTAURANT MIT EIGENWILLIGER DREHVORRICHTUNG UND SPEKTAKULÄREM AUSBLICK. DU KANNST DIR DEN EINTRITT LEISTEN, DU KANNST DIR DAS ESSEN LEISTEN, DEINE KLEINE EINZIMMERWOHNUNG IN NEUKÖLLN, KLEIDUNG, URLAUB, WENN DIR DANACH IST, FRISEUR, THEATER, SPRACHKURSE, DIES DAS. WIE VIEL MEHR AN NORM BRAUCHST DU NOCH?
…
ALSO.
LASS UNS ZURÜCK ZU KIM GEHEN.
Es gibt kein Zurück.
WIESO NICHT?
…
WILLST DU ZU IHR ZURÜCK?
Als ich letztens beim Bäcker saß, habe ich wirklich zugelassen, dass es bei mir ankommt. Es war auch vorher schon vertrackt, seit ich vor einem Jahr Mist gebaut hab, fehlt was, aber jetzt … Es gibt seitdem zu wenig Vertrauen.
WAS IST PASSIERT?
WAS HAST DU VOR EINEM JAHR GEMACHT?
…
WAS HAST DU GEMACHT?
Kims Geburtstag …
WEITER, WEITER.
Um Mitternacht singen und stoßen wir auf sie an – Ker-

zenschein, Schokotorte, viele Freunde, besoffene Köpfe, rote Wangen, verrauchtes Zimmer.

Schone Gefuhle, schone Gefuhle!

Kurz nach Mitternacht gehe ich mit irgendeinem Typen aufs Klo, setze mich auf die Waschmaschine, ziehe Hose und Slip aus, lasse mich von ihm lecken. Alle Freundinnen und Freunde bekommen mit, wie wir uns im Bad einschließen. Kim tritt so lang gegen die Tür, bis sie aufspringt, dann schaut sie mich einfach nur an. Alle schauen mich einfach nur an. Kim nimmt ihren Mantel und verlässt ihre eigene Party. Ich bleibe da, trinke immer mehr, drehe mich so lange auf der Tanzfläche, bis ich umfalle und liegen bleibe.

WARUM HAST DU DAS GEMACHT?

Kim hat sich nach dem Vorfall an meine Mutter gewandt. Sie hat ihr eine E-Mail geschrieben und mich in Blindkopie gesetzt. Ich weiß nicht, ob aus Rache oder weil sie sich ernsthaft Sorgen gemacht hat.

WAS STAND IN DER E-MAIL?

Ich kann ihr das nicht verzeihen.

WAS STAND IN DER E-MAIL?

... Dass ich mich kaputtmache, solche Sachen.

KAPUTTMACHE?

Dass Kim sich frage, ob mein destruktives Verhalten von meiner Erziehung komme. Oder von meiner mangelnden Erziehung. Dass meine Mutter sich vielleicht mal bei mir melden solle. Damit ich nicht so enden würde wie ihr anderes Kind.

UND?

Meine Mutter hat nicht darauf reagiert.

The intense pain of rejection! Brought to you by:
Your mother.
Ich weiß nicht, ob Kim einkalkuliert hat, dass meine Mutter auch weiterhin, nach all den Jahren, nicht ansprechbar sein würde. Ich weiß nicht, ob Kim mich damit fertigmachen wollte. Vielleicht wollte sie meine Mutter auch wirklich um Hilfe bitten.
WIE HÄTTE SIE DIR DENN HELFEN SOLLEN?
Als sie letztens bei mir geschlafen hat, lag ich die ganze Nacht wach. Aber nicht wegen der Wunde zwischen den Rippen des Jungen, sondern wegen den Dingen, die sie zu mir gesagt hat.
DEINE MUTTER?
Kim. Vielleicht hätten wir in dieser Nacht wieder miteinander geschlafen, vielleicht hätten wir versucht, neu anzufangen. Wenn die Messerstecherei nicht dazwischengekommen wäre.
NIEMAND KANN NEU ANFANGEN.
WANN HAST DU DEINE MUTTER ZULETZT GESEHEN?
Kim hat mir dann später im Bett, nachdem wir uns beruhigt hatten, gesagt, sie werde immer für mich da sein und mich auch immer lieben. Aber es gehe in meinem Leben zu viel um mich und meine Vergangenheit. Gegen die zwei habe sie keine Chance.
Gegen die beiden hab ich einfach keine Chance, weißt du.
Was bedeutet das?
JA, WAS BEDEUTET DAS?
Dass wir aufhören, einander nah zu sein. Beziehungsweise dass wir nicht wieder damit anfangen.

Aber versteh' mich nicht falsch, ich hab Lust, ab und zu was mit dir zu unternehmen, also nüchtern, in öffentlichen Räumen. Nur das hier, das geht nicht mehr.

NÜCHTERN WAS UNTERNEHMEN, IN ÖFFENTLICHEN RÄUMEN.

ZUM BEISPIEL?

Ins Theater gehen. In zwei Monaten läuft so ein Stück über die Zeit vor und nach der Wende, interessiert dich das?

Hm, vielleicht, keine Ahnung.

WAS IST MIT DEINEN AUGEN?

...

WORAN DENKST DU?

Von hier oben, aus dem Restaurant gesehen, fällt es ganz leicht, sich auszumalen, wie die ganze Stadt zerbombt wird. Die Vorstellung entspannt mich. Das adrette, weiße Paar am Nachbartisch hingegen, das offensichtlich und freudestrahlend gerade vom Standesamt kommt, nicht. Würde ich hier oben einen Terroranschlag verüben, wären die zwei als Erstes dran.

EINEN TERRORANSCHLAG?

Das meine ich nicht ernst.

BIST DU SICHER?

Ich bin nie sicher.

Für mich ist es wahrscheinlicher, beim Spazierengehen an Brandenburger Seen von drei Nazis krankenhausreif geprügelt zu werden, als mitten in New York oder Berlin, irgendwo in der U-Bahn oder einem gemächlich kreisenden Restaurant, Opfer eines islamistischen Anschlags zu werden.

ODER ZUR TÄTERIN.
HAST DU ÖFTER SOLCHE FANTASIEN?
Ja.
WAS TUST DU DAGEGEN?
Wieso sollte ich etwas dagegen tun?
TREIBST DU SPORT? FÄHRST DU MANCHMAL RAUS IN DIE NATUR, GEHST DU KLETTERN ODER JOGGEN?
In Brandenburg?
WURDEST DU ÜBERHAUPT SCHON MAL VON DREI NAZIS ›KRANKENHAUSREIF‹ GEPRÜGELT?
Mit 17 habe ich mir ständig gewünscht, dass es endlich passiert. Die Angst vor manchen Realitäten kann schlimmer sein als diese Realitäten selbst. Mein Bruder hatte einen Baseballschläger, seit er 15 war.
HEISST DAS NEIN?
Ja.
WIE HÄUFIG WAR DEIN BRUDER IN GEWALTTÄTIGE AUSEINANDERSETZUNGEN INVOLVIERT?
Ich warte immer noch darauf, dass er zurückkommt. Dass er sein Leben an der Stelle fortsetzt, an der es aufgehört hat. Ich warte immer noch darauf, dass dieses Gefühl endlich aufhört.
UND DEIN VATER?
Was ist mit ihm?
GLAUBST DU NICHT, DASS ER DARAUF WARTET, DASS DU ZURÜCKKOMMST? DASS DU DEIN LEBEN MIT IHM AN DER STELLE FORTSETZT, AN DER ES FÜR IHN AUFGEHÖRT HAT?
Wieso sollte das wichtig sein?

WANN HATTET IHR ZUM LETZTEN MAL KONTAKT?
Das war in Marokko.
Als ich vor drei Jahren mit Kim dort war, fuhren wir einmal mit dem Taxi von Sidi Kaouki nach Essaouira, zum Fischmarkt: Im Radio singt ein Berber ein Lied mit heiserer, warmer Stimme, der Taxifahrer fragt mich nach meiner Herkunft. Beim Antworten stelle ich fest, dass ich mir angewöhnt habe, anders als in Deutschland, zuerst meinen angolanischen Vater und dann meine deutsche Mutter zu nennen. Mein afrikanischer Vater ist in Marokko mehr wert.
OKAY.
Kim sagt dazu nichts, aber ich bin sicher, dass es ihr aufgefallen ist. Später kommt es im Taxi zu einem Missverständnis. Der Fahrer verweist mich an ein Hotel, in dem viele ›Schwarzafrikaner‹ arbeiten. Ich könne dort meinen CV einreichen, wenn ich wolle. Ob ich wisse, was ein CV sei? Das sei das, wo ich mein Leben auflisten würde. Ja, das wisse ich, aber nein nein, sage ich, ich meinte eben: Ich kann auch *von hier* aus arbeiten, nicht: Ich kann ja auch *hier* arbeiten. *Ach so.* Der Taxifahrer wirkt enttäuscht. Ich stelle mir kurz den Alltag als Reinigungskraft in einem marokkanischen Hotel vor, mit kleiner weißer Haube auf dem Kopf in gebückter Haltung, stöhnend oder summend … Ein anderes Leben, wenige Kilometer entfernt. Später schreibe ich meinem Vater auf Facebook eine Nachricht, impulsiv, die erste nach Jahren sparsamen Kontakts. Ich wolle ihm nur mitteilen, dass ich in Afrika sei, und wenn er wolle, könnten wir spontan versuchen, uns in

der Mitte der Strecke, die zwischen uns liege, zu treffen. Nachdem ich die Nachricht abgeschickt habe, gebe ich die Route bei Googlemaps ein. Jeder von uns bräuchte für die Reise über zwei Tage, der Mittelpunkt unserer Entfernung voneinander liegt irgendwo in der Wüste, die Reisekosten übersteigen mein monatliches Einkommen um ein Vielfaches.
WÜRDEST DU GERN NACH MAROKKO AUSWANDERN?
Nein, wieso?
ODER NACH NEW YORK?
ES HAT DIR DOCH GUT GEFALLEN, DICH DORT AUFZUHALTEN.
Ist bei Ihnen alles in Ordnung?
Was?
Möchten Sie noch ein Dessert bestellen?
Ein jungenhafter, weißer Kellner mit Überbiss mustert mich ausdruckslos. *Möchten Sie, dass ich gehe, damit hier die nächsten, wohlhabenden Touristinnen im Stundentakt durchgeschleust werden können?*, frage ich zurück. Der Kellner sieht mich erschrocken an. Sofort tut es mir leid. Ich drehe mich weg und schaue wieder aus der Fensterfront, werde dunkelrot und ernst, während der Kellner und ich geräuschlos weiter rotieren.
SWEET.
Als ich damals mit meiner Mutter und meinem Bruder hier war, haben wir uns um den Nachtisch gestritten. Ich hatte Pudding bestellt, mein Bruder Kuchen. Ich wollte tauschen, er nicht. Meine Mutter hielt sich raus. Am Ende

habe ich geweint, weil ich meinen Willen nicht durchsetzen konnte.
WIE IST DEIN BRUDER EIGENTLICH GESTORBEN?
Warum wollen das immer alle wissen?
WO IST ER JETZT?
...
WO BIST DU JETZT?
...
WO BIST DU JETZT?
Ich schließe die Augen.
Ich atme durch.

Ich stehe auf einem Bahngleis in irgendeiner Kleinstadt, hinter mir der Snackautomat.

Ich öffne die Augen, blinzle, schaue mich um.

Alle Menschen sind fort, ich bin allein am Gleis.

… Nein.
WAS NEIN?
Ich bin jetzt nicht hier. Ich bin woanders.
WO?
Vielleicht hatte Kim recht in ihrer E-Mail an meine Mutter. Vielleicht stimmt irgendetwas mit mir wirklich nicht.
WIE KOMMST DU JETZT DARAUF?
Kim musste damals früher abreisen als ich.
AUS MAROKKO?
Ja.
WOHIN?
Nach Hanoi. Sie wollte dort nach ihrem kranken Onkel und seiner Papierfabrik sehen. Nach ihrer Abreise saß ich den ganzen Tag mit pathetischen Gedanken am Meer und versuchte erfolglos, mit bloßem Auge zu erkennen, dass jede Welle einzigartig ist.
WARUM KAUST DU AN DEN NÄGELN?
Diese Ruhe, dieses kraftvolle Rauschen, das ja eigentlich kein Rauschen ist, sondern ein Geräusch, für das ich keine Worte kenne. Es wäre schön, eines Tages am Meer zu sitzen und zu sterben, und dann von den Wellen hinausgetragen zu werden, mich aufzulösen und Gischt zu sein.
WIRD'S JETZT SUIZIDAL?
Nein.

UND MIT EINEM FRIEDLICHEN LÄCHELN GEHT DAS TESTBILD DER ERDE IN EIN LEISES RAUSCHEN ÜBER.
Wie bitte?
WAS IST MIT KIMS ONKEL?
Er hat Lungenkrebs.
WARUM HAST DU SIE NICHT BEGLEITET?
...
WARUM BEGLEITEST DU SIE NICHT?
Ich brauchte damals einfach Urlaub.
DEN KANNST DU AUCH IN VIETNAM MACHEN.
Kim kommt allein klar, sie war schon oft in Hanoi, spricht fließend Vietnamesisch. Ich hätte da nur gestört, Vietnam ist ihr zweites Zuhause.
UND WAS IST DEIN ZWEITES ZUHAUSE?
... Ich selbst?
COOL.
Ja.
Damals in Marokko saß ich ein paar Tage nach Kims Abreise lange am Strand: Irgendwann kommt ein Mann vorbei, *Ich bin Hafik, hallo, wie geht's?* Er setzt sich neben mich, erzählt mir, er sei Fischer. Wir lungern entspannt rum und schauen aufs Meer, Hafik hat eine milde, angenehme Art, irgendwann bietet er mir eine Mandarine an. Die Frucht hängt noch an einem Stiel mit Blättern. Hafik erzählt mir vom Fischen und von Fischen, von Techniken und von Tieren, welche am besten schmecken, welche Tintenfische am gesündesten sind, dass Alkohol krank macht und er niemals welchen trinkt. Ich biete ihm von meinem Wasser an. Er nimmt einen winzigen Schluck und

bedankt sich dreimal. Er könne mich auch mal mit raus aufs Meer nehmen, *inshalla,* und natürlich nur, falls ich möchte. Dann erzählt er von seinem anderen Job, den er in der Hochsaison macht. Mit regionalen Ölen am Strand spanische Touristen massieren. Ich frage, welche Arbeit er lieber mag. Er schaut mich irritiert an. Als ich ansetze, die Frage zu wiederholen, realisiere ich, was sie über mich aussagt. Er habe auch ein Pferd, sagt Hafik. Wenn ich wolle, könne ich darauf mal am Strand entlang reiten, ohne Bezahlung. Ich lehne dankend ab, sage: *Ich laufe lieber auf meinen eigenen Füßen.*

Er sieht eigentlich sehr hübsch aus, dieser kleine, sehnige Mann, denke ich, und schätze ihn auf 35. Als er erzählt, er sei 20, bin ich verblüfft. Abends laufe er immer nach Hause, hinten in die Berge, 13 Kilometer, dort wohne er, sagt er lächelnd.

Tage später gehe ich spazieren und setze mich irgendwann in den Sand. Als ich zwischen meine Fußknöchel schaue, sehe ich Mandarinenschalen; ich habe mich an dieselbe Stelle gesetzt.

UND ALLES LEBEN VERLÄSST DIE DATSCHE.

Was?

WAR DEINE GROSSMUTTER JEMALS IN FRANKREICH?

Was hat das mit mir in Marokko zu tun?

HAT SIE IN IHREM LEBEN JEMALS EUROPA VERLASSEN?

Ich glaube nicht.

UND ALLES LEBEN VERLÄSST DIE KLEINGARTENSIEDLUNG.

Welches Leben?
DAS DEINER GROSSMUTTER, IN THÜRINGEN.
ABER VIELLEICHT WIRD SIE ES AUCH SCHAFFEN.
Was schaffen?
Bonsoir!
… Hallo.
Quel honneur!
Am Abend nach Kims Abreise gehe ich noch mal in das französische Restaurant, in dem ich zuletzt mit Kim essen war. Der Besitzer ruft mir zur Begrüßung zu: *Hier, j'ai fait une bêtise!*, und dass er vergessen habe, eine Flasche Wein abzurechnen. Ich bezahle bereitwillig, er weist mir einen Platz am letzten freien Tisch zu, demselben Tisch wie ein paar Tage zuvor, ich bestelle noch mal den gleichen Fisch.
DU HAST DICH AN DIESELBE STELLE GESETZT.
Ja.
DEINE GROSSMUTTER HAT SICH AN DIESELBE STELLE GESETZT, EIN LEBEN LANG.
Zwei junge, weiße Männer kommen rein und schauen sich suchend um, kein freier Platz, ich winke sie zu mir. *Vous pouvez vous asseoir ici, c'est libre*, sage ich.
Merci, sagen sie und setzen sich. Sie sprechen Schweizerdeutsch und ›Bundesdeutsch‹, wie sie es nennen, nach zehn Minuten gebe ich mich als ›Bundesdeutsche‹ zu erkennen, es entsteht ein freundschaftliches Gespräch. Nach einer Stunde finden wir heraus, dass einer von ihnen, Jon, Verwandtschaft in meiner Heimatstadt hat. Nach anderthalb Stunden staunen wir, dass sein Onkel der beste

Freund meiner Mutter war, damals, vor der Wende, als sie als Punks die ostdeutsche Provinz verunsicherten.
Quelle coïncidence!
What a coincidence!
Heute ist Jons Onkel Pfarrer und meine Mutter abgetaucht.
DEINE MUTTER HAT SICH AN KEINE STELLE GESETZT.
Wir sind begeistert über die Unwahrscheinlichkeit, dass wir uns hier begegnen, in einem marokkanischen Küstenort mit wenigen Einwohnern, Tochter und Neffe zweier einst eng Verbundener.
This is amazing!
C'est incroyable, n'est-ce pas, c'est fantastique!
Wir finden heraus, dass wir als Kinder zur gleichen Zeit am gleichen Ort gespielt haben, am Bauwagen von Jons Onkel. Wir erinnern uns an ein bestimmtes Sommerfest und dass das Wasser aus der Quelle nicht schmeckte, weil es sehr eisenhaltig war. Nach zwei Stunden weiß ich immer noch nicht, welchen der beiden Männer ich attraktiver finde. Nach drei Stunden sitzen wir am Meer, im Dunkeln, mit noch mehr Rotwein, dann in einer Bar. Sie heißt *Café sans Stress* und der Besitzer schenkt heimlich scheußlichen Rosé aus. Ein verwirrter, marokkanischer Rastafari sagt immer wieder *Konnichiwa!* zu uns und dass er Afrika wirklich verstehe. Wirklich. Verstehe. Nach fünf Stunden gehe ich mit Jon und seinem Schweizer Freund in ihr Hotelzimmer. Wir schlafen zu dritt miteinander, ein bisschen liebevoll, ein bisschen wie in einem Mainstreamporno für heterosexuelle Männer. Unter anderen, industrielleren

Vorzeichen würde man uns ›Interracial Gangbang‹ nennen und als gleichwertige Kategorie neben ›Bondage‹, ›Bukkake‹, ›Pussy Licking‹ und ›Cosplay‹ listen.
EIN DREIER ZÄHLT NICHT ALS GANGBANG, ES MÜSSEN MINDESTENS VIER PERSONEN INVOLVIERT SEIN.
Als ich nach wenigen Stunden Schlaf wieder in meiner Herberge ankomme, lege ich mich aufgeregt ins Bett. Keiner der anderen Gäste ist wach, ich grinse in mein Kissen, das noch leicht nach Kims Haaren riecht, *hier, j'ai fait une bêtise.*
Yesterday, I ...
Yesterday.
Plötzlich mein Erstaunen, als ich in dem klammen Zimmer liege: Jon ist vielleicht früher auch meinem Bruder begegnet. Vielleicht haben sie vor vielen Jahren, auf dem Sommerfest in dem kleinen Thüringer Vorort, zusammen gespielt, vielleicht waren wir zu dritt. Als ›Indianer und Cowboys‹ verkleidet, auf einer Wiese herumrennend, einander jagend, ohne Idee davon, dass die Welt größer ist als diese Wiese und unsere Stadt. Vielleicht haben Jon, mein Bruder und ich zusammen Wasser aus der kleinen Quelle getrunken und gesagt: *Pfui, das schmeckt ja wie Blut.* Und dann haben wir gelacht, sind weitergerannt und haben Spatzen mit Pfeil und Bogen abgeschossen; das könnte tatsächlich sein.
HAST DU KEIN SCHLECHTES GEWISSEN?
Ich fühle mich aus der Zeit gefallen. Das ist alles.
WEISS KIM, WAS DU MACHST, WÄHREND SIE IHREN STERBENDEN ONKEL BESUCHT?

Nein.
Bravo!
Was?
Tolle Show!
WO IST KIM JETZT?
…
NOCH IN HANOI?
Ich glaube nicht.
Now that's what I call great German Theatre!
WO BIST DU JETZT?
Ich schließe die Augen und atme dreimal durch, so tief ich kann.
Kim und ich sitzen in einem Berliner Theater. Marokko, die USA, Vietnam, der angestochene Junge, das liegt alles hinter uns. Oder irgendwo in uns.
Ich öffne die Augen.
WAS SCHAUT IHR EUCH AN?
Einen Theaterabend über die Wendezeit.
WAS FÜHLST DU?
Ich habe das ganze Stück über Lust, Kim in den Arm zu nehmen, meine Hand auf ihr Bein zu legen.
WAS NOCH?
Als ich mich im Saal umschaue, merke ich, dass wir die einzigen Nichtweißen in einem Raum mit circa 1000 Personen sind.
WANN HAST DU ANGEFANGEN, AUF SO ETWAS ZU ACHTEN?
Vielleicht während meiner Sitzungen bei der merkwürdigen Hypno-Therapeutin? Das war wenige Wochen nach

dem Tod meines Bruders. Verschiedene Leute um mich rum sagten Sachen wie: *Damit kommst du nicht allein klar* und: *Du brauchst echt sofort 'ne Intervention!* Deshalb bin ich zur erstbesten Therapeutin gegangen. Als sie mir in der fünften Sitzung sagte, es sei doch sehr erstaunlich, dass ich meistens von mir als weißer Person träume, lag ich da wie ein erschlagener Fisch.

WAS FÜHLST DU JETZT?

Die Inszenierung ist gut, aber ihre Witze stressen mich. Immer wieder Hitlergrüße und rassistische Sprüche, dazu jeweils das Gelächter weißer, wohlsituierter Leute. Wochen später werde ich eine lange E-Mail an die Regisseurin schreiben und ihr schildern, was im Stück mich angreift. Ich werde sie freundlich darum bitten, sich mit mir auszutauschen. Wiederum Wochen später wird sie es vorziehen, mir nicht zu antworten und stattdessen – direkt an meine E-Mail anknüpfend – ihre moralische Überlegenheit öffentlichkeitswirksam in einer Theaterzeitschrift zu performen. Ich bleibe der erschlagene Fisch.

GEFÄLLT ES DIR, DICH IN EINE OPFERROLLE ZU STECKEN?

Wie bitte?

MACHT ES DIR GUTE GEFÜHLE, WENN DU RUFEN KANNST: DA UND DA UND DA, DIE ANDEREN SIND DIE TÄTER, DIE WELT TUT MIR WEH, AUA!

FINDEST DU POLITICAL CORRECTNESS GEIL?

Auf jeden Fall, klar.

Bravo! Bravissimo!

Viele Zuschauerinnen sind nach dem Theaterstück hellauf begeistert.
DU NICHT?
Kim schaut den Abend gelassener als ich. Jedes Mal, wenn jemand auf der Bühne den Hitlergruß macht, sagt sie laut: *Langweilig*. Einige Stellen gefallen uns trotzdem gut, immer wieder tritt ein imposanter Chor auf, der Abend hat einen guten Rhythmus und schöne Kostüme. In einer Projektion wird schließlich großflächig das Gesicht eines Punkmädchens gezeigt – ein Originalfoto, dokumentarisches Material, live abgefilmt und auf eine riesige Leinwand geworfen. Die Haare des Mädchens sind zur Hälfte schwarz, zur Hälfte blond gefärbt, stehen in steilen Spitzen von ihrem Kopf ab. Melancholischer, intensiver Blick, sie schaut aus dunkel umrandeten Augen direkt in die Kamera, ist vielleicht 13, vielleicht 16, im Hintergrund flitzt eine nackte Person entlang. Mein Herz beginnt zu rasen. Ich kenne das Gesicht, mir wird schwindlig. Für einen Augenblick bin ich überzeugt, wirklich und unwiderruflich verrückt geworden zu sein. Doch dann werde ich immer sicherer: Das ist das Gesicht meiner Mutter. Das Foto zeigt meine Mutter als Teenager. Bevor es mich gab, bevor sie mich kannte oder ich sie.
Kim, flüstere ich, *ich glaub', das da ist meine Mutter.*
Echt jetzt?
Kim schaut mich besorgt an, ohne nach meiner Hand zu greifen.
SENSATIONELL!
Nein, ich mein's ernst.

Unbelievable!
UND WAS GESCHIEHT DANN?
Ein leises Pfeifen beginnt in meinem Ohr.
Ich schließe die Augen.

Ich atme durch, öffne die Augen.

Ich stehe auf einem Bahngleis in einer Kleinstadt,
in meiner so genannten Heimatstadt,
hinter mir der Snackautomat.

Meine Augen brennen, ich schaue mich um.

Ich stehe mit etlichen Leuten am Bahnsteig und warte auf den Zug. Noch vier Minuten, mein Magen gluckst. Ich denke: *So viele Menschen hier.*

Zwei von ihnen waren vor vielen Jahren ein Liebespaar. Sie haben einander noch nicht gesehen, stehen drei Armlängen voneinander entfernt. Falls sie sich im Zug begegnen, wird einer von ihnen sich darüber freuen und einer nicht. Ich wechsle das Standbein, lehne mich mit dem Rücken gegen den Snackautomaten.

Auf einmal fällt mir die Schildkröte eines Schulfreundes ein. Als Kinder haben wir sie oft beobachtet. Mit dicker Paketschnur umwickelt, an einen ins Wasser hängenden Ast gebunden, schwamm sie manchmal stundenlang an derselben Stelle des Sees, ohne voranzukommen. Ich weiß nicht mehr genau, was mich damals abhielt, das Seil um ihren Panzer einfach aufzuknoten.

Ich stehe mit etlichen Leuten am Bahnsteig und warte auf den Zug. Noch vier Minuten, mein Magen gluckst. Ich denke: *So viele Menschen hier.*

Plötzlich knackt der Lautsprecher. Doch es kommt keine Durchsage, niemand spricht.

Der Lautsprecher knackt noch einmal, dann höre ich ein Röcheln. Irgendwo in meinem Umfeld hat jemand geräuschvolle Atembeschwerden.
Das laute, über die Anlage verzerrte Luftholen und -ausstoßen klingt über den Bahnsteig. Es ist, als habe diese Person vergessen, was sie sagen wollte, oder als bemühe sie sich, etwas Böses, das sie schon längst einmal sagen wollte, nicht auszusprechen.

Noch vier Minuten, mein Magen gluckst.

Eine Giraffe mit zu kurzer Krawatte stellt sich neben mich, ich trete zwei Schritte beiseite. Sie will sich einen Snack holen. Nach Einwurf von zwei Münzen bemerkt sie mit Blick ins Portemonnaie, dass sie nicht genügend Kleingeld hat. Als ich in ihrer Brieftasche mehrere Fünfzigeuroscheine sehe, entscheide ich mich dagegen, ihr zwanzig Cent zu schenken.

Ich sitze zusammengekauert im Snackautomaten.

Die Scheibe ist beschlagen, die Luft feuchtwarm. Ich bin mittlerweile völlig von Zellophan bedeckt, Reste von Kokosschokoriegeln kleben mir in den Haaren und am Rücken, Kot und Urin an den Füßen. Mit meinem Mittelfinger male ich von innen eine Schildkröte an die milchige Scheibe. Vielleicht kann sie einer der Menschen am Bahnsteig sehen, von draußen?

Eine Handvoll Leute steht am Bahnsteig und wartet auf den Zug. Noch vier Minuten, ihre Mägen glucksen. Die Leute denken: *So viele Menschen hier.*

Jetzt erinnere ich mich wieder, die Schildkröte von damals, im See. Ich wollte wissen, ob sie irgendwann von selbst auf die Idee gekommen wäre, die Paketschnur durchzubeißen. Deshalb habe ich nichts gemacht und sie bloß beobachtet. Sie kam leider nie darauf.

Ihr ehemaliger Besitzer, mein Schulfreund, leidet mittlerweile an ALS und kann sich nicht mehr bewegen. Er wird künstlich beatmet und wartet seit zwei Jahren auf seinen Tod, wiegt nur noch halb so viel wie früher. Ich schaffe es nicht, ihn zu besuchen. Lieber bleibe ich hier im Automaten und bastle kleine Tiere aus Zellophan; Schwäne, Tiger und Schildkröten, Tauben, Schlangen und Igel. Sie haben einander bestimmt viel zu erzählen.

Ich liege nackt auf den Gleisen.

Alle Menschen sind fort, ich bin allein.

Es ist still.

Kürzlich hat jemand den Snackautomaten wie eine überdimensionale Bierdose zerdrückt. Sein Inhalt ergoss sich raschelnd über Bahnsteig und Gleisbett, samt mir, mein Aufprall war hart. Seither liegt zwischen meinem zerbeulten Körper und dem zerbeulten Automaten eine Spur aus Snacks, Exkrementen und kleinen Zellophantieren. Eine lustige Ansammlung, liederlich ausgebreitet zwischen den Schienen wie die Innereien einer überfahrenen Taube.

Ich bin allein am Gleis.

Es ist still.

Alle Menschen sind fort.

Gras ragt zwischen den Schienen hervor, das Metall ist verrostet.
Ein Schwan fliegt rückwärts an mir vorbei. Mein Blick folgt ihm, bis er außer Sichtweite ist. Langsam stehe ich auf und gehe Schritt für Schritt das verwilderte Gleisbett entlang, laufe an der Trasse, die an einigen Stellen von Moos überwachsen ist.

Weiter hinten liegt etwas, ein Berg Folie, ein großes Knäuel; ich nähere mich. Darunter ist jemand. In Zellophan eingeschweißt, ein Mensch. Mir wird heiß. Mein Bruder, hier liegt mein Zwillingsbruder. Er ist 19 Jahre alt und tot, seine Augen glasig, er lächelt mich durch die transparente Folie hindurch an. Ich fasse mir ein Herz, gehe vorsichtig auf ihn zu.
Hallo, flüstere ich behutsam.

Seine Augen sind weit aufgerissen, seine milchigen Pupillen folgen meinen Bewegungen. *Komm, wir gehen in die Sonne,* sage ich und packe ihn durch die Folie hinweg unter den Achseln. Stöhnend schleife ich ihn ein Stück, es raschelt und knistert, weg vom Gleisbett, weg vom Bahnsteig, hinter die Gleise auf eine Wiese.

Von hier aus haben wir einen guten Blick auf alles.
Mein Bruder liegt verrenkt da, ich setze mich neben ihn. Während ich das Zellophan um seinen Kopf herum aufreiße, rauschen die Blätter der Bäume im Wind.

was mache ich hier?
Darauf weiß ich keine Antwort.
Es ist still.

wo bin ich?

Wieder weiß ich nichts zu sagen.
Minuten vergehen.
Eine Ameise läuft rückwärts meinen Arm hinunter.

bei mir, sage ich schließlich und weiß nicht, was das heißt.

wo genau?

Ich zögere. Schließlich murmle ich:
ist doch egal.

okay. und was mache ich hier?

du bist seit 12 jahren tot.

ja?

ja.

warum?

weil du es so wolltest.

warum?

weil es dir schlechtging.

warum?

…

was machst du da?

ich küsse deine wange.

schön.

na ja.

spring doch.

was?

das haben sie letztens gerufen, oder?

das hat nichts mit dir zu tun.

warum taucht es dann hier auf?

der satz hat sich eingebrannt.

spring doch.

ist aber nicht bestätigt ... das ist eine ganz andere geschichte.

was machst du jetzt?

ich atme angestrengt aus.

was mache ich?

du lässt alles zu. du lässt dich fallen.

man wird meistens vorher ohnmächtig, wenn man in den tod springt, oder? vor dem sterben. das macht das gehirn für einen.

nur, wenn man von weit genug oben springt.

bei dir war die strecke zu kurz, glaube ich.

schade.

was machst du jetzt?

ich stelle mir vor, wie ich dich umarme, verlängere unsere letzte umarmung von vor 12 jahren um einige sekunden. wir waren bei den großeltern, haben mit sekt angestoßen, kurz nach unserem geburtstag.

ich habe mir zum ersten mal nichts gewünscht.

es gab vier sorten rechteckiger kuchenstücke, pflaume, russischer zupfkuchen, bienenstich, die vierte hab ich vergessen.

zupfkuchen ist mein lieblingskuchen.

zur begrüßung umarmen wir uns kumpelhaft, klopfen

einander im scherz viel zu lang auf den rücken, ›how you doin', my friend?‹

aber es gibt noch eine andere, letzte umarmung.

später am abend hieve ich dich die treppe hoch. du bist betrunken, erzählst unsinnige rätsel, dein arm um meine schultern, irgendwas mit einem affen in einem käfig oder so. du bist vergnügt, nervig, jugendlich. als wir endlich oben in deiner küche sind, schmieren wir uns brote mit käse, gurkenscheiben und remoulade.

remoulade?

›mach die scheiben nicht so dick‹, sage ich zu dir. aber der grüne klops verschwindet schon samt brot in deinem mund. deine kleinen besoffenen augen, während du grinst. du siehst glücklich aus mit vollen backen, denke ich, und am nächsten morgen verschwindest du aus meinem leben.

warum?

…

warum?

15 minuten bis zur abfahrt meines zugs, genug zeit, um noch einen snack zu kaufen, du passt auf mein gepäck auf.

mir ist warm.

und dann beschließt du, nicht mehr auf mein gepäck aufzupassen, und springst vor den zug.

ich springe vom rand des bahnsteigs … wie schnell kommt die polizei?

sehr schnell. als zwei polizisten zusammen mit einer notärztin und einem sanitäter durch die bahnhofshalle rennen, folge ich ihnen erst nur mit dem blick. als sie die treppe zu unserem gleis hochlaufen, laufe auch ich los, haste die stufen nach oben wie im traum.

träumst du oft davon?

nein, nie. während zwei polizisten ins gleisbett springen, steigt die schaffnerin aus dem güterzug, starrt in richtung der notärztin. die wiederum hockt bereits über deinem körper, starrt in dein gesicht, dann in meins, dann zurück zu dir.

fahrt ihn ins krankenhaus!

schreie ich, ohne nachzudenken, springe auf die gleise, knie mich neben dich. meine hose rutscht unter die arschritze.

ihr sollt ihn ins krankenhaus fahren!

schreie ich noch mal, die notärztin schaut mich nicht an. ein polizist, der neben deinen füßen hockt, sagt: ›na, der ist tot, das sieht man doch.‹ so, als wäre ich ein bisschen zu dumm für die situation oder an ihr schuld.

puh.

würdest du noch leben, wenn ich nicht runter in die halle gegangen wäre, um mir zwei äpfel zu holen?

nein.

was mache ich jetzt?

du bist 3 jahre alt und läufst barfuß über die wiese. in der linken hand hältst du einen langen stock, der schleift hinter dir her.

cool. und jetzt?

du bist 7 und in ein mädchen aus unserer straße verliebt.

und jetzt?

du bist 8, du sitzt in der schule und hast blähungen.

und jetzt?

du bist 12, du sitzt in der schule und wartest, dass die nazis das gelände verlassen.

und jetzt?

du bist 16 und lässt dich an der stelle zwischen lippe und kinn piercen.

was mache ich jetzt?

du bist 9 und kletterst so hoch auf deinen lieblingsbaum, dass du vergisst, wie man wieder runterkommt.

und jetzt?

du bist 14 und hast das erste mal sex. deine freundin wundert sich, dass das licht ausbleiben muss.

was mache ich jetzt?

du verprügelst jemanden mit einem baseballschläger. auf deinen schulheften steht black power, du bist 15.

ich habe einen affen und eine kiste!

was?

ich habe einen affen und eine kiste.

… okay.

ich lege den affen in die kiste.

wozu?

…

ist das ein zaubertrick?

ich kann nicht zaubern, oder?
kannst du zaubern?

nein.

wenn ich zaubern könnte, würde ich dir eine andere frisur herbeizaubern!

was stimmt denn nicht mit meinen haaren?

ich denke, du magst die nicht.

ich bin mittlerweile okay mit mir, also mit meinem körper und den haaren.

seit wann?

...

seit wann?

seit ich mehr schwarze menschen kenne ... weißt du noch, wie deine freundin toni uns in der nacht mit dem auto nachhause gefahren hat?

in welcher nacht?

du hast betrunken vom rücksitz nach vorn in meine haare gegriffen und gelallt: ›hast du schon mal so richtig ausgiebig in diesem afro gewühlt?‹ dann sind wir zusammen die treppe hoch, haben gegessen, geschlafen, sind früh zusammen aufgestanden und zum bahnhof.

nehmen sie bitte diese tablette.

das sagt die notärztin, oder?

und dass ich mich verabschieden soll. aber dass ich dich dabei nicht bewegen soll.

damit mein gehirn sich nicht auf den schienen verteilt.

als sie sagt ›nehmen sie bitte diese tablette‹, begreife ich, dass ich gleich unter schock stehen werde. dass das alles wirklich passiert.

na, der ist tot, das sieht man doch.

vielleicht bin ich ein bisschen schuld an der situation?

nope.

bitte wach auf!

was?

ich kann nicht aufhören, das vor mich hinzubeten.

was mache ich jetzt?
du bist 4 und trägst den schmuck deiner großmutter: perlenketten, strassbroschen, clipohrringe. du stehst vor dem spiegel und findest dich wunderschön.
und jetzt?
du bist 11 und spielst fußball mit meinen freunden. ich pfeife das spiel ohne trillerpfeife, nur mit den fingern, niemand hört auf mich, du wirst gefoult. als du zurückfoulst, kommt es zur rangelei, du kriegst dein erstes blaues auge. da bist du heimlich ein bisschen stolz drauf.
was mache ich jetzt?
du bist 1 jahr alt und wirst mit der flasche gestillt. eine mücke sticht dich in die nase.
und jetzt?
du bist 7 und mit mir und unseren großeltern im zoo. zwei erdmännchen haben es dir besonders angetan.
was mache ich jetzt?
du bist 13 und versuchst das erste mal zu rappen.
und jetzt?
du bist 12 und hast deinen ersten samenerguss. es ist dir überhaupt nicht peinlich.
und jetzt?
deine freunde haben eine geburtstagsüberraschung für dich organisiert. am boden deines zimmers stehen 18 muffins, darin stecken 18 brennende kerzen. es ist wichtig für dich, dass du mit deinen und ich mit meinen freunden feiere. du kommst ins zimmer und weinst vor freude. dabei beginnst du zu zittern, dann rennst du raus. niemand weiß damit umzugehen, alle schauen mich an.

habe ich tattoos auf den armen?
ich glaube nicht. wenn ich von dir träume, aber das kommt nur selten vor, dann umarmen wir uns ziemlich fest. so fest hätten wir das in echt nie gemacht.
stark.
erinnerst du dich an meine stimme?
nein.
reden leute immer noch über mich?
nein.
weisst du noch, wie ich rieche?
wie deine t-shirts gerochen haben, ja. ich meine, du warst kaum raus aus der pubertät, die war stärker als jedes deo. und dein mundgeruch am morgen, übel.
fahrt ihn ins krankenhaus!
nach dem aufwachen hattest du immer so dicke, gelbe krümel in den augenwinkeln. hing das mit dem kiffen zusammen? also hast du das irgendwie aus den augen rausgeschwitzt?
was?
sorry, das war jetzt unsinn.
ich habe einen affen und eine kiste. ich lege den affen in die kiste. wo ist der affe?
hä?
ich habe einen affen und eine kiste. ich lege den affen in die kiste.
wo ist der affe?
… in der kiste?
wo ist der affe?
… in meiner fantasie?

ich habe ›einen‹ affen und ›eine‹ kiste. ich lege den affen in die kiste.
wo ist der affe?

keine ahnung.

ich ›lege‹ den affen in die kiste.

wo ›liegt‹ denn der affe?

ich lege den affen ›in‹ die kiste.

alter.

ich lege den affen in die ›kiste‹.

mann, wo ist der scheißaffe?

na, der ist tot, das sieht man doch.

was machst du jetzt?

ich atme angestrengt ein.

und jetzt?

ich drücke mir ein kissen aufs gesicht und halte die luft an, bis es nicht mehr geht. dann drücke ich mit dem kissen trotzdem weiter. ich gehe immer wieder mit dir die treppe nach oben, wir wanken, ich halte dich gut fest, ich bin für dich da, du bist betrunken.

was mache ich jetzt?

du siehst mittlerweile so erwachsen aus, dass leute, die uns zusammen sehen, glauben, du wärst viel älter als ich.

ich habe einen job in einer bank!

… ein bisschen langweilig, aber auch okay, weil du gern anzüge trägst. nach dienstschluss hole ich dich ab, heute abend gehen wir zusammen auf eine party. wir werden

trinken, tanzen und leute beim trinken und tanzen beobachten.

ich war noch nie mit dir tanzen.

ich hol' uns schnäpse; die erste runde geht auf mich.

… das fühlt sich merkwürdig an.

was?

na, was du hier machst.

manchmal kommt mir dein tod vor wie eine reise. ich habe diese vorstellung, dass du – falls es dich noch gibt –

aber ich bin doch hier, klar gibt es mich.

du weißt, wie ich das meine.

wie denn?

na ja, spirituell. also falls du irgendwo wirklich noch existierst.

ts.

ich hab jedenfalls diese vorstellung, dass du ganz viele stationen passierst und dass dein leben mit mir nur eine davon war.

das klingt dumm … was mache ich jetzt?

du schließt die augen.

was machst du?

ich streichle deine wange … du träumst.

wovon?

dass du am leben bist?

haha.

manchmal schießt mir deine nummer in den kopf, ganz plötzlich, auch nach 12 jahren, und ich hab das gefühl, wir telefonieren gleich, wir erzählen uns gleich, was in der letzten woche los war. na, alfred, höre ich dich sagen, während ich den hörer abnehme. keine ahnung, wie du auf diesen spitznamen für deine schwester gekommen bist.

na, alfred.

wenn ich deinen namen ganz oft aufschreibe, kriege ich ein entrücktes gefühl … ich hatte immer so viele sorgen um dich, so viele albträume, dass die dir was tun. also noch mehr als sowieso schon. wie du damals mit dem messer im bein heimkamst und dich geschämt hast. du warst so klein, und die haben dich schon so gehasst.

spring doch.

jetzt kann dir niemand mehr was tun.

spring doch.

jetzt kann dir nichts mehr passieren.

was machst du da?

ich lächle.

was mache ich?

du lächelst zurück.

und jetzt?

du beißt von etwas ab. vielleicht zupfkuchen, vielleicht ein brot mit einer dicken gurkenscheibe.

vielleicht ein apfel. was machst du?

ich lächle immer noch.

schön.

ist das einzige, was hilft.

wobei?

wogegen.

lol!

hahaha.

manchmal, wenn du so gute laune hast, dass du es selbst kaum fassen kannst, so gute laune, dass du lachanfälle kriegst, weil für einen moment einfach alles gut ist, weil einfach alles stimmt und nichts dich irgendwo zwickt, dann fehle ich am meisten, oder?

hahaha!

soll ich mal lachen?

mach doch.

… und?

du hast das beste, wärmste lachen, das es gibt.

noch mal?

ja.

was passiert jetzt?

wir sind zusammen erwachsen geworden, wir trinken kaffee.

esse ich zupfkuchen?

selbstverständlich.

würdest du jemanden töten, um mich wiederzusehen?

was?

würdest du jemanden töten, um mich wiederzusehen?

… ja?

einen guten freund?

vielleicht.

einen jugendlichen in meinem alter?

vielleicht. außer er sieht dir ähnlich.

haha. hast du angst vor dem tod?

nein.

bist du wütend auf mich?

das schaffe ich fast nie.

bin ich wichtiger, seit ich fort bin?

ja.

was mache ich jetzt?

du bist asche, wir haben dich verteilt.

was machst du?

ich lasse dich los.

klappt's?

mal so, mal so … es ist gut, dass ich aufgehört habe, nach dem warum zu fragen.

warum?

weil ich's niemals rausfinden kann.

warum?

weil ich dich nicht mehr fragen kann.

warum?

… warum bist du gesprungen?

…

warum bist du gesprungen?

der trick ist: ich sage nie nein.

was?

es gibt immer nur die wiederholung des rätsels, so dass du denkst, deine antwort wäre falsch. aber ich sage nie, dass es falsch gewesen wäre.

ich kann dir nicht folgen.

der affe in der kiste.

der zweck des rätsels ist, dir auf die nerven zu gehen, dich zu verwirren, das ist alles. du sollst glauben, es gäbe eine antwort, und das macht dich irre. nur darum geht's. aber es gibt keine richtige antwort.

okay. und warum?

II
(picture this)

Ein Freund besuchte mich im Traum. Von weit her. Ich fragte ihn im Traum: »Bist du als Fotografie oder mit dem Zug gekommen?« Alle Fotografien sind eine Art Reisen und ein Ausdruck von Abwesenheit.

John Berger, Der siebte Mensch

Das Bild ist schwarzweiß. Vier Augen schauen mich daraus an, die zwei Blicke sehr unterschiedlich, mehrdeutig. Ein erster, unüberlegter Titel könnte lauten: *Wie Tag und Nacht*. Oder: *Gegensätze, die sich nicht anziehen*. Oder: *The Beauty and the Punk*. Aber das Foto heißt: *Susannes Traum*.

Auf dem Foto sind zwei junge Frauen mittig positioniert, Susanne links, rechts neben ihr ein zierliches, nacktes Mädchen, im Hintergrund eine weite Wiese in verschiedenen Grautönen. Es wirkt, als würden beide Frauen sitzen; sie sind von Kopf an bis zum Ende des Oberkörpers abgelichtet. Der gebeugte, rechte Ellenbogen des nackten Mädchens ruht gelassen auf Susannes Schulter. Hinter einem Ohr des Mädchens steckt eine weiße Blume im vermutlich hellblonden Haar. Sie schaut selbstbewusst, neckisch, vielleicht mit dem Anflug eines Lächelns in die Kamera, ihre Augenlider fast bedeckt von den Haaren des hellen Ponys, die Brustwarzen steif. Obwohl sich keine der jungen Frauen in der Bildmitte befindet, ist Susanne das düstere Zentrum. Sie trägt ein weit fallendes, dunkles, ärmelloses Hemd, darunter zeichnen sich spitze Brüste ab, vermutlich von keinem BH gehalten, die Arme hängen locker. Susannes Hals ist etwas nach links geneigt, sie hält den Kopf leicht schräg, weg von dem anderen Mädchen. Ihr Haar steht in steilen Spitzen vom Kopf ab, fiele ohne Haarspray vielleicht kinnlang herunter. Das eine Drittel der Haare ist hell, die übrigen zwei Drittel dunkel gefärbt. Augenbrauen und Augen sind mit dicken schwarzen Strichen konturiert, die fast bis zu den Schläfen reichen. Susannes Blick in die Kamera ist melancholisch, betont gelangweilt, ihr Gesicht bemalt mit breiten, vertikalen Linien und dreieckigen, dunklen Flächen. Diese Gesichtsbemalung lässt mich an Tätowierungen von Maoris denken. Keine Ahnung, woran sie damals denken ließ.

Hallo, bist du noch dran?

Ja.

Also. Die Angststörung, sagt Burhan, ein lieber Freund, der seit kurzem als Psychoanalytiker arbeitet, *ist eine der häufigsten psychischen Erkrankungen und am leichtesten zu therapieren. Für jetzt, für den Moment, ist aber trotzdem eine Medikation wichtig, um erstmal da rauszukommen.*
Wir telefonieren seit zehn Minuten, und er wiederholt sich mehrmals, um mich zu beruhigen; es klappt nicht. Ich bin die vierte Nacht in Folge wach, habe tagsüber nur wenige Stunden geschlafen, es ist acht Uhr morgens.

Als Kinder haben mein Bruder und ich mal einen Cartoon geschaut, in dem ein Monster jahrelang abgeschnittene Fingernägel von Menschen gesammelt hatte, ein großer Reichtum. Mit diesem Schatz prahlte das Monster vor seinen Monsterfreunden. Doch im Verlauf der Handlung stellte sich heraus, dass es Fußnägel waren, die das Monster all die Jahre angehäuft hatte. Die ganze Zeit über hatte es verschiedenen Menschenkindern die falschen Nägel stibitzt. Als das aufflog, war von einem Moment auf den anderen sein Reichtum dahin, aus einer großartigen Währung wurde eine Art Falschgeld. In dem Cartoon trug ein anderes Monster immer die eigenen Augen in den Händen, die Arme hoch erhoben; das hat uns imponiert. Später grübelten wir, ob auch diesem Monster Fingernägel wuchsen, und wenn ja, für wen diese wiederum einem Goldschatz glichen.

Mein Bruder war erst einen halben Tag lang tot, als meine Mutter in unserer so genannten Heimatstadt ankam, um ihn zu sehen. Wir hatten zuvor telefoniert, ich teilte ihr wenige Minuten nach dem Ereignis das Ereignis mit; ihr Schrei durchs Telefon in mein Ohr war unmenschlich, ein archaischer Tierlaut. Dann setzte sie sich ins Taxi und fuhr los. Sechs Stunden lang auf der Autobahn wusste sie vom Tod ihres Sohnes und konnte ihn nicht fassen. Erst als sie zwei Tage später den steifen Körper meines Bruders berühren durfte, im Krematorium, begriff sie auch seinen Tod, und sein Tod ergriff sie und ihren Körper. Ich wollte nicht dabei sein, hatte mich vorher, direkt vor Ort, von ihm verabschiedet. Meine Mutter sagte danach zu mir, leichthin, es habe gutgetan, ihn zu sehen. Er selbst sei schon weg gewesen, harte Hülle, wie aus Wachs. Und lange Nägel habe er gehabt, so lange Nägel.

Viele Menschen glauben, dass Haare, Finger- und Zehennägel nach dem Tod weiterwachsen. Es stimmt nicht, es ist eine optische Täuschung. Das Fleisch und damit die Haut, die Finger unter den Nägeln, die Haut unter den Haaren, ziehen sich bloß schneller zurück, fallen ein, schwinden. Dadurch kann der Eindruck entstehen, dass Fingernägel nach dem Tod zu Klauen werden und Haare noch sichtbar länger.

Was hingegen stimmt, ist, dass Fingernägel während Schwangerschaften schneller und kräftiger wachsen. Wenn Leben in einem Körper entsteht, werden die Prozesse in den Zellen, die Keratin enthalten, beschleunigt. Wenn Leben aus dem Körper schwindet, schwinden diese Zellen langsamer als alle anderen. In der Zeit dazwischen, die wir Lebensspanne nennen, werden Fingernägel geschnitten, liebevoll manikürt oder ignoriert, Haare werden gefärbt, gekürzt, verlängert, gewellt und geglättet, ausgerissen. Und immer verlassen wir uns darauf, dass alles nachwachsen wird. Bis es das eines Tages nicht mehr tut.

Im Fotoessay *Let's talk about race* von Chris Buck gibt es ein Bild, das ein stilvolles Nagelstudio zeigt. Darauf sind acht Frauen zu sehen. Fünf von ihnen sitzen teils lachend, telefonierend, aufs Handy schauend oder Zeitschrift lesend in großen, hellbraunen Sesseln. Sie haben dunkle, glatte Haare und wirken entspannt, fröhlich, tragen bunte, casual Städterinnenoutfits. Zu ihren Füßen sitzen drei weiße Frauen auf niedrigen, beigen Hockern. Sie haben rote Schürzen umgebunden, schwarze Blusen und hellbraune Hosen an. Die vorderste blonde Frau massiert einer Kundin die nackten Füße, die übrigen weißen Arbeiterinnen gehen ähnlichen Tätigkeiten nach, wirken konzentriert und höflich. Alle Klientinnen in den ausladenden Sesseln sind asiatisch-stämmig, das Foto ist inszeniert, muss inszeniert sein. Nicht wegen seiner Hochglanzwerbeästhetik, sondern weil es ein Bild ist, das in der Realität nicht vorkommt.

Zwei blonde Frauen schneiden Dönerfleisch vom Spieß und backen Fladenbrot auf; hinter der transparenten Plastiktheke warten vier Kundinnen mit Kopftuch auf ihr Essen. Drei blasse, rotblonde Deutsche kommen nach Dienstschluss in eine Anwaltskanzlei, um zu putzen; alle deutsch-senegalesischen Angestellten sind bereits weg. Auf der Bühne eines Rostocker Theaters spielen vietdeutsche Darsteller ein Brechtstück, im Publikum sitzen überwiegend asiatisch-stämmige Zuschauerinnen, gelangweilt wie immer. In Hochschulseminaren der Studiengänge Philosophie oder Kunstgeschichte melden sich ausschließlich Arbeiterkinder türkischer Familien zu Wort und halten langatmige, als Fragen getarnte Vorträge. Auf einem Halteplatz für Taxifahrerinnen stehen fünf weiße, deutsche Frauen neben ihren Autos, rauchen und trinken Kaffee; es ist so kalt, dass man ihren Atem sieht. An irgendeinem Berliner Flughafen steigen elegant gekleidete, deutsch-afghanische Managerinnen aus und rufen sich ein Taxi.

In Bucks Reihe gibt es außerdem ein Foto von einem Mädchen, das vor einem Ladenregal voll Puppen steht. Das weiße Mädchen ist von hinten zu sehen, trägt ein rosafarbenes, quer gestreiftes Kleid, im hellen Haar ein pinkes Zopfgummi. Das Regal, auf das es schaut, reicht vom unteren bis zum oberen, vom linken bis zum rechten Bildrand – drei Reihen voll eingeschweißter, schwarzer Puppen schauen daraus dem Mädchen entgegen. Das Foto erinnert an in den 1940er Jahren erstmals durchgeführte Experimente: Weißen und schwarzen US-amerikanischen Kindern im Alter von drei bis sieben Jahren wurden zwei Puppen vorgelegt, die sich nur in ihren Hautfarben unterschieden (die eine war schwarz, die andere weiß) und die ansonsten identisch waren. Den Kindern wurden mehrere Fragen gestellt. Welche Puppe ist die schöne Puppe? *This one.* Welche Puppe ist die hässliche Puppe? *This one.* Welche ist die gute, welche die böse Puppe usw. Ein Großteil aller Kinder wählte die weißen Puppen als die netten, schönen, klugen und guten aus, die schwarzen als die gemeinen, dummen, hässlichen und bösen Puppen.

An den Händen beiden / Ließ er sich nicht schneiden / Seine Nägel fast ein Jahr / Kämmen ließ er nicht sein Haar

Was als schön galt und was nicht, wurde mir von kleinauf beigebracht. Meine Großmutter las gern aus Kinderbüchern vor, auch aus dem Struwwelpeter. Meine Haare ließen sich mit ihrem Arsenal aus Kämmen und Bürsten schwer bändigen. Das sagte sie auch so, bändigen, zähmen, als gelte es, etwas Wildes zu bezwingen.
Im ursprünglichen Struwwelpeter gibt es eine Geschichte von zwei Jungen, die einen schwarzen Mann verspotten und zur Strafe selbst schwarz gefärbt werden, indem der Nikolaus sie in ein Tintenfass taucht. Dass so auszusehen wie mein Bruder und ich Grund für Spott und Häme sein könnte oder sogar eine Strafe durch eine höhere Instanz, stellten wir als Kinder nicht in Frage.
Meiner Großmutter war es stets ein Anliegen, dass ich rundum gepflegt wirkte, dass also meine Kleidung, meine Manieren, aber vor allem meine Haare ordentlich aussahen. Sie probierte zahlreiche, teure kosmetische Produkte an meinem Kopf aus, Schaumfestiger, Haarkuren, -sprays und -gels, und ich war froh, dass sie sich meiner annahm. Sogar neue, unbeschädigte Kleidung kaufte sie meinem Bruder und mir häufig. Und unzählige Male bat sie mich, meine Nägel wachsen zu lassen, sie bitte endlich wachsen zu lassen, ich sei doch schließlich bald eine junge Frau.
Meine Großmutter wuchs Ende der 1940er und Anfang der 1950er Jahre in einem kleinen Dorf auf, in dem – trotz

Abwesenheit von Katholizismus und anderer Religionen – Sittlichkeit als eine der wichtigsten Tugenden galt. Dass sie unehelich schwanger wurde, beschädigte ihr Ansehen massiv, dass sie sich später als erste Frau im Dorf scheiden ließ (kurz nach der von ihrem Vater erzwungenen Eheschließung mit dem Kindsvater), noch mehr. Vielleicht hat sie seither versucht, ihre Anständigkeit über Äußerlichkeiten unter Beweis oder wiederherzustellen, vielleicht war sie auch einfach ein bisschen oberflächlich. Dass ihr Impuls sich in den 1980er Jahren noch verstärkte, als sie unverhofft und häufig zwei Kinder betreute, deren Hautfarbe gesellschaftlich als Makel gesehen wurde, ist nicht verwunderlich.

Die gepflegten und in meiner Erinnerung stets in verschiedenen Perlmutttönen schimmernden Fingernägel meiner Großmutter fand ich immer sehr schön. Seit sie nicht mehr so gut sehen kann, geht sie öfter zur Maniküre. Über die Personen, die ihr die Nägel machen, spricht sie nicht als Nagelkosmetikerinnen oder Naildesigner, sondern so, als stammten sie allesamt von den Fidschi-Inseln und als wäre es okay, sie im Sprechen auf diese unterstellte Zugehörigkeit zu reduzieren. Ich diskutiere selten mit meiner Großmutter darüber. Sie sagt, meine politischen Haltungen brächten uns immer nur Streit. Vielleicht muss ich das genauso respektieren, wie sie meinen Wunsch respektiert, nicht von meinem Bruder zu sprechen.

Dr. Wünschel, ein kleiner, liebenswerter Psychiater in viel zu großem Sakko, verschreibt mir Psychopharmaka: Er ist der Einzige, bei dem ich kurzfristig einen Termin bekomme. Seine langen Ärmel bedecken die Handrücken bis zu den Ansätzen seiner Finger, die Sitze seiner Kreuzberger Praxis sind abgewetzt, in den Gängen riecht es nach Hund.

Es gibt jetzt Angst, zu jeder Zeit, der Psychiater kann sie mir nicht nehmen.
Wie auch, sie ist ungreifbar.

Ein Mann, vielleicht Anfang 60, sitzt mir in seinem Wohnzimmer auf einer dunklen Ledercouch gegenüber. (Kim sagt, aus unerfindlichen Gründen stehe diese männliche weiße Generation von Babyboomern auf dunkle Ledersofas. Ich vermute, Burhan hat auch so ein Sofa in seiner Praxis.) Die hellen Augen des Mannes erinnern an die von Reptilien, obwohl etwas Warmes darin liegt. Sein Blick ist unnachgiebig, forschend, er redet in kurzen Sätzen mit mir, ohne Füllwörter, ohne Denkpausen. Der Mann ist es gewöhnt, mit anderen über sich, seine Arbeit, seine Gedanken zu sprechen. Er hat ein leckeres Curry gekocht, mit Huhn, Rosinen und Basmatireis. Hinter seinem Ledersofa lehnt außerdem eine Überraschung für mich. Ein großformatiger Abzug einer Fotografie, die er vor über drei Jahrzehnten geschossen hat. In seinem Wohnzimmer stehen viele Pflanzen in großen Blumentöpfen, von draußen dringt leise der Verkehr der Stadt herein. Wenn der Fotograf mir später das Bild überreicht, wird er sagen, dass es eins seiner erfolgreichsten Bilder sei und eins seiner liebsten Modelle zeige, und dann:
Mit meiner Unterschrift ist das 1000 Euro wert.
Er wird es so sagen, dass es nicht eitel klingt, sondern nach einer Tatsache. Davor, während des Essens, wird er mir auf Nachfrage ein paar Anekdoten erzählen. Von einem jungen Mädchen, das äußerlich gerade erst zur Punkerin

geworden war, in einer Zeit wohlgemerkt, wird er sagen, in der es etwas Derartiges vorher nicht gegeben habe. Er wird sich gern und herzlich an ein Mädchen erinnern, das im Grunde recht unbescholten und fröhlich gewesen sei. Und vor allem sozial. Als er das 15-jährige Mädchen damals mit in die Tschechoslowakei genommen habe, um Fotos zu schießen, beispielsweise, da habe es einige professionelle Modelle gegeben, die nie daran dachten, ihr Geschirr nach dem Essen abzuräumen. Das junge Mädchen und seine Freundin hätten allerdings sehr auf solche Dinge geachtet. Oftmals sogar die schmutzigen Teller der anderen Modelle mitgespült. Äußerst amüsant sei zudem gewesen, wie einer der anderen Fotografen, der damals für die Modezeitschrift Pramo arbeitete, zu weinen begann, als das Mädchen ans Set kam. Der habe einfach nicht gewusst, wie er mit ihm und seinem unangepassten Look arbeiten sollte, und sei entsetzt gewesen. Der habe wirklich bei seinem Anblick losgeheult. Aber auch daran habe sich das junge Mädchen nicht gestört. Es habe einfach Lust gehabt, Fotos zu machen. Allerdings keinen Akt, da sei es sehr bestimmt gewesen.
Nein, sexuell sei seine Beziehung zu ihr in keiner Weise gewesen, das Mädchen sei ja damals, Anfang der 80er Jahre, gerade mal halb so alt gewesen wie er selbst. Es habe sich da eher um ein väterliches Verhältnis gehandelt. Als das Mädchen beispielsweise wiederholt Ärger mit seinen Eltern gehabt habe und zuhause rausgeflogen sei, da habe er ihm seine Wohnung zur Verfügung gestellt. Nein, zusammengelebt hätten sie natürlich nicht, er sei

währenddessen zwei Wochen auf Reisen gewesen. Als er dann zurückgekommen sei, habe er mächtig gestaunt. Er hätte ja allerlei Unordnung und Chaos erwartet. Saufende, grölende Halbstarke, die tagelang Parties in seiner Wohnung feiern. Aber das genaue Gegenteil sei der Fall gewesen. Das junge Mädchen habe alles so gut aufgeräumt, dass die Wohnung ordentlicher gewesen sei als zuvor, *alles tadellos, wirklich tadellos.* Manche Gläser im Regal habe es sogar mit ›Mehl‹, ›Zucker‹ usw. beschriftet. Außerdem das Besteck in der Schublade poliert und sortiert. Als er wiedergekommen sei, habe das Mädchen ihm zum Dank Nudeln gekocht. Er wisse bis heute nicht, wie, aber das Mädchen habe die Nudeln schwarz gefärbt. Da habe er wirklich lachen müssen, als sie ihm serviert wurden. Das sei so die Art der Rebellion gewesen, die dem Mädchen gefiel. Aber geschmeckt hätten die Nudeln trotzdem ganz normal.

Nach dem Abendessen entspinnt sich zwischen mir und dem Fotografen eine unerwartete Diskussion über den Islam. Über die Macht der Bilder heute und die Macht der Bilder damals. Der Fotograf kann meine Position, der Islam an sich sei ungefährlich, nicht nachvollziehen. Er erzählt kopfschüttelnd, dass Frauen mit Burka unfrei seien, dass viele islamische Geflüchtete straffällig würden. Er sagt, dass diese ganze Ideologie hier in Deutschland einfach nichts verloren habe, und weist zurück, dass jede Religion erst durch ihre Auslegung zur Ideologie wird. Er will nicht sehen, dass die meisten medial zirkulierenden

Bilder von Menschen mit islamischem Glauben unwürdig und einseitig sind. Er kann nicht ahnen, wie müde mich diese Diskussion macht, immer wieder und wieder. Mittendrin steht er auf, um am Fenster zu rauchen. Er bleibt die ganze Zeit über höflich, bietet mir mehrmals eine Zigarette an. Ich lehne dankend ab, obwohl ich Lust hätte. *Ach bitte,* sagt der Fotograf schließlich, nicht gönnerhaft, eher charmant, *komm erstmal in mein Alter, dann wirst du schon sehen.*

Die Überraschung, die hinterm Sofa lehnt, der großformatige Fotoabzug des jungen Mädchens, ist untertitelt als *Susannes Traum*. Das habe er an Arno Schmidts *Zettels Traum* angelehnt, wird der Fotograf sagen. Dann wird er fragen, wie es der Susanne überhaupt gehe. Wo sie denn mittlerweile lebe. Ich werde keine Antworten auf diese Fragen haben.

Schweratmend und ständig unterbrochen von bellendem Husten erzählt mir Dr. Wünschel in seiner Praxis, dass nur der Tod umsonst sei. *Ha, nicht mal der, denn selbst den muss irgendwer bezahlen. Ja, also, bei der Beerdigung, verstehen Sie!, haha.*
Sein Lachen klingt einstudiert, das morbide Gerede ist seine Art, mir zu erklären, dass die Psychopharmaka Nebenwirkungen haben. Eine davon, fährt er fort, sei Mundtrockenheit. Es gäbe aber mittlerweile, falls ich mich daran stören würde, in der Apotheke künstlichen Speichel zu kaufen.
An dieser Stelle lacht der Psychiater nicht, sondern beobachtet mich aufmerksam.

Nachdem ich das Medikament abgeholt habe, lese ich immer wieder den Beipackzettel. Abends bitte ich Burhan am Telefon, alles über die Nebenwirkungen in Erfahrung zu bringen. Er behauptet schon eine halbe Stunde später, eine Schweizer Kollegin, selbst Psychiaterin, habe ihm bestätigt, dass mit dem Medikament alles in Ordnung und es für meine Situation absolut angemessen sei.
Ich bezweifle, dass er seine Kollegin so schnell erreicht hat.

Eins der ersten Alben, das ich mir kaufte, Ende der 1990er Jahre in der Musikabteilung der Müller Drogerie, war von der Band The Roots. Das Album hieß *Things fall apart*. Auf dem Cover war eine Schwarzweißfotografie zu sehen, die vielleicht aus den 1960er Jahren stammt:
Im Vordergrund eine junge Afroamerikanerin in weißem Kleid, hinter ihr ein junger Afroamerikaner in weißem Hemd, dunkler Hose und Lederschuhen – beide fliehen vor etwas. Das Gesicht der Frau ist verzerrt, aus ihrem weit aufgerissenen Mund dringen vielleicht Schreie, vielleicht weint sie. Beim Betrachten streift der Blick zuerst sie. Dann den jungen Mann, circa einen halben Meter hinter ihr rennend. Er dreht in der laufenden Bewegung den Kopf, um seine Verfolger zu sehen, sein Gesicht lässt sich nicht erkennen. Dort, wo er hinschaut, aus einer unscharfen Dunkelheit des Bildhintergrunds heraus, tauchen mehrere, in dunkle Uniformen gekleidete weiße Polizisten mit noch weißeren Helmen auf. Sie rennen ebenfalls, aber sehen dabei gelassener aus. Von ihren Gesichtern ist keine eindeutige Gefühlsregung ablesbar, ihre Anzahl lässt sich nicht bestimmen, endet im Bildhintergrund und endet gleichzeitig nicht – eine Reihe bedrohlich neutraler, fast identisch aussehender Männer, aus dem Nichts kommend, im Nichts endend, manche von ihnen mit der Hand am Gürtel, nahe dem, was ein Schlagstock oder eine Pistole sein könnte.

Vor ein paar Jahren habe ich kurzfristig an Neuköllner Grundschulen als Vertretungslehrerin gearbeitet. In Berlin ist dafür ein beliebiger Studienabschluss und das Ausfüllen eines Onlineformulars nötig; ich wurde zum Teil eingestellt, ohne dass man mich vorher getroffen, gesehen oder gesprochen hatte. In vielen Klassen hatte über die Hälfte der Kinder keine ausschließlich deutsche Herkunft, einige sprachen nur brüchig Deutsch, ihre Zukunftswünsche waren *Taxifahrer wie mein Papa, Hausfrau, YouTuberin* oder *Gangsterrapper*. Ich kam mir vor wie eine aktualisierte Version von Michelle Pfeiffer in *Dangerous Minds*, die endlich mal die richtige Bildung auf die richtige Art vermittelt und dabei Ambitionen in den Kids weckt. Im Deutschunterricht las und analysierte ich mit den Sechstklässlerinnen deutschsprachige Märchen aus dem afrikanischen und arabischen Raum, sang in Musik Lieder von Michael Jackson und Joy Denalane mit ihnen, besprach mit ihnen die Lyrics, ließ sie ihre eigenen Lieblingssongs vorstellen. Michael Jackson bewunderten alle; ich war überrascht, dass jedes Kind ihn kannte, Joy Denalane klang für sie alt und uninteressant. Und manche Kinder waren irritiert, dass ich einen Afro trug, *weil der ist doch aus den 80ern.*

Ich hätte damals nicht sagen können, was genau mich am dramatischen Albumcover der Roots anzog. Genauso wenig hätte ich damals den Verkäufer in der Drogeriefiliale fragen können, was das am Regal angebrachte Label Black Music eigentlich bedeuten sollte. Beziehungsweise in welchem Regal die Kategorie White Music zu finden sei und was man darunter fasse? Die Beatles, Madonna, Vivaldi, Andrea Berg und Rammstein?

Schon in der ersten Woche an einer Schule fand ich heraus, dass ein Junge zuhause von seiner Mutter misshandelt wurde. Nachdem ich die Sozialarbeiterinnen der Schule informiert hatte, meldete sich die erkrankte Klassenlehrerin abrupt als genesen zurück; ich erfuhr nie, was aus dem Jungen wurde. An einer anderen Schule hospitierte ich, bevor ich unterrichtete, und sah zu, wie ein Lehrer die Kinder, die sich vor ihren Klassenkameraden in Mathe verrechnet hatten, zur Strafe die gesamte Stunde über allein in einer Ecke stehen ließ. In den Pausen sprachen dort manche Lehrerinnen so abfällig über Neunjährige, dass ich aus dem Lehrerzimmer gehen musste.

Mitte bis Ende der 1990er Jahre und in der Zeit danach war Hiphop meine Musik, mein musikalischer Kanon. Die aus den USA importierte Jugendkultur entwarf Bilder einer coolen Blackness, die bis dahin in Deutschland nicht existierte. Ein neues Narrativ schwarzer Menschen, ihrer künstlerischen Ausdrucksweise und Identitäten kam auf und begeisterte mich. Also zog ich als Teenagerin eifrig und unreflektiert Baggypants an, so wie viele meiner weißen Mitschüler und Freundinnen auch. Wir hörten US-amerikanischen, irgendwann auch deutschsprachigen Hiphop, versuchten uns selbst kläglich im Rappen, manchmal auch im Graffiti sprühen. Da ich schon als Jugendliche zu Nervosität neigte, schaffte ich nie mehr als einen Buchstaben. Aber ich fühlte mich cool und vor allem: Ich hielt mich für ein bisschen cooler als meine weißen Freunde, bildete mir ein, Hiphop habe aufgrund seiner Ursprünge mehr mit mir zu tun, gehöre darum mehr mir als ihnen. Das Gleiche galt fürs Fernsehen. Steve Urkel aus *Alle unter einem Dach,* Mr. T. vom *A-Team,* die Huxtables und der Prinz von Bel Air standen mir näher als Derrick, der hanebüchen intrigante, unsterbliche Jo Gerner oder Ärzte aus einer Villa der Lindenstraße. Nicht, weil die Darstellerinnen in den deutschsprachigen Formaten weiß waren, sondern weil sie weiß waren und uncool.

Während meiner Zeit als Vertretungslehrerin traf ich einmal in einer Mittagspause einen so genannten Weltkundelehrer, der an der Nachbarschule Oberstufenklassen unterrichtete. Er war Mitte 50, klein, charismatisch und engagiert. Der Mann hatte mir zu Anfang gesagt, wie toll es für die Kinder sei, dass endlich auch mal jemand wie ich sie unterrichten würde. Nach kurzem Smalltalk gab ich ihm ein paar Zettel mit, er bedankte sich irritiert. In einem Magazin hatte ich von Amo, ›dem afrikanischen Philosophen der Aufklärung‹, gelesen und später die Seiten kopiert. Jetzt bat ich den Weltkundelehrer, mit seinen Schülerinnen auch mal über solche Persönlichkeiten zu sprechen, so dass nicht immer ausschließlich die Errungenschaften weißer Männer thematisiert würden. Er musterte mich ausführlich, vielleicht dachte er nach. Dann fragte er mich, da ich ja augenscheinlich so eine Expertin sei, ob ich ihm auch Stoff für den Kunstunterricht vorschlagen könne. Denn, also, er frage sich ja beispielsweise, ob es auch zeitgenössische Kunst aus Afrika gebe, die nicht aus Schrott gebastelt sei. Was ich ihm da zu empfehlen hätte. Er meine das nicht böse oder so – er persönlich halte sehr viel von afrikanischen Menschen. Die Frauen, die morgens in der Bahn mit ihm fahren würden, seien beispielsweise immer sehr gepflegt.

Als ich 2005 das erste Mal meinen Vater in Angola besuchte, war ich überrascht, dass 50 Cent für die meisten männlichen Jugendlichen dort Identifikationsfigur und Vorbild war. Es verging kein Tag, an dem ich nicht irgendwo in einem Vorort Luandas 50 Cent auf einem T-Shirt oder seiner Musik im Radio begegnete. Erst da kapierte ich, wie absurd die Dominanz der US-amerikanischen Popkultur ist und dass diese Dominanz auch problematisch ist. Wie blind ich dafür in Deutschland war.

Es gibt online ein Foto der deutschen Band Tic Tac Toe zusammen mit Michael Jackson. Untertitelt ist es mit *Drei Sternchen und ein Mega-Star: Hin und wieder zeigte sich Michael Jackson ganz menschlich – hier begrüßt er vor seinem Konzert am 3. Juni 1997 in Köln die Sängerinnen von Tic Tac Toe, die bei drei seiner Konzerte als Vorgruppe für ihn auftraten.* Michael Jackson trägt ein silbergoldenes Outfit und weder Sonnenbrille noch Mundschutz. Lee und Ricky haben schwarze, bauchfreie Outfits an, Jazzy einen schwarzen, schulterfreien Body, der an der Hüfte von einem geknoteten Pullover verdeckt wird. Das Lächeln der vier Zusammenstehenden, ihre Blicke in die Kamera wirken ehrlich, zurückhaltend, nett, vielleicht stolz. Michael Jackson sieht weiß aus im Sinne der Farbe, seine blasse Hand touchiert behutsam Jazzys Oberarm.

Als kleines Kind habe ich mir nichts sehnlicher gewünscht als eine Creme, eine wundersame Salbe, die ich vor dem Zubettgehen auftragen und die mich über Nacht weiß machen würde. Mich als Erwachsene an diesen Wunsch zu erinnern erfüllt mich mit Scham und Traurigkeit. Im Laufe meiner Kindheit hörte ich immer wieder, als ich zehn Jahre alt war, als ich zwölf Jahre alt war, Gerüchte, denen zufolge Michael Jackson unter einer mysteriösen Krankheit leide. Eine Krankheit, die genau das bewirkte, was ich mir so dringend wünschte: Seine Haut wurde weiß, dagegen konnte er nichts machen. In einer finalen, schmerzhaften OP habe er sich dann komplett umoperieren lassen, viele Leute scherzten, dass seine Musik deshalb nicht länger Black Music sei. Um diese sensationelle Krankheit beneidete ich ihn als Kind maßlos, ihn und alle Menschen, die davon betroffen waren. Weiße Menschen um etwas zu beneiden kam mir damals nicht in den Sinn.

Zu viele intensive Gefühle, die ich nicht kenne, die mich überrennen, zu viel von allem. Angst vor dem Einschlafen, obsessive Gedanken vor dem Einschlafen, Herzrasen, Schlaflosigkeit, Grübeln, Angst vorm Grübeln, Kreislaufprobleme, Angst vor der Angst, immer weniger Schlaf, schließlich Angst vorm Einschlafen, immer mehr Angst, in allen möglichen Situationen, zunehmend auch im Alltag, zunehmend auch vor Menschen. Ihre Gesichter wollen zu mir, während die U-Bahn ruckelt, ihre Fratzen dringen in mich ein, bleiben gleichzeitig vor meinen Augen stehen, auch wenn ich wegschaue oder die Augen schließe; während ich es erlebe, weiß ich, dass ich es nicht in treffende Worte werde fassen können, und die hässlichen bunten Muster auf den Sitzen können mich nicht halten. Ich rechne die ganze Zeit mit allem, bin alarmbereit, versuche, die Gesichter der anderen abzuwehren, schwitze, zu viele Blicke. Nach dem Aussteigen aus der U-Bahn habe ich das Gefühl, sie folgen mir, alle schwebenden Gesichter der Leute, ihre bösen, abgefuckten Großstadtseelen an meinen Fersen, ihre Augen in meinen Augen, von hinten durch meinen Kopf durch in mich rein, obwohl ich weglaufe. Ich weiß, dass das nicht real sein kann, genau wie die Stimmen, die ich vor und nach dem Einschlafen höre, wenn ich endlich mal einschlafe, ich weiß es genau und bin fasziniert davon, merke, ich könnte noch tiefer reingehen, eine Tür ist auf, dahinter könnte ich so denken, wie ich noch nie gedacht habe, meine Hände zittern, ich schwitze, beobachte mich, laufe weg vor mir selbst, vorm Einschlafen, vor den Anderen. Immer wieder warte ich auf die Stimme, die nicht wie meine klingt, aber doch meine ist, erschrecke mich vor ihr, beobachte, wie ich auf die Stimme warte, beobachte meine Gedanken von außen; da ist etwas in mir, denke ich oder werde ich gedacht, das mich vielleicht, denke oder sehe oder beobachte ich, auslöschen könnte; alles bedroht mich.

Bei Burhan angekommen, schließe ich mich im Bad ein. Ich zittere immer noch, weine, bin außer mir. Aus unerfindlichen Gründen schlage ich immer wieder auf meinen Nacken, kann nicht damit aufhören. Burhan klopft von außen an die Tür, ich sage nichts. Für einige Sekunden bin ich überzeugt, dass er mir etwas tun will. Dass auch sein böses Gesichtchen gleich in der Luft zu mir schweben wird, so wie eben in der U-Bahn bei den vielen Leuten. Burhan klopft noch mal, ich sage wieder nichts, dann geht er weg. Würde ich jetzt anfangen zu schreien, könnte ich vielleicht nie wieder damit aufhören.

Duane aus England, ein guter Freund von Burhan, besucht ihn in Berlin. Wir gehen zusammen essen, zeigen ihm den koreanischen Imbiss Ixthys. Das Schnellrestaurant befremdet durch eine Mischung aus gutem Essen, unbequemen Hockern an kleinen Holztischen und einer Flut von christlichen Botschaften, die in der Essenskarte und auf handgeschriebenen Transparenten an den Wänden lauern. Falls Duane davon irritiert sein sollte, lässt er sich nichts anmerken. Ich wiederum bin irritiert von Duane und versuche, mir nichts anmerken zu lassen. Burhan hat mir vorher wenig über ihn erzählt. Nur, dass er und Duane in Luton eine Zeitlang zusammen Fußball gespielt haben und dass Duane von manchen Freunden Snow genannt wird. Ich ging davon aus, dass das entweder mit Kokain oder mit Game of Thrones zu tun hätte. Auf dem Weg zu Ixthys, in der U-Bahn, auf der Straße, schließlich beim Betreten des Imbiss wird Duane permanent angestarrt – verstohlen, offen, auch von mir. Lange habe ich das Gewicht musternder Blicke nicht mehr so deutlich gespürt. Nachdem wir verschiedene Bibim-Bap und einen Fischtopf bestellt und Burhan in eloquentem British English Konversation betrieben hat, adressiert Duane den Elefanten im Raum. Vielleicht weil ich eine Freundin von Burhan bin, vielleicht, weil Duane kein Problem damit hat, ständig sein Aussehen zu thematisieren, ständig seine Existenz zu

erklären, erzählt er uns von seiner Haut. Er sagt, er sei schon so geboren, es habe bei ihm nicht erst später angefangen so wie bei den meisten. Als er noch klein war, habe seine Mutter ihn ständig zu allen möglichen Ärztinnen geschleppt. Einer der Ärzte habe irgendwann zu ihm gesagt, da sei er 17 gewesen:
Why don't you just go all white?
An dieser Stelle schüttelt Burhan grinsend den Kopf; ich denke, die beiden haben sich früher oft High Fives gegeben. Es gebe heute online viele Bilder von ihm, vor allem auf Social Media, fährt Duane fort. Da könne ich ihn in allen möglichen Outfits sehen. Manchmal auch oben ohne, wenn ich wolle, fügt er augenzwinkernd hinzu.
Great, sage ich.
Aber wenn er uns Fotos von früher zeigen würde, wären wir überrascht. Auf den meisten Bildern aus seiner Kindheit sehe man die weißen Flecken gar nicht, wir könnten auf die Idee kommen, er verarsche uns. *It was all make-up, it's all make-up,* sagt er und trinkt einen Schluck Tee.
Dass seine Mutter ihn meistens geschminkt habe, sei normal für ihn gewesen. Er wisse nicht, ob sie das sich oder ihm zuliebe getan habe, sie habe es jedenfalls einfach gemacht. Es sei keine Überraschung, dass er sich dann halt ständig dafür geschämt, sich minderwertig gefühlt habe usw. Aber irgendwann habe er dann beschlossen, dass es so nicht weitergehen könne. Und dann habe er begonnen, Fotos von sich zu posten. Die vielen positiven Reaktionen hätten ihn überwältigt. Und angetrieben weiterzumachen. Mittlerweile könne er davon leben.

Really?, frage ich und merke, dass ein paar andere Gäste uns zuhören.
Ja, er habe halt sein Aussehen zum Alleinstellungsmerkmal gemacht, und zwar in einer Industrie, in der es ums Aussehen geht, *best thing that ever happened to me.*
Also eigentlich, sagt Burhan mit Reis im Mund, habe Duane nur angefangen, selbst über Bilder seines Körpers zu verfügen. Und darüber wiederum habe er erstmals beeinflussen können, was Leute sich für ein Bild von ihm als Mensch machen würden.
Yeah, sagt Duane, aber mittlerweile und das sei das Merkwürdigste überhaupt, scheine seine Hautkrankheit sich wieder zu normalisieren. Manche helle Flecken würden wieder dunkler, die Zellen würden ihr Ding plötzlich so machen, wie sie ursprünglich sollten.
That sucks, mate, sagt Burhan.
Yeah, I don't want it to fucking leave, you know.

Dann schweifen sie ab, sprechen über Fußball, ich google ›Vitiligo‹. Online erscheint ein buntes Gemälde. Es heißt *Madeleine de la Martinique,* entstand circa 1782 und zeigt im Vordergrund ein nacktes, schwarzweiß geflecktes Kleinkind, im Hintergrund eine schwarze Frau, die das Mädchen zu halten scheint und ihm einen Apfel reicht. Ich lese etwas über den Franzosen Le Masurier, der das Bild malte und der Ende des 18. Jahrhunderts viele ähnliche Arbeiten produziert hat. Bilder, die die von Frankreich versklavten Menschen auf Martinique in fröhlichem Tumult zeigen, gut gelaunt unterwegs auf herrlichen

Basaren – ein tolles Markttreiben, eine reiche Auswahl an Waren und Lebensmitteln, Menschen in kostbaren Gewändern –, je heller ihre Hautfarbe, desto höher ihr Status, desto prächtiger die sie umhüllenden Stoffe. Hübsche Bilder aus einer romantisierten Sicht von Kolonisatoren.

Auf dem Rückweg sage ich zu Duane, dass ich, als ich das erste Mal in Angola war, geschockt gewesen sei über das Bleaching der Frauen. Dass diese gelben, ungesund aussehenden Frauen, die mit Tabletten und chemischen Cremes ihre Haut aufzuhellen versucht hatten, mich aber auch fasziniert hätten. Dass ich es trotzdem schrecklich fände, was manche Leute ihrer Haut antun, und beeindruckend, wie er, Duane, das ganze Thema handelt.

Na ja, wirft Burhan ein. *Ist sich die Haut mit bisschen Creme aufzuhellen nicht das Gleiche, als wenn Weiße sich mithilfe von Bräunungscreme in Karotten verwandeln?*

Nee, glaub ich nicht, sage ich, ehe ich darüber nachgedacht habe.

Warum nicht?

… Weil Bräunungscremes und Solarien nicht so ungesund sind, wie sich das Melanin aus der Haut zu ätzen?

Burhan kneift ein Auge zu: *Kein besonders überzeugendes Argument.*

Ich setze noch mal an:

Weil Weiße nicht versuchen, wie Schwarze auszusehen, oder? Sondern eher so, als kämen sie gerade von einem Urlaub auf den Seychellen. Da geht's doch drum, 'nen

natürlichen Prozess nachzumachen. Aber schwarze Menschen oder Leute aus Südkorea oder Jamaika oder wo auch immer sie diese Scheiße machen, versuchen doch auszusehen wie Weiße. Das ist einfach nur unnatürlich.
Und was sei dann mit Duane, fragt Burhan.
Ist der auch unnatürlich?

Ich seufze. Burhan, der sich als Schulkind von anderen Benni nennen ließ und der immer noch so tut, als habe die Tatsache, dass seine Mutter unter außergewöhnlichen Entbehrungen nach Deutschland geflohen ist, hier zwischen drei Sprachen lebt und keine davon fließend spricht, keine Bedeutung für ihn. Burhan, der ewige Bachelor, beziehungsunfähig bis ins Mark, hilfsbereit und eitel, mein bester Freund. Wäre er nicht so selbstbewusst und könnte mich mit seinem psychoanalytischen Gelaber jederzeit übertölpeln –
Duane beginnt zu lachen:
You germans, you take everything so seriously! I think the key to everything is keeping a sense of humour, innit?
Er selbst, fügt er an, verweigere sich auch ab und zu. Wenn ihn der zehnte Fremde in einer Woche anspräche mit *Oh my Gosh, what happened to you?*, dann würde er einfach sagen: *I was bitten by a radioactive chameleon*, und gehen.
Cheers to that!, ruft Burhan und lenkt um auf ein anderes Thema.

Später am Abend sprechen wir über Reisen, die wir noch vorhaben. Ich sage, ich wolle irgendwann noch mal in die USA, wahrscheinlich nach Detroit, da sei ich noch nie gewesen. Die USA hätten mich früher nicht interessiert, aber seit kurzem irgendwie doch. Burhan sagt, er wolle einfach nur an die Nordsee, *zurück nach Westerland;* die Unruhe von Großstädten lehne er in seiner Freizeit ab. Aber klar, beruflich seien Großstädte natürlich Jobgaranten für ihn als Therapeuten, *knock on wood.* Duane überlegt, nach Südafrika zu gehen. Er wolle Jo'burg und Capetown mit eigenen Augen sehen, die Leute dort erleben, das Essen.
Ich liege neben Burhan im Bett, Duane daneben auf einer mit Luft gefüllten Matratze. *So ein guter, alberner Gegenstand,* denke ich, *der mir seit Wochen das Schlafen ermöglicht* (Burhan brauchte wieder mehr Ruhe in seinem Bett, er steht wochentags um 6:30 auf; die Gästematratze hat er kommentarlos angeschafft). Burhan und Duane trinken Whiskey und teilen sich einen Joint. Ich trinke Tee und teile mir mit mir selbst eine Tafel Schokolade; Alkohol ist seit den Tabletten tabu. Wir unterhalten uns wortkarg, während wir *The Voice* über Burhans Beamer schauen. Manchmal lacht Duane an Stellen, an denen ich zu Tränen gerührt bin, dann macht die Matratze unter ihm leise knarzende Geräusche. Die hellen und dunklen Flächen auf seinem Gesicht sind wie ein Echo des bemalten Gesichts meiner Mutter in *Susannes Traum.*
Während hoffnungsfrohe Menschen so gut singen, wie sie können, betrachte ich meine Fingernägel. Seit wenigen Wochen kaue ich sie nicht mehr ab. Es ist, als wür-

den sie jetzt schneller wachsen als früher. Sie sind fester, haben mehr Glanz und Kraft, und diese weißen Flecken, die angeblich von irgendeinem Mangel an Calcium oder Magnesium zeugen, sind verschwunden. Ich frage mich, wohin, und denke: *Meine Nägel haben mich überholt, meine Großmutter wäre stolz auf mich.*

Als ich aus dem Bad komme und in Burhans Zimmer gehe, sitzt er gelassen an seinem Schreibtisch vor dem Laptop und guckt Sportschau. Ich setze mich aufs Sofa, weine endlich etwas leiser, Burhan dreht sich zu mir.
Während er spricht, kann ich ihm nicht in die Augen sehen.
Behutsam drängt er mich, die Tabletten zu nehmen. Die obskuren Nebenwirkungen auf dem Beipackzettel, der kleine, dubiose Dr. Wünschel im zu großen Sakko, Burhans seufzende Bitten, meine Angst, mir selbst noch weiter zu entgleisen – ich trage die Tabletten seit Wochen mit mir rum, anstatt sie zu schlucken, vertraue ihnen nicht.
Mein Zustand sei akut, sagt Burhan.
Und dann, ganz ruhig, ganz endgültig: *Also.*

Auf dem Foto sind drei Menschen zu sehen, ein großer und zwei kleine, eine erwachsene Frau und zwei Kinder, vielleicht aus zwei Meter Entfernung. Matte Farben, ein leichter Sepiafilter über allem. Unklar, ob das am Alter des Bildes liegt, daran, dass die Farbfilme so waren, wie sie damals waren, oder daran, dass die abgebildete Welt auch in Wirklichkeit so aussah. Die drei Personen sind im Begriff zu gehen, laufen nebeneinander einen leicht zerschlissenen Weg entlang, vielleicht den Bürgersteig einer ruhigen Straße. Ihrer Bekleidung nach könnte es Herbst oder Winter sein. Die Frau hat kurzes, dunkles, gewelltes Haar, hält den Kopf zur Seite gedreht und schaut hinunter zu den Kindern. Ihr Gesicht lässt sich nicht genau erkennen, der Ausdruck darauf könnte besorgt oder konzentriert sein, achtsam, vielleicht spricht sie gerade. In der Nähe ihres Ohrläppchens ein weißer Fleck, vermutlich ein Ohrring. Sie trägt eine helle Jacke mit etlichen Knöpfen, in deren Taschen sie seitlich die Arme geschoben hat, vor ihren Bauch. Der Bund der Jacke umsäumt auf Hüfthöhe ihren dunkelblauen Rock, der bis kurz unterhalb der Knie reicht. Er wirft an einer Seite lange, gerade Falten. An den Füßen trägt die Frau schwarze Stiefel, der Schaft geht bis zur Hälfte der Waden, darunter, vermutlich, eine dicke Wollstrumpfhose. Die Kinder, zu denen sie hinunter schaut, laufen nebeneinander und blicken nach vorn. Sie sind etwa halb so groß wie die Frau, tragen dicke Anoraks und Hosen aus festem Stoff, vielleicht Jeans, dazu helle Schuhe, die Turnschuhe sein könnten. Ein Kind hat einen pinken Anorak an und eine pastellfarben gestreifte Wollmütze auf, dazu zwei weiße Ohrenschützer an den Seiten des Kopfs. Unter dem Arm hält es einen steif wirkenden Stoffhasen, erkennbar an den gerade nach oben ragenden Hasenohren, die dem Kind bis zum Kinn reichen. Das andere Kind läuft leicht versetzt hinter den beiden und zugleich zwischen ihnen, sein Körper wird teilweise von dem der Frau und dem des vorderen Kindes verdeckt. Es trägt einen blauen Anorak und ansonsten die gleiche Hose, die gleichen Schuhe und die gleiche Kopfbedeckung wie das andere Kind, allerdings keine Ohrenschützer. Es scheint als einzige Person in die Kamera zu schauen, oder knapp daran vorbei, mit dem Anflug eines Lächelns, vielleicht. Die Gesichter der Kinder sind zu unscharf, um eindeutige Gesichtsausdrücke auszumachen. Das vordere Kind wirkt ernst, angestrengt, seine Augen liegen im Schatten des kleinen Mützenschirms. Das andere Kind scheint sich hinten am Rock der Frau festzuhalten. Sein rechter Arm strebt nach oben, wird sofort überdeckt vom dunkelblauen Stoff. Ob dieses Kind auch ein Kuscheltier dabeihat, ist nicht erkennbar. Der Körper der Frau wirft einen eckigen Schatten auf den Boden, die Füße beider Kinder stehen darin wie in einer Pfütze. Das Bild wirkt leer, obwohl es voll mit Objekten ist. Vielleicht war in dem Moment, in dem der Auslöser der Kamera gedrückt wurde, alles still.

Im Bildhintergrund befinden sich Neubaublöcke.
Zur Zeit ihrer Entstehung wurden diese Neubauten ihrem Namen gerecht, waren eine Verheißung. Brandneue Wohnmodule, modern und übereinandergetürmt, mit Heizkörpern in den Zimmern statt Kohleöfen, mit fließend warmem Wasser in den Leitungen statt kaltem Wasser im Waschbecken. Dazu das Versprechen einer großen, fürsorglichen Nachbarschaft, trockene, geräumige Keller, durch Lattenzäune in verschiedene Einheiten unterteilt, Keller, in denen man von Wohneinheit zu Wohneinheit gehen konnte; man war verbunden. Deshalb auch Innenhöfe mit Klettergerüsten, auf denen Kinder allein spielen konnten und sich gleichzeitig immer im Blick der gesamten Anwohnerschaft befanden.

Vielleicht murmeln die Kinder einen Singsang vor sich hin oder die Frau erzählt ihnen gerade eine Geschichte. Vielleicht hört eine der drei abgebildeten Personen, falls sie laut etwas gerufen hat, ein Echo ihrer Stimme.

Vor einem Hochhaus ragt ein kahler, dünner Baum in die Höhe. Aus der Ferne sieht es aus, als wüchsen die obersten Zweige auf dem Dach des Hochhauses. Der Himmel hinter den Ästen, über dem Hochhaus, über dem zur Seite gedrehten Kopf der Frau, ist von undurchdringlicher Textur. Es ist nicht klar, ob dieses Foto einen guten Moment zeigt oder einen schlechten. Ob die drei Abgebildeten gern in diesem Neubaugebiet spazieren gehen oder nicht, welche Erinnerungen das Bild wachzurufen vermag. Wenn Menschen von der Tristesse des Ostens sprechen, denken sie vielleicht an genau solche Bilder. Aber vielleicht liegen sie genau damit falsch.

Neben dem Kind in der pinken Jacke verläuft parallel zum Plattenweg ein Stück Rasen, darauf stehen ein paar Nadelgewächse. Links neben der Frau wiederum verläuft die Straße, ist nur angeschnitten zu sehen. Das Hinterteil eines hellblauen Trabants steht darauf, seine Vorderseite scheint auf die Hochhäuser zu blicken. Direkt neben der Frau (sie trägt perlmuttfarben schimmernden Nagellack), unterhalb des Bordsteins, glänzt der Lack eines Autos, das das Sonnenlicht reflektiert. Vielleicht gehört diese angeschnittene Autoseite zu einem Lada oder einem Wartburg. Trabi, Lada, Wartburg – alles Autos, die heute entweder belächelt oder ostalgisch verehrt werden. Autos aus Pappe, sagen manche abfällig, auf die man zehn Jahre lang warten musste, beschissenes Land.
Warum fand nach dem Mauerfall in Westdeutschland nichts Anerkennung, das der Osten bis dahin hervorgebracht hatte?

Als ich zehn Jahre alt war, erzählte mir meine Mutter einmal unangekündigt eine Geschichte. Wir standen in der Küche, und sie zeigte mir, wie man ein Fertiggericht zubereitet. Nudeln in Käsesauce, damit ich nach der Schule für mich und meinen Bruder was kochen könnte.
Als ich im Gefängnis saß, das hat dir die Oma bestimmt mal erzählt, oder? Da gab es eine besonders sadistische

Wärterin. Die hat manchmal den Frauen die Fotos zerrissen. Das waren Bilder von ihren Männern, Familien, Freunden. Ich hatte zum Glück bei meiner Verhaftung gar nicht erst die Chance, mir irgendein Foto zu schnappen. Erst heute denke ich: *Sie meinte wahrscheinlich ein Foto von uns.*

Dieses Bemühen, greifbare, positive Erinnerungen zu zerstören – vielleicht ist das verwandt mit dem, was der Westen nach dem Mauerfall mit dem Osten gemacht hat. Und fest an so was zu glauben bedeutet wahrscheinlich, wirklich ein Ossi zu sein.

Ich schlafe vierzehn Stunden, am nächsten Tag sechzehn. Eine große, freundliche Nacktschnecke schmiegt sich in meinen oberen Hinterkopf. In diesen Tagen glaube ich tatsächlich, mein Gehirn fühlen zu können, es bitzelt. Das Herzrasen, die Unruhe, das Grübeln, die Angst – alles wird flacher mit jeder Woche. Am Nachmittag gehe ich mit Burhan ein paar Körbe werfen, treffe meistens, ohne mich zu freuen; alles ist gemäßigt.

Auf dem Rückweg zu seiner Wohnung kommen wir an einer Wand vorbei, auf der gesprüht steht:

Was sind Bilder von uns, wenn sie uns in uns selbst einschließen?

Vielleicht sollte ich den Fotografen fragen, was dieser Satz bedeuten könnte. Ich werde ihn bald treffen. Der erste Kontakt war herzlich, die Terminfindung schwierig, er meistens beschäftigt, ich durch mich selbst verhindert.

Die Trockenheit in meinem Mund ist ungewohnt, macht sich vor allem bemerkbar beim Aussprechen von F-Lauten, stört aber ansonsten nicht weiter. Ich schlage Burhan vor, eine Suppe essen zu gehen. Er sagt, er habe eher Lust zu kochen, vielleicht ein Pilzrisotto; von mir aus.

Was sind Bilder von uns, wenn sie uns in uns selbst einschließen?

Es ist möglich, dass der Fotograf mir Dinge aus der Vergangenheit meiner Mutter erzählen wird, die ich nicht ahnen konnte, die bisher im Verborgenen lagen, die mich indirekt betreffen. Dinge, die mich verstören oder versöhnlich stimmen werden. Ich habe hohe Erwartungen.

Erst zwei Jahre nachdem Kim und ich uns kennengelernt hatten, schlief ich manchmal bei ihr. Nach dem ersten, besoffenen Kennenlernen in Köln hatten wir uns aus den Augen verloren. Zwei Jahre später liefen wir uns an einem Sonntag im Grunewald über den Weg, trafen und schrieben uns von da an immer öfter. Irgendwann begannen wir, über Wochen hinweg, so zu tun, als wären wir gute Freundinnen, von denen die eine abends die letzte Bahn verpasst hatte oder gerade zu faul für den Heimweg war. Ich benahm mich verdruckst, war schüchtern und verwirrt. Nach langen, aufregenden Monaten nahmen wir uns nachts manchmal in den Arm, schliefen näher aneinander, streichelten uns ab und zu. Ich hatte absurde Angst vor unserem ersten, sich anbahnenden Sex, redete mir weiterhin ein, wir seien gute Freundinnen und dass ich eigentlich nicht auf Frauen stünde. Dass ich eigentlich nicht in die nächste marginalisierte Randgruppe gehörte. Luise meinte damals nur: *Bist du bescheuert, Sex mit Frauen ist beste, was bist'n du für'n Spätzünder.*

John Henry ist Gegenstand vieler Geschichten, Theaterstücke und Romane. Vor allem aber wurde er in Volksliedern besungen, die Ende des 19. Jahrhunderts in den USA kursierten und die die schwere körperliche Arbeit erträglicher machen sollten. Der Legende nach arbeitete

John Henry zu dieser Zeit in den USA mit dem Hammer, schlug damit Stahlbohrer in Stein – zusammen mit zigtausend anderen afroamerikanischen Arbeitern, die kurz zuvor noch Sklaven gewesen waren. Mit den Stahlbohrern wurden anschließend Löcher in das Gestein gebohrt; der Sprengstoff wiederum wurde in den Löchern angebracht, um möglichst große Felsbrocken für den Bau von Eisenbahntunneln herauszusprengen. Tausende Afroamerikaner verstarben unter den gefährlichen Arbeitsbedingungen, bis heute fahren in den USA täglich Züge an ihren namenlosen Massengräbern vorbei, durch Tunnel und weite, beeindruckende Landschaften. Der Legende nach wurden John Henrys Kraft und Können als hämmernder *steel-driving-man* eines Tages in einem Wettbewerb gegen eine dampfbetriebene Gesteinsbohrmaschine gemessen. Er war stärker und gewann den Wettbewerb. Doch der Preis dafür war hoch: Direkt im Anschluss an den Sieg verstarb er, mit dem Hammer in der Hand. Sein Herz versagte vor Erschöpfung. Heute ist John Henryism ein Syndrom, das Menschen befallen kann, die wiederholt seelischem und körperlichem Stress durch Diskriminierungen wie Rassismus ausgesetzt sind.

In Kims Haus wohnte im Erdgeschoss eine vierköpfige Familie, deren Mitglieder fast immer zuhause zu sein schienen. Der älteste Mann, vielleicht Anfang 50, saß oft unten auf der Terrasse und rauchte Kette. Dabei oder danach erfasste ihn, vielleicht alle 15–20 Minuten, eine lange, heftige Hustenattacke. Meist beendete er sein feuchtes

Geröchel mit einem lauten, kratzigen Spuckgeräusch. Kim und ich nannten ihn den polnischen Schleimbeutel, denn wir hörten oft, wie er laut auf Polnisch telefonierte, und ständig saß er dabei allein auf der Terrasse. Seine Auswürfe begleiteten uns anderthalb Jahre lang – während wir kochten, uns unterhielten, stritten, miteinander schliefen oder einander aus Büchern vorlasen; wir hörten ihn selbst bei geschlossenem Fenster. Früh um sieben, nachts um eins, Sonntagvormittag. Manchmal war es, als ob er niemals schlief und rund um die Uhr dort unten sitzen würde, Arsch und Jogginghose festgetackert an seinem weißen Plastikstuhl. Schon in den ersten Tagen unseres zaghaften Anbändelns fiel mir auf, dass es dämlich war, ihn ständig polnischen Schleimbeutel zu nennen. Weil seine vermeintliche Nationalität nichts mit seinem Husten zu tun hatte. *Hm, stimmt schon,* meinte Kim. Seitdem ekelten wir uns gemeinsam weiter, aber wenn wir von ihm sprachen, dann nur noch als dem Schleimbeutel aus dem Erdgeschoss. Damals wollten wir bis in den letzten Winkel unseres Privatlebens politisch korrekt sein.

Als ich bei einem Vortrag war, in dem es um afrikanische Literaturen ging, meldete sich im Anschluss eine Frau mit sächsischem Dialekt. Sie wollte wissen, ob es Parallelen gebe zwischen afrikanischen, postkolonialen Narrativen und der Literatur der neuen Bundesländer aus der Nachwendezeit. Denn es seien ja im Grunde beide kolonialisiert worden, Afrika und die DDR, sozusagen beide unter den Hammer gekommen. Viele Menschen im Raum waren durch die Gleichsetzung verärgert, die Stimmung schlagartig angespannt, manche schmunzelten kopfschüttelnd. Der Moderator wiegelte die Wortmeldung ab, verallgemeinerte den Redebeitrag der Frau; sie bekam keine Antwort, zumindest keine verbale.

Ein paar Monate nachdem ich zum ersten Mal wieder allein in meiner Wohnung geschlafen habe, überredete mich Luise, mit ihr und zwei ihrer Freundinnen eine Radtour durch die polnischen Masuren zu machen. Eigentlich nicht meine Art von Urlaub, aber Luise war hartnäckig, schickte mir immer wieder Screenshots von teuren Trekkingbikes, engen Radlerinnenhosen mit eingenähten Arschpolstern und dazu passender, nahtloser Unterwäsche, außerdem viele euphorische Sprachnachrichten, in denen sie skizzierte, wie intensiv und wundervoll alles werden würde. Außerdem könnten wir endlich mal wieder ein richtiges Gespräch führen, ohne Unterbrechungen, ohne Milli. Als wir dann zwei Wochen unterwegs waren, regnete es fast jeden Tag. Wir vier verstanden uns trotzdem gut, mussten uns aber oft über die Dynamiken innerhalb unserer Gruppe verständigen – eine von uns war meistens gereizt. Wenn der Tag nicht so lief, wie erhofft, wenn das Fahren zu anstrengend war, das Essen nicht lecker, der Körper zu durchgefroren. Nach einer Woche kamen wir auf einer Lichtung mitten in einem Wald an. Campen war dort erlaubt, auch wenn es nur ein Dixiklo und einen kleinen See gab. Am frühen Abend tauchte eine dürre, nette Frau auf und sammelte unsere Zloty ein. Auf der Lichtung übernachteten außerdem zwei polnische Dauercamper – eine schöne, dicke Frau mit ihrem kleinen Mann. Sie hatten sich ein aufwendiges Lager gebaut, mit vielen bunten Planen und langen, dicken Stöcken, sogar eine Art Sommerküche eingerichtet. Er bediente und verwöhnte die Frau rund um die Uhr, brachte ihr Kaffee, Kuchen und Rührei, während sie angelte, massierte ihr den Rücken, wenn sie nicht angelte. Auf seinem T-Shirt stand: *Polygamy rocks.* Am nächsten Tag schien zum ersten Mal seit Beginn unserer Tour die Sonne; wir lagen viel herum – in Hängematten, auf Handtüchern am Boden, auf dem breiten Holzsteg, der ins Wasser führte. Wir gingen schwimmen, aßen Ravioli aus der Dose oder Haferbrei mit Obst. Am frühen Abend kam eine Gruppe junger Männer mit dem Kanu dazu und schlug ihre Zelte auf, freundliche Lehramtsstudenten aus Bayreuth, einer von ihnen in Polen geboren. Im Dunkeln saßen wir gemeinsam am Lagerfeuer, unterhielten uns höflich und allgemein. Luise machte viele Witze und lachte oft sehr laut, ließ uns selten zu Wort kommen; vielleicht fand sie einen der Studenten attraktiv. Luises Freundinnen waren noch zurückhaltender als ich, tranken dafür umso größere Schlucke aus der Wodkaflasche, die wir im Kreis herumgaben. Anfangs tat ich so, als ob ich trinken würde, wenn sie bei mir ankam, wegen der Tabletten. Nach einigen Runden gab ich auf und genoss die Wärme, die mir vom Hals in den Bauch kroch. Gegen Mitternacht preschte plötzlich ein Jeep mit hoher Geschwindigkeit durch den Wald. Er verlangsamte sein Tempo erst kurz vor unserem Feuer, bremste scharf; seine Lichter blendeten uns. Aus dem Wagen mit fünf Sitzplätzen stiegen zwei Männer mit Glatze, fünf weitere, kahl rasierte blieben ins Auto gedrängt sitzen, starrten uns durch die Scheiben hindurch an. Sie seien von der Waldwacht und wollten unsere Ausweise sehen, übersetzte der polnisch-deutsche Lehramtsstudent für uns, wirkte dabei angespannt, ängstlich, stand stramm. Die Männer im Jeep grinsten oder guckten ernst; von denen, die ausgestiegen waren, näherte sich mir plötzlich der kleinere, zierliche, mit etwas in der Hand, das ich nicht erkennen konnte. Er stellte mir mehrere Fragen auf Polnisch und musterte mich eingehend, ich antwortete immer wieder, dass ich nichts verstünde, *Niemką, Niemką.* Der andere, feistere deutete auf das Feuer und zischte etwas, der Lehramtsstudent nickte. Ich wusste sofort, dass diese Männer rechts waren, spürte, dass sie kein Problem mit Gewalttätigkeit hatten. Luise versuchte kurz zu protestieren, die sollten erst mal ihre eigenen Ausweise vorzeigen, der Lehramtsstudent beschwichtigte sie entschlossen. Plötzlich stellte der Dünne mir Fragen auf Englisch – woher ich käme, was ich hier machen würde.

I'm on a holiday trip with my friends, we are here with our bicycles.

Als sie schließlich unsere Ausweise gesehen hatten, wiesen sie uns an, das Feuer später gründlich zu löschen, stiegen wieder ein und fuhren weg. Aber nur etwa zehn Meter, hangabwärts. Dann stiegen sie alle aus und saßen mehrere Stunden lang um den breiten Holzsteg herum, im Licht der Autoscheinwerfer, unterhielten sich laut. Je später es wurde, desto heiserer wurden ihre Stimmen, manchmal grölte einer etwas in die Nacht. Ich war sicher, dass sie, sobald sie besoffen genug waren, zurückkommen und uns verprügeln und/oder vergewaltigen würden. Luise lehnte meinen Vorschlag, in den Wald zu fliehen, ab. Wir seien schließlich in der Überzahl und im Zweifel müssten wir eben kämpfen; vereinzelt im Wald und die mit Jeep, da stünden unsere Chancen noch schlechter. Ich glaube, Luise hat noch nie gesehen, wie betrunkene, gewaltbereite Männer sich mit unsicheren, nicht gewaltbereiten Männern schlagen.

Die Lehramtsstudenten beschlossen irgendwann, in Schichten Wache zu halten; einer von ihnen bliebe immer am Feuer. Falls was passieren würde, schlügen sie Alarm. Dankbar, mit vom Wodka schwerem Kopf und einer unheimlichen Gleichgültigkeit, akzeptierten wir ihren Vorschlag. Was geschehen würde, würde geschehen; kurz vor dem Einschlafen schrieb ich eine pathetische Abschiedsnachricht an Burhan für alle Fälle.

Dann geschah nichts.

Am Morgen waren die Männer samt Jeep weg, überall lagen zerdrückte Bierdosen. Die dicke Frau, die wieder beim Angeln saß und Kaffee trank, warf gerade einen Fisch zurück in den See. Am Abend zuvor hatten sie und ihr Partner während der vermeintlichen Kontrolle nichts gesagt, nur ins Feuer gestarrt. Der Lehramtsstudent übersetzte mir, was sie jetzt sagte. Dass diese Männer auf keinen Fall von der Waldwacht gewesen sein könnten, denn Wildfischen sei hier verboten und die hätten das aber die ganze Nacht gemacht. Und die Fische mitgenommen! Außerdem müsse sie sich bei mir für ihre Landsleute entschuldigen. Nicht alle seien so, auch wenn sich mittlerweile immer mehr so was rausnehmen würden; das liege auch an der Regierung. Ich wollte wissen, was genau der zierliche Pole zu mir gesagt hatte, wofür genau sie sich entschuldigte. Der Lehramtsstudent umschrieb verlegen, der Mann habe herausfinden wollen, ob ich ein Flüchtling sei, an meinem Akzent, deshalb die vielen Fragen. Flüchtlinge seien in Polen ein Problem, auch wenn es eigentlich keine gebe.

Obwohl ich weiß, dass es nicht stimmen kann, stelle ich mir manchmal vor, dass Polen, Ungarn und Rumänien zu DDR-Zeiten für meine Großeltern ähnlich verheißungsvoll klangen wie in meiner Kindheit: baden im Lago Maggiore, wandern in den Rocky Mountains, Schnecken essen in Südfrankreich. Doch es stimmt nicht, es gab diese Verheißungen nicht, weder für meine Großeltern noch für meine Mutter, und das entzieht sich vielleicht meiner Vorstellungskraft. Kein Maggiore-See, keine Rocky Mountains, keine Schnecken, nur das, was man ohnehin schon ist und kennt oder wo es so ähnlich ist wie daheim.

Als mein Bruder und ich etwa vier oder fünf Jahre alt waren, zogen wir mit unserer Mutter in ein kleines, städtisches Mietshaus, das von Grund auf saniert und renoviert werden musste. Heute weiß ich, dass sie zuvor vieles versucht hatte, um mit und ohne uns auszuwandern, das Sorgerecht an andere Menschen zu übertragen; nichts davon klappte. Vielleicht beschloss sie deshalb, enorm viel Energie in ein baufälliges Haus zu stecken, um zumindest irgendetwas realisieren zu können. Monatelang halfen viele ihrer Freundinnen mit – damals hatte sie noch Freundinnen – und wir lebten auf einer chaotischen, aufregenden Baustelle. Einmal spielten mein Bruder und ich miteinander in einem leerstehenden Zimmer, dort lag ein Hammer auf dem Boden. Wir glaubten, wir würden den Erwachsenen helfen, indem wir ihre Arbeit imitierten, schlugen darum kleine Löcher in eine baufällige Wand. Auf das Ergebnis waren wir stolz, die Verärgerung unserer Mutter verstanden wir nicht. Wenn diese Anekdote später erzählt wurde, nannte man uns darin scherzhaft die kleinen Helden der Arbeit. Dass wir damals in dem leeren Zimmer eingeschlossen waren, blieb unerwähnt.

Wenn ich mit meiner Großmutter über früher spreche, bei Kaffee und russischem Zupfkuchen, von Augen auf Fotos an Wänden beobachtet, die zwei Jugendlichen gehören, die noch nicht wissen, dass sie einander bald verlieren, weiß ich nie, ob sie die DDR verteufelt oder zurücksehnt. Aber vielleicht sind das auch keine Gegensätze, vielleicht geht wirklich beides. Einmal sagt sie zum Beispiel, Gorbatschow habe so viel für die DDR getan, das sei ein guter Mann gewesen; der habe ja auch Polen Ende der 1980er Jahre erlaubt, demokratischer zu werden. Ab da sei das dann natürlich so richtig interessant geworden für manche, als Reiseland. Obwohl ihnen die Polinnen in den 70er Jahren ja echt noch die Hocker unter den Ärschen weggekauft hätten. Aber das sei den demokratieversessenen

jungen Leuten dann Ende der 80er schon wieder egal gewesen. In Polen sei ja lange Zeit alles noch viel rückständiger gewesen als in der DDR. Als die dann in den 70ern alle rüberkommen durften und im Konsum Schlange standen, na ja, so was Rückständiges merke man halt auch an der Mentalität. *Nee nee, die waren jetzt nicht unhöflich oder so, aber …* jedenfalls seien die Polen trotzdem ganz andere Menschen gewesen, 'ne ganz andere Kultur, das habe man einfach sofort gespürt im Konsum, auch als deren Land fortschrittlicher wurde.
Wenn sie so redet, weiß ich nicht, ob sie Demokratie grundsätzlich für etwas Gutes oder Schlechtes hält.

Während der Schulferien blieben meine Mutter, mein Bruder und ich meistens in Thüringen. Mein Bruder und ich spielten dann manchmal an Bauwägen von Freundinnen unserer Mutter, außerhalb der Stadt, im Grünen. Tagsüber kletterten wir auf Bäume, spuckten in Brunnen, schlugen Nägel in irgendwelche Bretter oder kämpften auf Strohballen gegeneinander. Abends saßen wir am Lagerfeuer und aßen Teig, den wir von erhitzten Stöcken pulten, mit glühenden Gesichtern und schönen, unheimlichen Geschichten im Kopf. Nachts schliefen wir in einem Zelt und stellten uns vor, dass es auf der Spitze des höchsten Bergs der Welt stand. Nebensächlich, dass die meisten unserer Klassenkameraden zu dieser Zeit nicht in der Stadt waren, nebensächlich, was unsere Klassenkameradinnen erlebten, Schnecken, Lago Maggiore usw. Wir erlebten auch so genug.

Ich denke manchmal, dass meine Mutter sich zu dieser Zeit noch mehr in ihr Leben eingesperrt gefühlt haben muss als zu DDR-Zeiten.

Kim wollte schließlich etwas gegen den Schleimbeutel aus dem Erdgeschoss unternehmen. Sie schrieb am Rechner einen ordentlichen Brief – zweisprachig, falls der Mann kein Deutsch verstünde, ließ die online vorgenommene Übersetzung von einer Polnisch sprechenden Freundin prüfen, druckte den fehlerfreien Brief aus und legte ihn in Klarsichtfolie. Darin stand unter anderem, dass permanent den schleimigen Husten mitanhören zu müssen, leider sehr eklig sei. Ob der werte Nachbar nicht mal zum Arzt gehen könne oder zumindest in den eigenen vier Wänden ausspucken, ins Klo zum Beispiel, einfach nur ins Klo. Kim und ich überlegten lange, ob wir den Zettel anonym oder von uns unterzeichnet in seinen Briefkasten werfen sollten, entschieden uns dann für anonym, da wir nicht einschätzen konnten, wie diese Familie reagieren würde, wozu sie fähig war. Ein paar Tage später fragte ich Kim, ob sich schon was getan habe. Sie antwortete, sie habe den Zettel doch nicht eingeworfen, es sei nicht mehr richtig gewesen irgendwie. Sie sei mit einer Nachbarin ins Gespräch gekommen, die habe ihr erzählt, dass sie Polnisch verstehe und manchmal zuhöre, wenn der Mann und seine Frau sich betrunken streiten würden. Anscheinend hatte das Paar vor wenigen Jahren seinen gerade volljährigen Sohn bei einem Autounfall verloren und gab sich gegenseitig die Schuld daran, lebte weiterhin unglücklich in der Erdgeschosswohnung mit den übrigen zwei Kindern zusammen, weil für andere Optionen das Geld nicht reichte. Außerdem habe der Mann vor Kurzem einen Schlaganfall erlitten und könne sich nur noch mit Mühe bewegen. *Der hat schon lange aufgegeben,* habe die Nachbarin gesagt. Seitdem war es nicht mehr ganz so leicht, genervt von ihm zu sein. Mitgefühl mischte sich in unseren Ekel; den Brief einzuwerfen erschien plötzlich taktlos.

Die Idee einer anderen Sexualität und meine Angst davor lösen sich auf, sobald ich diese Sexualität erfahre. Die Idee einer anderen, rückständigen Mentalität von polnischen Bürgerinnen im Vergleich zu DDR-Bürgern löst sich auf, sobald Polen demokratischer erscheint als die DDR. Der Verdacht, ich könnte eine Geflüchtete sein, eine maximal Andere also, lässt sich nicht länger aufrechterhalten, sobald ich meinen deutschen Pass vorzeige. Die Tatsache, dass Afroamerikaner an den Nachwehen der Sklaverei leiden, mittels deren sie zu maximal Anderen degradiert wurden, löst sich vielleicht nie auf. Nicht solange Afroamerikanerinnen als andere Amerikanerinnen gelten, als Amerikanerinnen, die durch das Präfix Afro gekennzeichnet werden müssen. Die Idee, dass meine Mutter eine Entität einer Familie ist, die stets völlig andere, fast gegenläufige Interessen verfolgt hat als ich, könnte selbstgerecht sein. Vielleicht ist sie nur aufzulösen, indem ich mich meiner Mutter wieder nähere, indem ich hinter die Wand schaue, die ich aus einseitig gefilterten Kindheitserinnerungen errichtet habe. Die Idee von meinem Bruder als einer Person, die nur in geringem Maße anders war als ich, die mir im Grunde in fast allem glich, könnte ebenfalls selbstgerecht sein. Ich habe nicht mich verloren, ich habe nicht einen Teil von mir verloren, sondern eine andere Person.

Ich frage mich, ob der hustende Mann heute immer noch auf der Terrasse unter Kims Wohnung sitzt und ob Kim ihm zusammen mit ihrer neuen Freundin genauso zuhört wie wir damals. Welche neuen Spitznamen sie für ihn haben, bei welchen Aktivitäten sein Husten stört. Vielleicht hat der Mann es irgendwie geschafft, sich aus seinem Leben zu befreien. Mit einem Hammer die unheilvollen Mauern seiner Existenz zu zerschlagen.
Wahrscheinlich nicht.

Burhans Couch ist mein häufigster Zufluchtsort, das weinrote Leder an meiner Wange tröstlich. Während er arbeiten ist, mache ich dort Pause von mir selbst. Abstand, Tabletten, Schlaf und Ruhe kommen in mir an, meine so genannte Seele ist endlich am Baumeln, aber auch irgendwie weg. Ich fange an verschiedene Bücher aus Burhans Regal zu lesen, wieder und wieder verirre ich mich zwischen den Zeilen, nichts bleibt hängen. Manchmal gucke ich eine halbe Stunde lang aus dem Fenster ohne Gedanken, manchmal schaue ich viele Filmtrailer nacheinander über den Beamer und keinen einzigen Film.
Das gefällt mir alles sehr gut.

Wenn ich die Augen schließe, sehe ich Dunkelheit und ein paar Lichtflecken, manchmal ein Gesicht aus der Kindheit, manchmal einen Tornado über einem dunkelgrauen, schäumenden Meer.

Ich glaube, ich weiß jetzt, was es bedeuten kann, wie meine Mutter zu fühlen. Wie es sein kann, sich selbst unhaltbar ausgeliefert zu sein.

Das Foto ist schwarzweiß und zeigt eine befahrene, winterliche Straße. In der Bildmitte ist ein junger Mann zu sehen, der nach vorne gebeugt Fahrrad fährt. Es scheint leicht bergauf zu gehen. Der junge Mann sitzt entweder recht hoch auf dem Sattel oder steht mit angewinkelten Beinen, radelt in Richtung der Person, die das Foto schießt. Der Lenker, den er mit beiden Händen festhält, erinnert an den eines Rennrads, die Fahrradmarke ist nicht zu erkennen, vielleicht Diamant. Der junge Mann trägt dunkle Handschuhe, eine dunkelgraue Hose und eine hellgraue Jacke. Im Nachhinein ist es nicht möglich zu sagen, ob sein Outfit farbenfroh war oder nicht. Die Hose reicht bis kurz über die Knöchel, seine Füße auf den Pedalen stecken in hellen Socken und ebenfalls dunkelgrau aussehenden Schuhen. Er wirkt konzentriert, fröhlich, lächelt leicht oder auch nicht; mit großen Augen schaut er auf die vor ihm liegende Fahrbahn, nicht in die Kamera. Um den Hals trägt er eine Kufiya, leger gewickelt fällt sie in rundem Bogen auf seine linke Schulter. Viele bezeichnen das Tuch bis heute als Palästinensertuch. Zur Entstehungszeit des Fotos galt dem jungen Mann der Schal vielleicht als Zeichen von linken, antiimperialistischen Überzeugungen, vielleicht trug er ihn lediglich, um sich vor Kälte zu schützen. Auf den krausen, abstehenden, schwarzen Locken trägt er eine graue Kappe, eine Art Basecap. Darauf ist ein unscharfer, heller Aufdruck zu sehen. In Neuköllner Bars oder New Yorker U-Bahnen würde der junge Mann heute nicht auffallen; damals war sein Outfit vielleicht zu dünn für den ihn umhüllenden Winter.

Laut meiner Großmutter haben sich meine Großeltern und mein Vater in der kurzen Zeit, in der sie miteinander zu tun hatten, außerordentlich gut verstanden. Aus den Briefen, die er ihnen Mitte der 1980er Jahre schreibt (mein Bruder und ich waren gerade etwas über ein Jahr alt), hört man eine sozialistische Prägung heraus; vielleicht verband sie das. Als 19-Jähriger empört er sich schreibend darüber, wie *unzivilisiert* ihm Angola kurz nach seiner Rückkehr vorkomme, wie langsam dort alles vorangehe, wie sehr der Kapitalismus dennoch alles ausbeute, vor allem die wertvollen Bodenschätze. In diesen Briefen äußert mein Vater wiederholt Bewunderung für meine Großeltern und die viele Hilfe, die sie ihm und der Susanne hätten zuteil werden lassen. Fast alles schreibt er in makellosem Deutsch und sauberer, schöner Handschrift.

Hinter dem jungen Mann fahren drei Autos in Reihe, wahrscheinlich alles Ladas, Statussymbole zu dieser Zeit. In der Windschutzscheibe des vordersten Autos, das sich circa anderthalb Meter hinter dem jungen Mann befindet, schweben drei schemenhafte Köpfe. Der zweite Lada taucht hinter dem ersten auf, weiter links, man sieht ihn nur zur Hälfte, ein eingeschaltetes Fahrlicht ist hell. Vom dritten Auto dahinter sind nur dunkelgraue, eckige Außenkanten zu erkennen. Am gesamten linken Bildrand türmt sich zur Seite gedrängter Schnee, weißgrau verfärbt. Die schmutzigen Haufen verlaufen als spitze, niedrige Mauer vom Bildvordergrund in den Hintergrund. Dort ragen aus dem Schnee, auf der linken und rechten Bildseite, kahle Silhouetten von Bäumen. Auf der Gegenseite der Fahrbahn fahren auf Höhe der Ladas vier oder fünf wuchtige, vielleicht knapp zwei Meter hohe Fahrzeuge. Ich sehe sie von hinten, auf der rechten Bildhälfte, sie wirken robust, klobig. Obwohl sie nicht zentral sind, dominieren sie die Stimmung des Bilds, fahren bergab in Richtung des diffusen Bildhintergrunds. An der Rückseite des letzten Wagens ist ein Ersatzrad befestigt. Darunter leuchten zwei kleine Rücklichter hell. Damals wurden diese Fahrzeuge Russenkolonnen genannt; in den Militärfahrzeugen saßen Soldaten der sowjetischen Armee.

Meine Großmutter spricht bis heute abfällig über russische Menschen. Ihr jüngerer Bruder heiratete nach dem Mauerfall eine russische Frau. Glaubt man meiner Großmutter, war dieses *Weibsbild* durchtrieben, hinterhältig, nur auf teure Pelzmäntel aus und trug stets billiges *Russenparfüm*. Generell habe es zwischen den russischen und den deutschen Frauen eine tiefe Feindschaft gegeben, sagt sie; an der Bushaltestelle etwa hätten sich die *Russenweiber* immer vorne angestellt, auch wenn es schon eine Warteschlange gegeben hätte, und die besten Plätze besetzt. Die deutschen Frauen hätten wie ›Bürgerinnen zweiter Klasse‹ später einsteigen und weiter hinten sitzen müssen. Ich sage meiner Großmutter nicht, dass mich das an eine erträgliche Variante von *Rosa Parks* erinnert, versuche stattdessen, unvoreingenommen zuzuhören. Ich weiß nicht, was es bedeutet, seine Jugend in Anwesenheit sowjetischer Soldaten zu verbringen, welche Spuren das hinterlassen kann, welche Ungerechtigkeiten geschehen sind, wie viele Vergewaltigungen es tatsächlich gab. Ich weiß auch nicht, ob meine deutschen Großeltern nach der Wende – wären mein Vater und meine Mutter sich davor nicht begegnet – zu überzeugten Nazis hätten werden können. Ich weiß nur, dass es Verletzungen gab, zu allen Zeiten. Der Würde, des Stolzes und der Körper.

Über meinen Vater spricht meine Großmutter bis heute voller Respekt und Zuneigung; er habe ja damals die Susanne dazu bewegt, aus der Punkgruppe auszusteigen, das vergesse sie ihm nie. Auf Facebook schrieb er mir einmal, das sei fast so gewesen, als hätte Susanne einen Eid gebrochen. Nach der Geburt der Kinder und ihrem ersten Versuch, wieder bürgerlich zu werden, scheinen viele ihrer Freunde enttäuscht gewesen zu sein. Keine gefärbten Haare mehr, keine Sicherheitsnadeln in den Ohren, nicht länger von der Norm abweichende Haltungen, nicht länger ein vermeintliches Gefühl von Freiheit. In einem anderen Brief schreibt mein Vater meinen Großeltern, die Susanne habe ihm kürzlich 20 Packungen Zigaretten geschickt. Das habe ihn sehr gefreut, aber auch traurig gemacht; der Geruch von Cabinet und F6 bringe ihm die DDR wieder ganz nahe. Außerdem berichtet er vorfreudig, dass er bestimmt schon bald seine ins Portugiesische übersetzten Unterlagen für die Eheschließung von der Botschaft abholen könne.

Als ich meine Großmutter einmal frage, ob sie gern die aktuelle E-Mailadresse oder Telefonnummer meines Vaters hätte, verneint sie. Ich vermute, alles soll versiegelt bleiben. Auch mein Vater erkundigt sich zwar immer mal wieder nach ihrem Wohlergehen, aber miteinander in Kontakt zu treten, nach über 30 Jahren, scheint keine Option zu sein, war auch für meine Mutter und meinen Vater nie wieder eine Option seit der Verhaftung. Und selbst ich stehe dem jungen Mann auf dem Foto näher als dem Mann, der mir ein- bis zweimal pro Jahr sporadisch und impulsiv online seine Gefühle mitteilt, um dann auf meine Antworten nicht mehr zu reagieren. Diesen hoffnungsvollen 18-Jährigen, der Fahrrad fahrend auf dem Weg zu seiner Freundin ist, und diese Freundin, ein unbescholtenes, fröhliches Mädchen, das vor kurzem in Tschechien mit einem eigenwilligen Look für Aufsehen sorgte – ich hätte diese beiden Menschen gern kennengelernt.

Nach sechs Wochen kann ich zum ersten Mal wieder allein in meiner Wohnung schlafen, unter zehn Stunden Schlaf wache ich nicht mehr auf.
Burhan ist unnachgiebig. Er sagt, eine Therapie sei unumgänglich.
Also gut.
Ich mache drei Versuche.

Beim ersten ist es so:
Der Psychologe – weiß, groß und hager – begrüßt mich verschmitzt grinsend in seiner Praxis. Schwarze Ledersofas und Sessel, beige Aluminiumjalousien vor den Fenstern, keine Pflanzen im Zimmer, viele Bücher. Alles etwas karg, trotzdem gemütlich. Ich erzähle, so viel ich kann, öffne mich zügig und gezielt. Der Psychologe stellt mir keine Fragen, notiert selten etwas auf seinem Block. Ich spreche lange und mit Pausen, schließlich über die Messerstecherei in Neukölln, da sei ich mit Kim unterwegs gewesen, einer guten Freundin. Er schaut mich an, immer noch keine Fragen. Ich erinnere mich weiter, gerate ins Monologisieren, spekuliere, kurz nach dem Vorfall hätte ich angefangen, mir die Stelle mit der Hand zu halten, wenn Fremde mich von hinten überholten. *Also die Stelle, die sich der Junge gehalten hat,* sage ich, *nachdem er angestochen wurde.* Und ich würde in letzter Zeit immer

öfter von weißen Männern träumen, die schwarze Männer mit Harpunen jagen, vielleicht gebe es da einen Zusammenhang? Der Psychologe schweigt. Vielleicht hinge meine Angst ja auch mit dem Anstieg rechter Gewalt und Gesinnungen in der Öffentlichkeit zusammen, das mache mir schon Sorgen, das erinnere mich an früher, beziehungsweise früher erinnere mich an heute, ich sei ja mit offenem Rassismus aufgewachsen, in Ostdeutschland, in den neunziger Jahren, eingeworfene Fensterscheiben in unseren Kinderzimmern, die unter der Matratze unserer Mutter versteckte Gaspistole, will sagen: Ich kenne die Angst der Leute, die in Asylbewerberheimen leben, und das triggere bei mir vielleicht etwas, und mein Bruder sei ja auch ungefähr im Alter des angestochenen Jungen gewesen, als er starb, und ich damals auch, als ich starb, äh ich meine, er.

Der Psychologe räuspert sich. Mein Gerede fühlt sich an, als würde ich in Plateauschuhen aus Stahl auf immer dünneres Eis hinausschlurfen, wissentlich, aber ohne Idee, wohin sonst zu laufen wäre. Plötzlich geht eine Bewegung durch seinen Oberkörper, als hätte er beim Einschlafen gezuckt und sich dadurch selbst aufgeweckt. Er fragt, ob ich noch weitere Geschwister hätte. Ja, in Angola; ich kenne sie nur flüchtig. Ob ich Freunde hätte? Ja, viele, sie sind mein Netz, ohne sie gehe nichts; *ich meine, ich schlafe seit über sechs Wochen auf ihren Sofas und in ihren Betten, das hab ich doch schon gesagt.* Was das denn für eine Wohnung sei, in der ich eigentlich lebte und nicht mehr schlafen könne? Ich erzähle von meiner

Einzimmerwohnung, in der vor mir ein alkoholkranker Schlagzeuger wohnte und starb, ich erzähle von den geisterhaften Energien, die ich der Wohnung zuschreibe, sage nicht geisterhafte Energien, sondern *strange vibes* und frage mich sofort, ob das der Psychologe überhaupt versteht. Ich ufere aus, fühle schon durch das Eis hindurch das kalte, ewige Wasser. Aber ich erzähle trotzdem weiter, vom Schlagzeug, das nach meinem Einzug monatelang im Treppenhaus stand und einstaubte, vom Namen des toten Schlagzeugers, der bis heute, ein Jahr nach meinem Einzug, noch immer neben dem Klingelknopf steht. Ich erzähle, dass ich mich schon eine Weile vor dieser großen Angst gefürchtet hätte in dem Haus. Es würden halt darin nur eigenartige Leute in kleinen Einzimmerwohnungen leben. Einer, den man nie hört oder sieht, direkt unter mir, es brennt niemals Licht, jeden Tag um 17 Uhr klingelt sein Wecker, ansonsten Stille. Darunter ein Alki, der mir mal mit großen Augen und zahnlosem Grinsen im Treppenhaus zurief: *Wenn's bei dir zu laut wird, dann komm ich hoch klopfen, gell, ich komm hoch klopfen!* Darunter, im Erdgeschoss, eine Frau mit Hund, die entzündete Stimmbänder hat. Wenn sie im Innenhof ihren Hund Sunny ruft, was sie häufig tut, klingt es wie eine klischeehafte Inkarnation des Bösen und Sunny stinkt, sie sieht aus wie eine gealterte, ausgemergelte Version des Mädchens aus *The Ring. Und alle diese Leute leben in den gleichen Einzimmerwohnungen wie ich, nur mit anderen Möbeln und Gerüchen,* sage ich, *das ist mir irgendwie unangenehm, das muss doch einen Einfluss auf mich haben,*

vor allem, dass der Schlagzeuger hier gestorben ist, also, weil manchmal habe ich schon das Gefühl, dass der Tod ziemlich aufdringlich an meinem Leben dranhängt.
Der Psychologe richtet sich auf.
Nach einer Pause, gefolgt von einem Seufzen, sagt er:
Nun ja.
Ich denke, Sie haben alles richtig gemacht.
Aber Sie sind in unserem Land eben eine Minderheit.
Mein Mund ist trocken; da ist nichts, das ich runterschlucken könnte.
Er fährt fort:
Sie fühlen sich zerrissen zwischen den Kulturen. Ich denke, das sind Probleme, die im Hier und Jetzt bestehen, mit der Außenwelt. Mein Therapieangebot richtet sich ja eher an Menschen, die von der Vergangenheit belastet sind … Ich denke deshalb, dass ich Ihnen mit meinem Angebot nicht helfen kann. Und Ihre Fragen sind ja im Grunde nicht therapeutisch zu klären.

Ich wache auf, bin betrunken, obwohl ich's nicht mehr sein will, mein Hirn wie in Schnaps eingelegt, ich ekle mich vor meiner eigenen Fahne, alles flau. Neben mir liegt ein weißer Mann mit langen Haaren. Ineinanderlaufende Erinnerungen, wie wir uns küssen, beißen, übers Gesicht lecken auf den Rücksitzen eines fahrenden Taxis, er einen Lederhandschuh auszieht und mir die Hand in den Slip schiebt. Wie wir an einer Bartheke stehen, er sich neben mich setzt und mir wortlos eine Hand in den Nacken legt. Wie ich mit geschlossenen Augen tanze und sich alles dreht. Ich stehe auf, steige langsam von meinem Hochbett, Kopfschmerzen stechen zu, ich öffne das Fenster, draußen ein taubengrauer Tag, fast vorbei. Als ich mich umdrehe, sitzt mir eine Bulldogge gegenüber. Der Hund guckt mich aufmerksam an, wedelt lautlos mit dem Stummel an seinem Hintern. Ich gehe an ihm vorbei ins Badezimmer, mein Arschloch fühlt sich wund an. Wie ich in einem abbruchreifen Gebäude stehe, irgendein Typ fickt mich von hinten, ein anderer guckt zu und wichst, beide sehen ziemlich jung aus, kein Hund in Sicht, kein Glas in den Fenstern, nur viereckige, dunkle Löcher. Im Bad riecht es verfault. Als ich unter der Dusche stehe, mache ich das Wasser erst zu heiß, dann zu kalt, kotze Galle auf meine Zehen. Zwei Stunden später ist der Typ samt Hund verschwunden, es wurde nicht mehr geredet oder gekuschelt, ich liege allein in der Dunkelheit, die in mein Zimmer und mich dringt, in der versifften Bettwäsche, wünsche mir einen engen Helm aus Holz, um meine Gedanken zusammenzuhalten, nirgends Ordnung. Wie ich auf dem Tisch eines Clubs stehe und versuche, gleichzeitig zu tanzen und zu trinken, mir dabei Whiskeycola über die Brust schütte. Wie ich vor einem Club stehe und einen Türsteher anschreie. Wie ich auf einer Toilette zweimal Speed ablehne, dann doch welches ziehe. Wie ich mich in einer Bar mit irgendwem unterhalte und abrupt mein Schnapsglas gegen seinen Kopf werfe. Ich weiß nicht, wie lange ich aus war, vielleicht 20 Stunden, aus den Augenwinkeln sehe ich nervös flackernde Schatten. Mein Herz rast seit Stunden, ich gucke Serien, esse Chips und Kakaopulver mit dem Löffel; nach draußen zu gehen, um an der Tankstelle etwas zu essen zu kaufen, ist keine Option, Essen bestellen auch nicht, niemand darf mich sehen. Falls ich mich in den Schlaf fallen ließe, nachts, könnten die Schatten mich kriegen. Immer wieder lese ich im Internet Abschiedsbriefe von Unbekannten, denen der Suizid geglückt ist, angeblich echte Notizen, alle 30 Minuten schalte ich mein Handy ein, um nachzusehen, ob mich irgendjemand nicht erreicht hat, streame Kinderserien und Romcoms, harmloser Input für den verhärmten Körper. Beim Gang zum Klo knote ich den Frotteegürtel meines Bademantels um den querlaufenden Balken meines Hochbetts, testweise. Gegen sechs Uhr früh ist tatsächlich eine Nachricht auf meiner Mailbox, Luises dreijährige Tochter Milli erzählt stolz und zeitverschoben, sie habe jetzt braune Haut, *braune Haut*

hab ich auch, genau wie du. Danach sagt Luise etwas befangen, dass Milli unbedingt diesen Anruf machen wollte und sie beide sich freuen würden, wenn wir uns nach dem Urlaub wiedersähen. Die ganze Nacht über habe ich das Gefühl, die Bulldogge säße unter meinem Hochbett, mit glühenden Augen und einem dünnen, roten, erigierten Hundepenis; wenn ich die Augen schließe, fürchte ich, das Tier könnte die Leiter hochkommen. Als es hell wird und die ersten Vögel Laute von sich geben, schlafe ich ein. Eigentlich weiß ich seit Wochen, dass ich Hilfe brauche. Ich nehme mir vor, am nächsten Tag Burhan anzurufen, es dauert noch drei weitere Tage und Nächte unter Schlafentzug, bis ich es schaffe. Dann schreibe ich eine Nachricht, morgens halb acht.
du, mir geht's grad nicht so gut.
können wir vielleicht kurz telli, falls du zeit hast?

Nach 20 Minuten ruft er zurück. Als ich seine Stimme höre, beginne ich sofort zu heulen, lege den Hörer weg, um mich zu schnäuzen und mir eine Ohrfeige zu geben. Burhan fragt irgendwann aus dem Hörer in mein Kopfkissen hinein:
Hallo, bist du noch dran?

Burhan bleibt unnachgiebig.

Beim zweiten Versuch ist es dann so:
Die Therapeutin am Telefon klingt sympathisch, ihre Stimme etwas schräg und weinerlich, beim Vorgespräch finde ich sie lustig. Manchmal macht sie irritierende Geräusche mit geschlossenem Mund, die an eine Kuh erinnern, ich kann diese Geräusche nicht deuten. Sie kleidet sich ein bisschen wie ein Kind – bunte, weite Wollpullover mit aufgedruckten Tierprints, labbrig sitzende Jeans. Sie könnte pfiffig sein, denke ich. Oft legen ja Leute, die äußerlich nicht so stimmig oder elegant daherkommen, viel Wert auf ein exzellentes Inneres.

In der vierten Sitzung erzählt sie mir zum zweiten Mal eine Geschichte, die sie beeindruckt hat. Es geht um Kinder, die während des Nationalsozialismus in Konzentrationslagern gezeugt wurden. Die Säuglinge seien unter geheimen Umständen aus den Lagern geschafft worden und hätten in Freiheit aufwachsen können. Dennoch hätten Untersuchungen gezeigt, dass ihr Stresspegel dauerhaft höher war als der von anderen Kindern, also normalen Kindern, die nicht in KZs gezeugt worden waren. Bei den nervösen, zu Ängstlichkeit neigenden KZ-Kindern habe später im Leben schon ein klein wenig Stress ge-

reicht, um sie in einen absoluten Ausnahmezustand zu versetzen.
Die Therapeutin vergleicht diese Kinder erneut mit mir.

In der fünften Sitzung erzählt sie, was sie schon in der ersten Sitzung erzählt hat, aber mit ausführlicherem Ende. Sie sagt, dass sie ja schon einmal ein schwarzes Kind betreut habe, das wisse ich vielleicht nicht, da sei es auch um Rassismus gegangen, unter anderem. Das Kind habe halt damals leider in Ostberlin gelebt und da sei Rassismus natürlich an manchen Ecken nicht zu vermeiden gewesen. Deshalb sei sie dann immer mit dem Kind nach Westberlin gefahren, in der S-Bahn. Und das habe auch merklich geholfen. Ab hier führt sie ihre Erzählung anders als davor zu Ende. Einmal sei ein afrikanischer Mann in der Bahn mitgefahren, der habe sie mit dem Kind gesehen. Und der habe sie dann so angeflirtet, das sei eindeutig gewesen, *der wollte Sex von mir!* Als sie dann mit dem Kind ausgestiegen sei, sei der Afrikaner auch ausgestiegen. Da habe sie einem Mann vom Sicherheitsdienst Bescheid gegeben, dass der Afrikaner sie belästigt habe und dass der Sicherheitsdienst den bitte festhalten solle, bis sie mit dem Kind außer Reichweite sei. Der afrikanische Mann sei daraufhin ausfällig geworden. Der habe ihr doch tatsächlich die unmöglichsten Dinge über den Bahnsteig hinterhergebrüllt, als er festgehalten worden sei, sogar das Wort ›Rassistin‹.

Seit ich denken kann, haben mich weiße Leute immer wieder gefragt, ob es letztens bei mir gebrannt habe.

Während der Pubertät erzählte ich die meisten rassistischen Witze. Ihre Pointen beruhten darauf, meine Haut mit Schokolade, Dreck oder Scheiße gleichzusetzen. Ich hielt mich für gerissen, weil ich einerseits alle diese Witze kannte und sie andererseits am besten erzählen konnte, also über sie verfügte.

Seit ich denken kann, haben mich weiße Leute immer wieder gefragt, ob ich zu viel Kakao getrunken hätte – mal bösartig, mal ironisch, einmal flirtend.

Als wir Kinder waren, nannte uns Oma Rita gern liebevoll ihre Schokokrümel. Auch heute sagt sie das noch manchmal. Ich habe schon öfter versucht, ihr zu verdeutlichen, dass der Vergleich meiner Haut mit Schokolade neben ihrer Zuneigung vor allem zeigt, dass sie ihre eigene Hautfarbe als Selbstverständlichkeit sieht, von der meine Haut abweicht. Ansonsten müsste sie sie nicht immer wieder benennen, ansonsten hätte sie auch auf die Idee kommen können, meinen Opa zu Lebzeiten mit *mein süßes Raffaellobällchen* oder ihre eigenen Töchter mit *meine lieben hartgekochten, ordentlich geschälten Eier* anzusprechen.

Doch sie beharrt darauf, dass sie Schokokrümel sage, weil sie ja meine Haut besonders schön fände.

Als ich 15 war, wollte ich unbedingt ein Tattoo über dem Steiß. In verschnörkelter Schreibschrift sollte dort stehen: *Black Sugar*. Es hat zum Glück nicht geklappt.

Als ich meinem ersten Freund, der mir mit bemerkenswerter Gewalttätigkeit stadtbekannte Nazis nachhaltig vom Hals hielt, einmal über den frisch rasierten Kopf fuhr, war ich erstaunt: So weiche Haut, das hatte ich nicht erwartet. Als Kind hörte ich das Wort ›Glatze‹ ziemlich oft. Ich wusste, dass Glatzen böse Menschen ohne Kopfhaar waren, die mich hassten. Deshalb ging ich vielleicht davon aus, dass die Glatzen der Glatzen steinhart sein müssten, dass ihre Haut weniger menschlich war als meine.

Ich dachte lange, dass die ehemalige Viva-Moderatorin Milka mit bürgerlichem Namen auf jeden Fall anders heißen würde.

Kim erzählte mir einmal, dass ihre große Schwester, seit sie 16 gewesen sei, auf eine Schönheits-OP gespart habe. Diese Lidfalten-OP sei für sie nötig, habe Kims Schwester ihr gesagt, andere Leute ließen sich ja auch selbstverständlich die Ohren anlegen. Kim meinte, sie hätte damals ihre Schwester nicht davon abbringen können; Kims Schwester verstand nicht, was Kims Problem war.

In der ersten Klasse war mein Freund Marcel, als wir auf dem Pausenhof spielten und es zu regnen begann, irritiert darüber, dass meine Haut nicht abfärbte.

Haut- und Haarpflegeprodukte wie Kakao-, Sheabutter und Kokosöle sind mittlerweile im deutschen Mainstream und damit in den Drogerien angekommen. Davor gab es sie vor allem in so genannten Afroshops. Mit Anfang 20 lief ich in einer westdeutschen Kleinstadt an einem dieser Geschäfte vorbei, die ich bis dahin nie betreten hatte. Eine Frau stand auf der Schwelle, trat raus auf die Straße und rief mir vorwurfsvoll zu: *Girl, your hair looks dry! Come here.* Folgsam lief ich zu ihr und kaufte diverse Produkte, zu denen sie mir riet. Ich ging davon aus, dass sie sich besser mit meinen Haaren auskannte als ich. Nach ein paar Tagen bekam ich von einer Creme leichten Hautausschlag.

Burhan bleibt unnachgiebig.

Beim dritten Versuch ist es dann so:
Vorab verändere ich meine Onlinesuche, gebe diesmal ein: Berlin, Therapeut*innen of colour. Die Suchergebnisse zeigen Gerätschaften für Therapeuten an (*Color-Punktur*) und Gesuche bei Ebay-Kleinanzeigen (*Suche dringent Ausbildungsplatz zum Terrapeuten*). Außerdem eine Liste von Websiten, die kompetent darin zu beraten scheinen, wie man die passende Therapeutin, den passenden Therapeuten findet. Unter jedem Suchergebnis der Websiten steht in hellgrauer Schrift und mittig durchgestrichen:
~~Es fehlt: of colour.~~

Die Wärme nachfühlen, die in der selbstverständlichen Berührung liegt, mit der kleine Kinder sich an den Händen fassen. Oder mit der Milli mir ihre Hand reicht, während wir zusammen eine Straße entlanglaufen.

Auf dem Körper spüren können, wie mein Bruder und ich als Kinder raufen, wie er zappelt und quietscht, während ich auf seinem Brustkorb sitze, mit den Knien auf seinen Armen, und ihm einen nassen Finger ins Ohr drücke.

Mich mit meiner Haut an die Küsse von Kim erinnern, an meinem Hals, in meinem Nacken und anderswo.

Der weirde Handshake, den Burhan und ich einander geben, kurz nachdem wir uns auf einem Ostberliner Flohmarkt kennengelernt haben:
Wir sind beide an einer Teekanne interessiert und bieten den Preis unangemessen nach oben. Letztlich kauft niemand von uns die kitschige Kanne, aber wir gehen einen Tee trinken, unterhalten uns, lachen manchmal. Am Ende ist der angemessene Verabschiedungsmodus nicht klar. Für eine Umarmung kennen wir uns zu wenig, für gar keinen Körperkontakt bereits zu gut; unser Händeschütteln ist albern und verbindlich.

Das dumpfe Aufkommen meiner Faust im Gesicht eines betrunkenen Mannes, der Kim in einem Club in den Schritt greift.

Das schöne Spiel, das mein Bruder und ich als Kinder manchmal in der Badewanne spielten: Nackig und nass sitzen wir im Schaum, mit der gestreckten Hand hacken wir einander immer wieder Teile vom Körper ab und rufen laut: *Fleischmarkt, Fleischmarkt!*

Der merkwürdige Moment, in dem ich der dreijährigen Milli den kleinen, schmalen Arsch abwische, die sich in einer öffentlichen Toilette stehend vornüber beugt und mir zuruft: *Ich bin fertig.* Als wären mein Zeige- und mein Mittelfinger für den Spalt zwischen ihren Arschbacken gemacht.

Das beruhigende Streicheln meiner Armbeuge, mit dem meine Großmutter mich als Kind innerhalb von Minuten zum Einschlafen bringen konnte.

Manchmal denke ich, es wäre gut, sich nicht bloß über Erzählungen und Bilder zu erinnern, sondern über Berührungen.
Ein Archiv in sich zu tragen, das alle Berührungen der Haut gespeichert hätte und das jederzeit abrufbar wäre. Das man hervorholen könnte, wenn man zusammen auf dem Sofa sitzt, bei Tee und Keksen, um sich gemeinsam an Vergangenem zu freuen.

Bis ich eine passende Therapeutin finde, vergehen mehrere Monate.
Dann empfiehlt mir irgendwann Luise ihre Psychologin. Eine charismatische, blonde Frau mit warmen Augen. Sie hat ihre Praxis im Kellergeschoss. Dort sitzt man einander gegenüber an einem großen, runden Marmortisch. Jede Woche stehen frische Blumen darauf, manchmal kitschige Sträuße in einer ansonsten sachlich gestalteten Umgebung. Luise und ich teilen uns die Therapeutin jetzt quasi, was merkwürdig ist; wir sprechen absichtlich nicht miteinander über sie oder die Zeitpunkte unserer Stunden.

Als ich nach einer intensiven Sitzung verheult und erleichtert zur U-Bahn laufe, stelle ich fest, dass ich mehr Leute kenne, die eine Therapie machen, gemacht haben oder machen wollen, als Leute, denen diese Art von Selbstreflexion fremd ist. Dann denke ich an meine Großmutter. Wie ich sie vor Jahren am Telefon drängte, endlich eine Therapie zu beginnen, da die meisten ihrer Leiden doch offensichtlich psychosomatisch seien. Sie reagierte scharf. Was ich mir eigentlich anmaßen würde? Sie sei 'ne alte Frau und so 'ne Therapie koste 'ne Kraft, die sie nicht mehr habe. Wenn sie jetzt einmal wirklich alles ausrollen würde, lang und breit durchkauen würde, was ihr so passiert sei, dann würde sie doch zusammenklappen, das

könne sie doch alles gar nicht mehr bewältigen in der kurzen Zeit, die ihr noch bleibe.
Nach dem Telefonat schämte ich mich und hatte wieder mehr Respekt vor ihr.

Meine Lust, mit den Fingerspitzen die Konturen der hellen und dunklen Flecken auf Duanes Gesicht nachzufahren.

Die Vorstellung, wie der breite, frottierte Gürtel des Bademantels sich um meinen Hals legt. Wie er mich davor bewahrt, abzustürzen in ein unbekanntes Nichts, wie er mich spüren lässt: Etwas hält mich fest und bricht mir das Genick, etwas hält mich fest und in diesem Griff, dieser letzten Berührung, gehe ich in den Tod und werde nicht losgelassen.

Der unendlich oft wiederholte Gag in der Grundschule: Meinem Freund Marcel die Hand zum High Five hinhalten, und wenn er dabei ist, einzuschlagen, die eigene Hand abrupt wegziehen.

Wie gern ich neben Burhan schlafe, obwohl er schnarcht. Wir berühren uns dabei nicht; während ich träume, spüre ich seine Anwesenheit kaum. So eine Nähe ohne Berührung geht nur mit wenigen Freunden.

Der nicht erkennbare Gegenstand in der Hand eines zierlichen polnischen Mannes, der glaubt, mich verhören zu dürfen, und mein Gefühl, dass er mir gleich buchstäblich den Schädel einschlagen wird.

Das ritualisierte Händeschütteln zum Abschied zwischen mir und diversen Therapeutinnen, das ein besseres, anderes Händeschütteln wäre, würde es von einer Entschuldigung begleitet.

Meine Hand, die den Arm meines Bruders packt und zurückzieht, kurz bevor er sich gegen den Zug schmeißt.

Wie ich mal mit Kim einen gebrauchten, per Kleinanzeige inserierten Schrank in Köpenick kaufen wollte: Ein Mann öffnet die Tür und ist irritiert, verweigert es, mir zur Begrüßung die Hand zu geben, sie bleibt sinnlos im Raum zwischen uns stehen. Er stammelt, der Schrank sei jetzt doch nicht mehr zu verkaufen. Im Hintergrund, in seinem Wohnzimmer, hängt eine Reichskriegsflagge.

Meine Hände und Zähne, die eine Reichskriegsflagge zerreißen.

Die vielen Streicheleinheiten, die ich Millis Kopf zu geben unterlasse, um nicht übergriffig zu sein, um nicht zu liebesbedürftig zu wirken.

Meine Füße, die einen Schrank aus Köpenick oder einen Mann aus Köpenick zertreten.

Die Umarmung, die ich meiner Mutter hätte geben sollen, einen halben Tag nach dem Tod meines Bruders, als sie mit dem Taxi bei mir ankam.

Vielleicht wäre es gut, wenn man auch ein Negativ-Archiv aller Berührungen in sich tragen könnte. Eine nachfühlbare Sammlung von Körperkontakten, die nicht stattgefunden haben, die aber vielleicht, wahrscheinlich, hätten stattfinden können oder sollen.

Als ich meine Großmutter besuche, erzähle ich ihr nichts von meiner Therapie und der Zeit davor, zeige ihr stattdessen verschiedene Fotos. Kopien von Abzügen des Fotografen. Bilder, die er nie entwickelt hat, Bilder ihrer jugendlichen Tochter, die sie nicht kennt: Wie meine jugendliche Mutter über ein karges Feld rennt, von einem etwa gleichaltrigen Jungen und Mädchen begleitet. Wie sie stehenbleibt und an einem ihrer großen, runden Ohrringe etwas zurechtzubiegen scheint. Wie sie ein unbescholtenes Mädchen ist.

Als wir zusammen *Susannes Traum* anschauen, fällt mir plötzlich auf, dass das Gesicht des nackten tschechischen Models dem meiner Großmutter in ihrer Jugend ähnelt. *Stimmt!*, ruft meine Großmutter lachend und legt sofort eine Hand über die nackten Brüste auf dem Papier.

Die Fotos machen meine Großmutter nostalgisch. Sie erzählt mir, anders als sonst, von ihrer Jugend. Wie sie schwanger gewesen sei und aus dem Fleischerladen habe rennen müssen, um sich zu übergeben. Wie sie in die Pubertät gekommen sei und es nur ein einziges Waschbecken im Esszimmer gegeben habe. Wie sie sich deshalb manchmal erst nachts, wenn alle schliefen, hinunter getraut habe, um sich im Intimbereich zu waschen. Wie sie immer wieder die meisten Prügel habe einstecken müssen, wenn ihre Brüder etwas ausgefressen hatten. Wie sie sich vor den sowjetischen Soldaten gefürchtet habe, vor allem abends, auf dem Heimweg. Wie schmerzhaft die Geburt ihrer ersten Tochter gewesen sei, wie leicht dagegen die der zweiten, die ihr ja quasi noch im Krankenhauskorridor einfach so rausgeflutscht sei. Wie sehr sie alle ihre Kinder liebe, auch mich.

Was gäbe ich dafür, meiner Großmutter und meiner Mutter zu einem unmöglichen Zeitpunkt zu begegnen, an dem wir alle 15 Jahre alt wären.
Was hätten wir einander zu erzählen, was könnten wir einander anvertrauen?
Wären wir Freundinnen?

Als ich meine Großmutter verlasse, mit *Susannes Traum* in einer Transportrolle aus Kunststoff, denke ich: *Das ist das teuerste Stück Papier, das ich besitze.* Auf dem Weg zum Bahnhof beginnt es zu regnen. Ich kann nicht aufhören, mir vorzustellen, dass der Regen durch die Rolle ins Foto dringt und die Schminke auf Susannes Gesicht verschmiert: Meine Mutter, als Horrorclown, aufgeweicht.

Am Abend, an dem ich zum ersten Mal wieder allein in meiner Wohnung schlafe, besuchen mich Luise, Milli und Burhan. Ich habe gerade mein Bett frisch bezogen und stutze einem Blumenstrauß die Füße, als es klingelt. Luise und Milli kommen zuerst. Ich höre Milli im Treppenhaus, sie zählt singend die Stufen. Grinsend rennt sie in die Wohnung, hält mir einen riesigen Heliumluftballon vors Gesicht und ruft: *Gesundheit, Gesundheit!*
Danke, sage ich, nehme das Geschenkband, an dessen Ende der Ballon schwebt, und streichle ihr über den Kopf. *Schön, dass ihr da seid.*
Luise tritt schnaufend in den Türrahmen:
Wir wussten nicht, ob du einen Dino oder einen Delphin besser findest; war 'ne lange Diskussion.
Sie hat eine Gemüselasagne dabei, Burhan, der eine Viertelstunde später kommt, Tiramisu. *Starker Luftballon,* sagt er, während er sich zu uns an den Tisch setzt. Als Vorspeise serviere ich eine Karottenkokossuppe. Es ist das einzige Rezept, das ich auswendig kenne; jede Freundin und jeder Freund hat sie schon mindestens dreimal gegessen.

Als ich nachts auf meinem Hochbett liege, leistet mir der Ballon knisternd Gesellschaft. Er ist silberpink und schabt von Zeit zu Zeit sachte an der Wohnungsdecke. Vielleicht wegen der Heizungsluft, vielleicht kitzelt ihn der tote

Schlagzeuger. Mein Schlaf ist dünn wie Reispapier, aber immerhin Schlaf. Am nächsten Morgen stehe ich ungewohnt früh auf, bemühe mich circa zehn Minuten lang, Yoga zu machen, dann gehe ich duschen. Als ich zurück in mein Zimmer komme, ist der Luftballon weg. Ich gehe ans offene Fenster. Der Himmel ist eine makellos gespannte, hellblaue Plane, mir gegenüber auf dem Dach steht ein Schornsteinfeger.

Haben Sie meinen Delphin gesehen?, rufe ich ihm zu und zeige zum Horizont. Der Schornsteinfeger schaut mich irritiert an, ich rufe noch mal:

Mein Delphin ist weg!

Jetzt dreht der Mann in Schwarz sich um, legt Daumen und Zeigefinger der gestreckten Hand auf die Augenbrauen und erkennt vielleicht in der Ferne, was ich meine. Dann dreht er sich zurück, schaut mich ernst an und zuckt mit den Schultern.

III
(fluchtpunkte)

It is far easier to talk about loss than it is to talk about love. It is easier to articulate the pain of love's absence than to describe its presence and meaning in our lives.

bell hooks, all about love

WO BIN ICH JETZT?

Du sitzt im Flugzeug am Fenster. Der Himmel ist blau, acht Stunden in der Luft, jetzt gleich auf einer anderen Erde. Dein Sitz ist bequem, dir ist nicht schlecht, die Airline fordert in Infomercials zu Spenden für humanistische Projekte auf.

WOHIN FLIEGE ICH?

Nach Vietnam.

WARUM GRINSE ICH SO?

Dir ist eben etwas eingefallen:

Als Kinder glaubten dein Bruder und du eine Zeitlang, ihr könntet euch Flügel aus Pappe basteln, mit denen ihr tatsächlich in die Lüfte aufsteigen würdet: Flügel mit Griffen aus Strick, den ihr durch kleine Löcher in der Pappe fädelt und danach verknotet. Ihr wart besessen von der Idee; immer wieder habt ihr diese Flügel auf Papier gemalt und gewusst, dass ihr mit ihnen, wenn ihr nur genug Schwung durch das Abwärtsrennen auf ›der Schräge‹ bekämt, vom Boden abheben und fliegen würdet. Die Schräge – eine betonierte Fläche, eine Art zu lang und zu breit geratene Garagenauffahrt ohne Garage – wurde in Erfurt gebaut, lange bevor ihr mit eurer Mutter dorthin gezogen seid. Dein Bruder und du habt das Basteln der Flügel und damit die Schräge hinunterzurennen allerdings nie ausprobiert, immer nur davon fantasiert.

VIELLEICHT SOLLTE ICH ZURÜCKKEHREN UND ES NACHTRÄGLICH TUN?
Vermutlich würdest du dabei stürzen und dir mindestens einen Knochen brechen, vielleicht sogar den Unterkiefer. Und vielleicht wäre das gut so; schließlich hast du dir noch nie etwas gebrochen, da waren dein Bruder und du unterschiedlich. Oder vielleicht solltest du dir einen ruhigen Ort in Vietnam suchen und diese Flügel basteln, sie dir dann um die Schultern schnallen und nervös flatternd ins Meer laufen.
FALLS ICH DIE EINREISE SCHAFFE.
KANN ICH MICH AUSWEISEN?
Du kannst überallhin und andere Menschen nirgends, das ist für dich so selbstverständlich, wie ins Theater zu gehen.
MANCHMAL HALTE ICH DIESES PRIVILEG NICHT AUS.
Und manchmal genießt du es bedenkenlos.
ICH WEISS.
In dieser Hinsicht bist du weiß.
DANKE FÜR DEN HINWEIS.
Wegen deines Ausweises.
SCHON KLAR.
In Polen, während der Radtour mit Luise und ihren Freundinnen, hat er dich vielleicht vor einer Schlägerei bewahrt oder einer Vergewaltigung.
WER WEISS?
Du solltest deinem Pass dankbar sein. Das Dokument beschützt dich mehr, als jeder queere BPoc-Karate-Selbstverteidigungskurs es je könnte.
ICH BIN DANKBAR.

Kurz bevor ihr damals die Tour nach Polen begonnen habt, wolltest du dein neues Rad einfahren, die absurd teure Ausrüstung testen. Du bist darum einen Tag lang abenteuerlustig durch Brandenburg geradelt, vielleicht haben dich deine Tabletten so mutig gemacht: Als du nach zwei Stunden in einem kleinen Dorf auf dem Parkplatz eines Lidl-Supermarkts Pause machst und einen Müsliriegel isst, spricht dich ein junger Mann an, Jacob. Ihr kommt ins Gespräch, er erzählt von seiner Leidenschaft Martial Arts und zeigt dir ein paar Bewegungsabläufe. Später geht ihr zusammen ein Stück die Landstraße entlang, teilt einen Müsliriegel, du fragst nicht nach seiner Herkunft. Schließlich bleibt ihr vor einem großen, eisernen Tor stehen. Dahinter siehst du ein mehrgeschossiges Gebäude, das an eine Scheune und ein Krankenhaus zugleich erinnert. Jacob sagt: *I must go here now,* und sieht traurig aus. In dem Moment fährt ein blauer Trabi die Straße entlang. Der weiße Fahrer kurbelt die Scheibe runter, reckt den Arm raus, formt mit der Hand eine Pistole, zielt auf euch und drückt ab. Jacob sieht es nicht, der Mann fährt hinter seinem Rücken vorbei. Du schlägst verwirrt vor, dass Jacob dich ja mal in Berlin besuchen könne, und ihr tauscht Handynummern. Jedes Mal, wenn er dir in den folgenden Wochen schreibt, weißt du nicht, was du antworten sollst.

Hey girl, have you forgotten about me?

...

Hello?

Hättest du Jacob den Pass deines Bruders gegeben, könnte

er jetzt vielleicht an einer Straße wohnen, auf der keine Trabis mit pantomimefreudigen Insassen herumtuckern.
DEN PASS MEINES BRUDERS, WIESO?
Manchmal stellst du dir vor, dass die Polizei damals nicht sofort seinen Pass verlangt, während er noch warm auf den Gleisen liegt. Dass du nicht direkt nach seinem Tod mit dem Taxi in seine WG fährst, um das Dokument zu holen, es mit einem ungelenken Roboterarm der Polizistin übergibst, nur um es wenige Tage später durchlocht, entwertet, zurückzubekommen. Du stellst dir vor, dass du stattdessen den Reisepass schon 15 Minuten nach dem Ableben deines Bruders, in kluger Voraussicht, behältst und versteckst. Der vom Treppensteigen erschöpften Polizistin rufst du zu: *Ich kann nichts finden, tut mir leid,* und zuckst mit deinen flügellosen Schultern. Nachdem sie enttäuscht ihre Kappe zum Gruß gelüftet hat und die Treppen wieder abwärts schlurft, kicherst du ins Kopfkissen deines Bruders, dessen Furchen seinen Hinterkopf als Ganzes erinnern: *Hihi, ausgetrickst.*
Hey girl, why don't you answer my –
SORRY, BUT I CAN GO WHERE EVER I WANT TO, AND YOU CAN GO NOWHERE, BYEEE.
Irgendwann blockierst du Jacobs Nummer.
WIE LANG WERDE ICH IN VIETNAM SEIN?
So lange es sich richtig anfühlt.
HABE ICH KEINE ANGST?
Wovor?
HABE ICH EINE WAFFE DABEI?
Manchmal, wenn du nervös bist, formst du mit der Hand

eine Pistole in der Jackentasche. Zum Beispiel während der Pilot den Senkflug beginnt.
ALSO HABE ICH DOCH ANGST.
Nein, du fühlst dich erstaunlich zuversichtlich.
Während der drei Wochen, in denen du in Vietnam sein wirst, siehst oder spürst du kein einziges Mal eine Aggression, hältst niemanden für eine Terroristin und siehst niemanden, der sich öffentlich am Sack kratzt.
ICH BIN DOCH GERADE ERST ANGEKOMMEN.
Als du den Flughafen verlässt, glaubst du, die heiße Luft, die schwerer als der feine Regen wiegt, schmecken zu können. Eine Frau, die ein großes Tablett mit aufgeschnittenen Melonen balanciert, steigt auf ein Moped. Dir fällt ein, dass Kim irgendwann mal gesagt hat, in Vietnam gebe es kein übergreifendes Nationalgefühl. Der leichte Niesel benetzt dein Gesicht. Auf dem Vorplatz des Flughafens trägt ein Mann einen Tornister, aus dem ein Schlauch ragt. Wasser sprüht daraus hervor; der Mann gießt Blumen, während es regnet, auf dem Kopf einen grauen Motorradhelm.
Als du die ersten Tage in der Stadt unterwegs bist, siehst du, dass viele junge, teils jugendliche Vietnamesen Brillen tragen, alte Menschen nie. Und ältere Leute, vor allem auf dem Land, manchmal auch in der Stadt, tragen tatsächlich dreieckige Reishüte. Hüte, die in Europa zum Klischeebild chinesischer Menschen gehören und dir am Ende deiner Reise nicht mehr auffallen.
HAT DAS KINDERLIED *MEIN HUT, DER HAT DREI ECKEN* ETWAS DAMIT ZU TUN?
Nein, wieso?

GEHT ES IM KINDERLIED *DREI CHINESEN MIT'M KONTRABASS* UM RACIAL PROFILING?

Vorletzte Woche hast du deine Großmutter für einen Tag in Thüringen besucht. Sie war stolz, dass sie mittlerweile wieder einigermaßen laufen konnte, wollte mit dir ›in der Stadt‹ essen gehen: Begeistert beschreibt sie dir das All-You-Can-Eat-Buffet eines chinesischen Restaurants, das im obersten Stock eines Kaufhauses liegt. Grinsend und humpelnd will sie im Erdgeschoss mit dir in den gläsernen Fahrstuhl steigen, denn diese Fahrstühle sind die einzigen, die sie noch benutzen kann, und das genießt sie. Eine junge Frau mit abrasierten Haaren in Thor-Steinar-Jacke steht bereits im Fahrstuhl – deine Großmutter ist irritiert, dass du lieber die Rolltreppe nimmst und auf ihre Nachfrage, weshalb, nicht antwortest. Im Restaurant bemerkst du sofort, dass alle, die hier arbeiten, Vietnamesisch miteinander sprechen, aber dass das Essen weder etwas mit China noch mit Vietnam zu tun hat, sondern mit deutschen Geschmacksgewohnheiten, dass dieser Ort eins von zahllosen ›China-Restaurants‹ in Ostdeutschland ist, das keine Chinesin je betreten hat. Als du deiner Großmutter das zu erklären versuchst, sieht sie dich enttäuscht an:

Du hast echt immer was zu meckern, oder?

WIE FINANZIERE ICH DIE REISE NACH VIETNAM?

Du hast während der letzten zweieinhalb Jahre sparsam gelebt. Außerdem hast du parallel zu deiner Therapie immer wieder Workshops mit Kindern und Jugendlichen gemacht, ab und zu als Vertretungslehrerin an Schulen gear-

beitet, zum Ausgleich. Und du warst auch wieder zweimal die Woche im Callcenter.
ICH FINDE MARKTFORSCHUNG PERFIDE.
Trotzdem ergeben sich dort manchmal schöne Gespräche. Eine Seniorin erzählte dir einmal ausführlich am Telefon, wie ihr Ehemann sich am Wannsee mit dem Jagdgewehr erschoss. Das Schlimmste für sie war, dass er auch den Hund mitgenommen hatte.
Warum er den nicht hat leben lassen, der Hund war doch noch völlig in Ordnung.
Und ein vielleicht 50-jähriger Mann erzählte dir, dass er bereits zweimal versucht habe, sich in seiner Wohnung aufzuhängen, dass ihn aber jedes Mal die scheußliche Musik aus der Nachbarwohnung abgehalten habe. Weil er nicht mit Wut habe gehen wollen. Wütend zu sterben, hast du gesagt, ist doch kein schlechter Tod. Obwohl du am Ende des Gesprächs herauskitzeln musst, wie viel Geld die befragte Person besitzt und für welche Produkte sie am meisten ausgibt, ist dein Zuhören aufrichtig. Die Leute am Telefon spüren, wenn ihr Gegenüber durchlässig ist für ihre Geschichten. Deshalb bist du vermutlich eine der besten Befragerinnen der Abteilung.
PERVERS.
Deine Kolleginnen mit türkischen Nachnamen nennen sich am Telefon meistens Müller und Schmidt. Bei Deutsch klingenden Namen fassen die meisten Befragten leichter Vertrauen.
UND?
Manchmal fürchtest du, dass einer deiner Kollegen aus

dem Callcenter deine Großmutter anruft und sie dann lang und mitleiderregend ihre Lebensgeschichte in fremden, fürs strategische Zuhören bezahlten Ohren ausbreitet. Mit Details, die sie dir nie erzählen würde. Aber diesem freundlichen Herrn Müller irgendwie schon, *so ein netter junger Mann, wir haben uns ganz toll unterhalten.*

REICHEN DIE ARBEIT IM CALLCENTER UND MEINE PÄDAGOGISCHEN JOBS FÜR DIE FINANZIERUNG DER REISE AUS?

Nicht ganz, nein.

AHA.

...

WAS UNTERSCHLAGE ICH JETZT?

...

WAS SAGE ICH NICHT?

Dein Vater ist in Angola mittlerweile ein ziemlich wohlhabender Mann. Er hat frühzeitig in Ölpipelines investiert. Einmal im Monat überweist er dir Geld. Deshalb kannst du dir leisten, was du dir leistest.

WARUM MACHT ER DAS?

Er hat nach dem Tod seines Sohnes damit angefangen.

Du begreifst es als eine Art Schmerzensgeld.

ABER MEINEN VATER VON DIESEM GELD ZU BESUCHEN, KOMMT MIR NICHT IN DEN SINN?

Er kommt ja auch nicht zu dir.

UND WAS WILL ICH IN VIETNAM?

Als du vom Flughafen mit dem Shuttlebus in die Innenstadt Hanois fährst, läuft auf dem großen Flachbildmonitor, der hinter der Fahrerin angebracht ist, eine vietnamesische Revueshow, pompös inszeniert. Darin performt jeweils ein Hetero-Pärchen, orchestral begleitet, ein romantisches Lied. Es treten immer ein schöner Mann und eine schöne Frau auf, die Haut der Frauen ist viel heller als die der Vietnamesen um dich herum. Jedes Pärchen singt ein Duett, er trägt stets Anzug, sie ein bodenlanges Kleid. Singend schmachten sie einander an, kommen zusammen, gehen auseinander, halten sich an den Händen, lassen sich gefühlvoll, wie unter Qualen, wieder los. Ab und zu wird das Orchester gezeigt, darin spielen einige Weiße mit; du weißt nicht, weshalb dich das überrascht. Während der Fahrtzeit vom Flughafen ins Zentrum Hanois treten ungefähr zehn verschiedene Pärchen nacheinander auf, nahtlos, dazwischen keine Moderation. Deine Hände massieren einander entspannt; du siehst immer neue Anzüge und Kleider, darin immer neue schöne Körper, immer neue, schmerzhafte Romantik. In deinen Ohren klingt jedes Lied aufrichtig kitschig, der Gesang lullt dich ein. Kurz dämmerst du weg, träumst von Burhan. Ein Marienkäfer kriecht ihm ins Auge, um dort zu wohnen.

Als du später aus dem Shuttlebus steigst, deinen Rucksack aus dem Gepäckraum nimmst und der Tumult der Stadt in deinen Körper dringt, hast du nicht das Gefühl, dazuzugehören, aber dennoch angekommen zu sein. Der grüne Zweithelm einer Grab-Fahrerin passt nur mit Mühe über deine Locken, liegt eher dekorativ oben auf. Als die Fahrerin dich vor deiner Unterkunft absetzt, glaubst du, Erleichterung in ihrem Blick zu sehen; ihre Kundschaft ist in der Regel kleiner.

You are my greatest adventure!

Was?

The world is a book and those who do not travel read only one page.

In deiner Unterkunft hängen an die Wand gepinnte Zettel mit englischen Sprüchen.

Life at its essence boils down to one day at a time. Today is the day!

Ansonsten wirkt alles angenehm und die vielleicht 25-jährige Winnie, deine Gastgeberin, herzlich. Am Abend geht ihr spazieren; Winnie ist aufgeschlossen und sehr an einer Top-Bewertung deinerseits interessiert, außerdem albern und spirituell. Sie hat eine breite Zahnlücke und sagt, sie wolle dir ein paar gute Garküchen zeigen. Es ist bereits dunkel, die Stadt erleuchtet, nirgends Ruhe. Nach einer Viertelstunde kommt ihr auf einem Platz an einer Gruppe vietnamesischer Seniorinnen vorbei, die im gelborangen Licht der Laternen tanzen oder Aerobic machen, es ist nicht eindeutig. An einem Stand esst ihr eine Art Oblate mit klebrigen Kokosfäden. Der Snack erinnert dich an Zuckerwatte und eine Frucht, die du von früher kennst, dann lauft ihr weiter. Winnie erzählt, sie habe ihr Business vor zwei Jahren heimlich gestartet, ihre Eltern würden 500 Meter entfernt leben und nichts davon wissen. Wenn sie ihre Wohnung verließen, bekäme Winnie von ihrer Schwester immer eine Nachricht aufs Handy. Die Mutter sei aber mittlerweile eingeweiht, denn es funk-

tioniere seit acht Monaten ganz gut, und die Investition habe sich bestimmt bald amortisiert, müsse sie auch, denn sie, Winnie, habe ja den Großteil ihrer Ersparnisse in die Unterkunft gesteckt, *haha, wish me luck.* Dann wechselt sie das Thema, erzählt, dass sie im Moment das Buch von Sadhguru lese, seinen New York Times Bestseller über Freude. Ob ich davon gehört hätte?
HABE ICH NICHT, NEIN.
Auf deine Frage, was sie in ihrer Freizeit gern tue, antwortet Winnie lachend: *Tinder! To learn better English,* und erzählt, dass sie manchmal weiße Männer, die sie zuhauf anschrieben, auf Dates schicke.
These men come to Hanoi and text me stuff like: ›Do you wanna be my lotus flower?‹ So I set them up on dates where they think they will meet me, but instead they meet each other.
Obwohl die Stadt voller Fahrzeuge, drückender Hitze und Menschen ist, wird sie später, in deiner Erinnerung, vor allem grün sein: Hanois Palmen, die die breiten Straßen samt hell erleuchteten Geschäften mit ›westlichen‹ Marken säumen. Knorrige, sich in den Himmel windende Bäume. Die vielen, oft frei hängenden dicken Stromkabel, die an Lianen erinnern, der schwere Regen – mit Abstand wirst du diese Dinge vermissen.
ICH BIN DOCH GERADE ERST ANGEKOMMEN.
Ja.
WORAN WERDE ICH DEN KOMMUNISMUS ERKENNEN, DER HIER ANGEBLICH HERRSCHT?
Davon wirst du nichts merken.

WERDEN WINNIE UND ICH KONTAKT HALTEN?
Nein.
Abends im Bett nimmst du eine Sprachnachricht an Kim auf. Nach drei Minuten löst du deinen Daumen von der Stelle, die er zum Aufnehmen gedrückt hielt, schickst die Nachricht ab, weil es nicht anders geht. Dann markierst und löschst du sie.
hey, danke für die vielen bilder letztens, die haben's mir echt erträglicher gemacht. vor allem das bild mit dem mädchen im schwimmreifen fand ich gut. aber schick mir doch auch mal paar bilder von dir, nicht nur insta. ich würd' gern sehen, wie alles bei euch aussieht, was du machst. na ja, beziehungsweise eigentlich hab ich jetzt schon 'ne ganz gute vorstellung, weil … also fühl dich bitte nicht überrumpelt oder so, aber ich bin jetzt auch hier, vorhin gelandet, in hanoi. no worries, ich will dich jetzt nicht stalken oder so, mir geht's gut und ich wollte einfach noch mal weg aus berlin, bisschen imperialistenurlaub machen, dies das. bisher lief's auch echt okay. seit ich hier bin, hab ich zum beispiel überhaupt keine angst. das hatte ich schon vorher im gefühl, aber jetzt ist hier alles so … so easy irgendwie, also zumindest an der oberfläche, na ja, das kannst du wahrscheinlich besser beschreiben als ich. ich bin jetzt jedenfalls paar wochen hier und hab auch schon erste begegnungen gehabt, wird bestimmt 'ne gute zeit. vorhin war ich mit dem mädchen von meiner unterkunft spazieren; sie nennt sich winnie, ums den touris leichter zu machen, glaub' ich. jedenfalls laufen wir so rum, und da sitzt auf einem roller, zwischen zwei

erwachsenen, ein mädchen, das mich mit offenem mund anstarrt und mit dem finger auf mich zeigt. also mach' ich das gleiche bei ihr. da guckt sie auf einmal so traurig, und dann war sie schon vorbeigefahren, das tat mir irgendwie leid. überhaupt kinder. bevor ich gestern losgeflogen bin, saß ich in berlin in der wartehalle und dreh' mich zu so einem spielenden kind hinter mir, das über die sitze tappst. das kind ist vielleicht zwei oder drei, läuft immer wieder ohne schuhe hin und her und klopft gegen die rückenlehnen, irgendwann auch gegen meine. und dann sieht es mich, wir grinsen uns an, und ich sage: hallo kleiner zombie. aber während ich das sage, niest das kind auf einmal und ein paar tropfen landen in meinem mund. ich guck' irritiert zu den eltern und sage: sorry, ihr kind hat mir in den mund geniest. aber die scheinen mich nicht zu hören. also versuch' ich's auf englisch, sitze da wie so'n pikierter britischer lord: excuse me, your child just sneezed into my mouth, lol, derbe eklig. keiner der beiden dreht sich um; vielleicht ist es ihnen peinlich oder sie finden mich unheimlich. also dreh' ich mich wieder weg, und dann denke ich auf einmal über kinderkrankheiten nach. welche kinderkrankheiten ich so hatte und ob das kind mich mit irgendwas anstecken könnte, mumps masern röteln, wobei wir aus der ddr ja angeblich die am besten geimpfte personengruppe auf der ganzen welt sind, äh … okay, jedenfalls bin ich jetzt hier und würd' mich freuen, wenn du dich meldest. das ist auch schon alles, tschau.

Stattdessen schreibst du Kim eine Nachricht, dass das vielleicht etwas überraschend komme, aber dass du ihr sagen wolltest, dass du jetzt auch in Vietnam seist. Dass du demnächst von Hanoi weiter in Richtung Süden reisen und dich freuen würdest, falls sie Lust habe, dich irgendwo zu treffen. Aber no pressure, nur, falls sie frei sei; du wissest ja, dass sie viel Zeit mit der Familie verbringen müsse. Und du selbst hättest dir ohnehin viel Programm vorgenommen; also falls kein Treffen zustande komme, sei es auch nicht so tragisch, liebe Grüße.

WAS FÜR EIN PROGRAMM HABE ICH MIR VORGENOMMEN?

Gar keins.

WAS WILL ICH DANN HIER?

Kurz vor deiner Abreise hast du mit Luise und Milli einen Nachmittag in Berlin verbracht.

WAS WILL ICH IN VIETNAM?

Als ihr ein Gewächshaus im Botanischen Garten betretet, kann Milli kaum an sich halten.

ICH BIN DOCH JETZT IN VIETNAM.

Immer wieder schaut sie sich begeistert die spitzen Pflanzen und hohen Gewächse in den Abteilungen an, guckt zur gläsernen Decke und ruft: *Ich bin die stachligste Pflanze der Welt!*, dann rennt sie aus eurem Sichtfeld. Du und Luise lauft hinter ihr, Luise ist genervt von ihrem Gekreische, du findest es nett. *Ich bin die stachligste Pflanze der Welt!*, ruft Milli noch mal, und ihr wisst nicht genau, von wo ihre Stimme kommt. Als ihr sie wiederfindet, steht sie staunend an einem Teich. Ein schmaler Pfad aus glatten Steinen führt übers Wasser. Hintereinander geht ihr ihn zu dritt entlang. Du hältst Milli an der Hand, zu euren Füßen schwimmen orangesilberne Koikarpfen. Nach wenigen Schritten reißt sie sich los, um die letzten Steine allein zu gehen, gerät ins Straucheln und landet mit einem Fuß im Teich. Sofort beginnt sie laut zu heulen, minutenlang. Luise packt im angrenzenden Gewächshaus eine Zweithose aus, zieht Milli auf einer Sitzbank um und beginnt, eine Birne zu schneiden. Als du ihr von deinen Reiseplänen erzählst, steht ihr Obstmesser kurz still.

Vietnam? Aber was willst du denn da so lange allein machen?

Rumreisen. Sehen, wo Kims Familie herkommt. Mich entspannen.

Mhm. Was sagt unsere Therapeutin dazu?

Ich glaube, ich hab grad keine Wahl, weißt du. Wenn ich hierbleibe, komme ich irgendwie nicht weiter.

Wie meinst du das?

Mein Leben klarzukriegen und so.

Ich dachte, dir geht's mittlerweile besser.

Ja, schon. Aber der Besuch bei meiner Mutter … das war irgendwie zu viel.

Hm. Du kannst auch gern noch mal bei uns schlafen für paar Nächte. Dann ist Milli wenigstens früh schön leise.

Nee, ich hab schon gebucht. Aber danke.

Eskapismus, auch gut.

Ich hoffe echt, dass dir das guttun wird.

Ich auch.

… Was ist denn?

…

Warum guckst du so? … Hast du doch wieder Schlafprobleme?

Also ich sag's dir jetzt einfach.

Was?

Ich bin schwanger.

Milli, die angestrengt dein Haargummi an einem Hinweisschild befestigt, dreht sich zu dir um. Unvermittelt, noch ehe der Satz, den du gerade ins Gewächshaus geschleudert hast, den Boden berührt, fragt sie dich:
Bist du traubig?
Einer ihrer Sprachfehler.
Nein nein, Milli, antwortest du angespannt, *aber ich kriege vielleicht ein Baby.*
Da beginnt sie zu lächeln, klettert auf deinen Schoß und verrät dir mit großen Augen: *Und ich kriege bald einen neuen Maltisch.*

WO BIST DU JETZT?
Vorgestern war ich mit Henning bei uns um die Ecke essen, chinesisch. Also echtes chinesisch.
WER IST HENNING?
Nach dem Essen haben wir beide einen der obligatorischen Glückskekse bekommen. Als ich das Gebäck aus der goldenen Knisterfolie ausgepackt habe, dachte ich, dass es wahrscheinlich niemanden auf der Welt gibt, der den Glückskeks des Kekses wegen mag, also wegen seines Geschmacks.
DER MISERABELSTE SNACK, DER JE ERFUNDEN WURDE.
NEBEN REISWAFFELN.
Auf meinem Zettel stand dann: *Wer anderen eine Grube gräbt, fällt selbst hinein.*
GLAUBST DU AN DIESE ART VON GERECHTIGKEIT?
Nein. Trotzdem hat mich der Zettel getroffen.
Meine Großmutter ist vor sieben Jahren in ein Loch gefallen, als ich in Marokko war. Sie hat im Herbst Laub geharkt, in ihrem Schrebergarten. Mein Großvater war schon zwei Jahre tot, der Garten seitdem ihr Ein und Alles. In ihrer Akribie hat sie auch Laub von der angrenzenden Parzelle zusammengekehrt und dabei das Nachbargrundstück betreten. Dort lagen an einer Stelle morsche Bretter unterm Laub versteckt, darunter wiederum ein fast zwei

Meter tiefer Schacht. Sie sagt, sie erinnere sich weder an das Brechen des Holzes noch an den Sturz in die Tiefe. Sie wisse nur noch, dass sie so sehr wie noch nie geschrien habe, wie am Spieß, so lange sie konnte, immer wieder, sie sei irgendwann ganz heiser gewesen, und ihr eines Bein, das sei ja komplett verdreht und zerdeppert gewesen. Aber die Schmerzen habe sie da noch nicht gespürt, das sei erst später gekommen. Und sie sei auch immer wieder ohnmächtig geworden. Wenn sie zwischendurch kurz wach gewesen sei, habe sie gedacht: *Nee, Rita, hier unten in der Grube verreckste nicht!* Und dann habe sie wieder losgebrüllt. Das sei wie … *das war irgendwie so, als hätt' ich mein Leben lang gesammelt für die Schreie. Meine Stimme klang gar nicht mehr wie von mir selbst. Und dann dacht' ich irgendwann: Au weia, Rita, jetzt verreckste also doch hier unten.*

KLANGEN IHRE SCHREIE WIE DIE DEINER MUTTER AM TELEFON?

Kurz vor Einbruch der Dunkelheit wurde meine Großmutter von einer Nachbarin gefunden, die etwas in ihrer Gartenlaube vergessen hatte und deshalb am Abend noch mal zurückkam. Meine Großmutter nennt sie bis heute ihr Schutzengelchen. Ein Helikopter brachte meine Großmutter dann ins Krankenhaus, in den folgenden Jahren wurde sie fünfmal operiert. Trümmerbruch, sehr kompliziert, das Bein bekam immer wieder neue Drähte und Stäbe eingesetzt, musste immer wieder neu gebrochen werden.

WIESO HAST DU DIR EIGENTLICH NOCH NIE ETWAS GEBROCHEN?

… Glück?
WANN WARST DU ZULETZT IM KRANKENHAUS?
Vorletzte Woche, direkt nachdem ich einen Tag lang meine Großmutter besucht hatte. Ich war nachts plötzlich davon überzeugt, dass ich gar nicht richtig schwanger bin, dass es eine Eileiter- oder eine Scheinschwangerschaft sein müsse: Als ich mich in der Notaufnahme vorstelle, mustert mich die Frau am Empfang mitfühlend. Eine Stunde später grinst ein etwa 30-jähriger Junge mich an:

Sie sind eindeutig in der Gebärmutter schwanger.

Das Personal hier ist aber ziemlich jung, sage ich. Er nickt. *Wo sind denn die älteren Ärzte?*

Alle verschollen! Glückwunsch jedenfalls.

Wollen Sie ein Bild mitnehmen?

Auf dem Ultraschallbild kann ich nichts erkennen, bloß einen Fleck in einer schummrigen Höhle. Wüsste ich es nicht besser, hielte ich ihn für ein Loch in meinem Uterus.
IST DIESER HENNING DER VATER?
Ist das wichtig?
WANN IST DER ENTBINDUNGSTERMIN?
›Entbindung‹. Die letzten beiden Silben des Worts sind heikel.
WIE KLINGT DAS WORT ›ABTREIBUNG‹ FÜR DICH?
…
WIE KLINGT DAS WORT ›ABTREIBUNG‹ FÜR DICH?
… Wie eine herzliche Einladung? Also von einer Person, von der ich bisher dachte, dass sie mich nicht leiden könne und ich sie auch nicht.
WILLST DU SIE ANNEHMEN?

Vorgestern beim Essen meinte Henning, er habe das Gefühl, dass Leute, die Kunst machen und keine Ideen hätten, fast immer mit Löchern arbeiten würden. Er selbst, das müsse er zugeben, habe das auch schon gemacht. Seine letzte Aktion sei allerdings nach hinten losgegangen. Er sei in der Nacht vor seiner Einzelausstellung in die Galerie eingebrochen beziehungsweise in das Büro darüber. Dort habe er alles gut vorbereitet. Als dann seine Ausstellung eröffnet wurde, filmte ein Freund, den er vorher eingeweiht hatte, die Vernissage. Wie die Leute vor seinen Videoarbeiten standen, interessiert und ordentlich, während sie sich kostenlosen Wein in die Hälse gossen. Auf einer großen Videoleinwand habe gestanden: *Please wait until!* Und manche Besucherinnen hätten das tatsächlich getan, sich vor die Projektion gestellt und gewartet. Schließlich sei dann sein Moment gekommen. Mit einem lauten Krachen sei er durch die Decke der Galerie gestürzt. Das Loch beziehungsweise die Umrisse des Lochs habe er in der Nacht vorher ausgesägt. Auf der Projektion sei dann sein gefilmter Sturz und das Beiseite-Springen der erschrockenen Gäste im Loop gelaufen. Ein Mann habe sich im Schreck sogar seinen Rotwein über den Acne-Blouson gekippt. Aber da dieser Mann ein einflussreicher, also vor allem reicher Kunstsammler sei, habe er, Henning, an dem Abend leider keine Arbeit verkaufen können.

DU DRIFTEST AB.

Stimmt.

Also hier im Wald.

Ich weiß nicht mehr genau, von wo ich kam, und denke über Löcher nach.
IN WELCHEM WALD BIST DU?
In einem ganz normalen Wald.
Es ist mittlerweile warm genug, um im Pulli rumzulaufen. Das Licht sieht sauber aus, klar und optimistisch, meinen genauen Aufenthaltsort kann ich leider nicht angeben.
WARUM NICHT?
Weil ich's versprochen habe.
DU BIST NICHT GUT DARIN, VERSPRECHEN ZU HALTEN, ODER?
Ja. Also nein.
ÄRGERT ES DICH IMMER NOCH, DASS ES 300 MAL SO VIELE ABHANDLUNGEN ÜBER DEN DEUTSCHEN WALD GIBT WIE ÜBER DEN DEUTSCHEN KOLONIALISMUS?
Auf meinem Handy versuche ich, eine Karte zu öffnen, aber mein Internet funktioniert nicht. Ruhig bleiben, ich schaffe das auch ohne. Während ich laufe und unter meinen Füßen die Äste leise knackend brechen, denke ich: *Meine Oma, meine Mutter und ich, wir sind schon drei zähe Hunde.*
HUNDE, DIE BELLEN *UND* BEISSEN!
Was?
WO GENAU LIEGT DIESER WALD?
Das darf ich nicht sagen.
Ich merke plötzlich, wie allein ich bin, und atme durch. Hätte mein Atem jetzt eine Farbe, wäre er neongrün.
WAS WILLST DU IN DIESEM WALD?

Meine Mutter wollte, dass ich sie hier besuche.
DAS GLAUBE ICH DIR NICHT.
Doch, sie hat um einen Besuch gebeten beziehungsweise mich eingeladen. Ein paar Monate vorher habe ich mich zum ersten Mal seit Jahren bei ihr gemeldet. Das war Teil meiner Therapie.
BEI DR. WÜNSCHEL.
Nein, bei meiner Therapeutin im Kellergeschoss, am Marmortisch.
Hörst du eigentlich zu?
...
Wenn ich meine Mutter richtig verstanden habe, ist ihr Aufenthaltsort nur temporär. Wir haben kurz gesprochen, sie hat mir von einer Telefonzelle aus ihre Adresse durchgegeben. Bis dahin hatte ich geglaubt, es gäbe keine Telefonzellen mehr. Meine Mutter wollte nicht, dass ich die Adresse aufschreibe. Deshalb kann ich sie auswendig, das war die Bedingung. Die Wohnung liegt hier im Wald, das muss reichen.
HAST DU WAS IM AUGE?
Nein.
WARUM BLINZELST DU SO?
Tu' ich doch gar nicht.
JETZT SCHON.
Vor ein paar Jahren habe ich im Vertretungsunterricht Kindern die Aufgabe gestellt, sich vorzustellen, sie wären Bäume.
BITTE BLEIB BEI DER SACHE.
Ein zehnjähriger Junge erfand daraufhin eine Kurzge-

schichte, in der die weißen Birken versuchten, eine Schwarzeiche aus dem Wald zu vertreiben. Sie waren sauer, weil sie fanden, dass sie zu viel Sonne abbekam, und sie nicht länger in ihrem Schatten stehen wollten. Als er seine Geschichte der bis auf ihn weißen Klasse vortrug, fand er sie extrem witzig, ich musste mir das Weinen verkneifen.
GIBT ES SCHWARZEICHEN DA, WO DU BIST?
Nein. Ich glaube, nirgendwo in Deutschland gibt es Schwarzeichen.
WO IST DEINE MUTTER JETZT?
Ich habe sie schon getroffen, das war vor zwei Stunden. Jetzt brauche ich eine Pause.

Ich gehe kurz in die Hocke, kauere über dem Boden, setze mich schließlich hin. Kaltes Moos, alles friedlich hier. Meine lachsfarbenen Sneaker heben sich leuchtend gegen den grünen Boden ab. Wenn ich hier so sitze, kommen mir mein Dasein, meine bisherigen Sorgen und mein Leben in und zwischen Städten grotesk vor. Beton, Nikotin und Diskotheken. Saufen, Selbstverwirklichung und Internet.

Irgendwann strecke ich mich, stehe auf, klopfe mir den feuchten Po ab und laufe los. Es tut mir leid für meine Großmutter, dass sie keine Möglichkeit mehr hat, an solche Orte zu kommen. Sie wird mittlerweile von so vielen Ängsten und Schmerzen geplagt, dass sie eigentlich nur noch zwischen ihrer Wohnung und verschiedenen Ärzten pendelt.

HAT DEINE MUTTER AUCH DEINE GROSSMUTTER EINGELADEN?

Das kann ich mir nicht vorstellen. Sie haben bestimmt weiterhin keinen Kontakt, meine Mutter hält meine Großmutter nicht aus.

UND DU?

Ich weiß es diesmal nicht; früher konnte ich beide aushalten.

WANN FING IHR ZERWÜRFNIS AN?

Als meine Mutter in die Pubertät kam?

Meine Großmutter hat mir früher oft erzählt, meine Mutter sei vor der Pubertät ein ganz tolles Mädchen gewesen. So brav, so klug, so ordentlich, so hübsch. Die Susanne habe sich sogar in der FDJ hervorgetan und die besten Reden gehalten. Das habe sie so gut gekonnt, weil sie ja schon vorher immer Klassensprecherin gewesen sei. Ich glaube, bevor meine Großmutter anfing, sich für das Verhalten ihrer Tochter zu schämen und vor der Stasi rechtfertigen zu müssen, war sie ein paar Jahre lang sehr stolz auf sie.

Die haben mich einfach abgeholt, und dann saß ich da. Ich wusste überhaupt nicht, wie ich denen das erklären sollte. Warum sie jetzt so rumlief und mit diesen schrägen Vögeln rumhing. Warum sie nicht mehr in der FDJ sein wollte. Klar hatten der Opa und ich da Angst um unsere Jobs. Na, und um die Susanne sowieso. Die haben gesagt, wenn das so weitergeht, müssen'se die in ein Heim stecken. Um sie umzuerziehen. Und da haben wir denen natürlich versprochen, dass wir selber alles versuchen werden, um sie umzuerziehen, also zurückzuerziehen, sozialistisch, na, du weißt schon.

Während meine Mutter etwas gekocht hat, habe ich sie gefragt, warum sie damals von der Stasi verhaftet wurde. Wahrscheinlich war das ein Fehler – zu schnell, zu direkt. Eigentlich wollte sie mir etwas zeigen, aber es kam nicht dazu. Stattdessen hat sie gesagt: *Jetzt reicht's,* mir mein Handy in die Hand gedrückt, mich vor die Tür gesetzt und geschimpft, ich solle in ein paar Stunden zurückkommen, wenn ich mich wieder zusammenreißen könne.
DICH AUSEINANDERZUREISSEN FÄLLT DIR LEICHTER.
Jetzt weiß ich wieder, wo ich lang muss. Dieser eine Baumstumpf ist mir schon auf dem Hinweg aufgefallen. Je näher ich an die kleine Lichtung mit dem Bungalow komme, desto langsamer gehe ich.
DU SIEHST ANDERS AUS ALS SONST.
Ich habe ein bisschen zugenommen.
EXZELLENTE ENTSCHEIDUNG.
WAS WAR DER GRUND DAFÜR?
Als ich elf war, hatte meine Mutter einmal radikal abgenommen:
Mein Bruder und ich spielen ein Brettspiel, bei dem man Barrikaden errichten muss, sie kommt nach Hause und erzählt uns lachend, dass ein Freund sie von weitem erst nicht erkannt habe. Doch als er näher gekommen sei, habe er zu ihr gesagt: *Mensch, Susanne, deine Knie ... du siehst ja aus wie'n KZ-Häftling.* Irgendwas daran hat sie sehr zufrieden gemacht.

Wie stark sich ihr Gewicht von Jahr zu Jahr änderte, fiel mir erst auf, als ich letztens bei meiner Großmutter Fotos anschaute. Am meisten irritierte mich, dass es mir bis dahin nie aufgefallen war. Zu jedem Weihnachtsfest ein anderer Körper, zu jedem Geburtstag eine neue Haarfarbe. Als Kind fand ich es nicht merkwürdig, dass wir mit unserer Mutter manchmal so viel aßen, bis wir Bauchschmerzen bekamen und uns ab und zu sogar übergaben.
WAS MACHT DEINE MUTTER HIER … AUSSER ZU ESSEN?
Ich weiß nicht, wovor sie sich versteckt.
LEBT SIE IN DER NÄHE EINES BRUNNENS?
Was denn für ein Brunnen?
EINER, AUS DEM CHAMPAGNER FLIESST.
WIE IM SCHLARAFFENLAND.
Meine Mutter trinkt keinen Alkohol.
Hört zu, ich will euch von einem guten Lande sagen, dahin würde mancher gern auswandern, wüsste er, wo selbes läge und eine gute Schiffsgelegenheit!
Am Telefon hat sie angedeutet, dass die Polizei sie suche; man wolle sie zu einer Aussage vor Gericht zwingen, die sie unter keinen Umständen machen werde, deshalb wolle man sie in Beugehaft nehmen. Mehr bräuchte ich nicht zu wissen. Allein schon, damit ich nicht in Bedrängnis käme.
WAS KÖNNTE DICH DENN BEDRÄNGEN?
Im Moment bedrängt mich gar nichts.
Ein Lied von Kim fällt mir ein, *I am not a fortune cookie*. Hätte ich noch mehr Akku, würde ich sie anrufen. Statt-

dessen schicke ich ihr eine Sprachnachricht. Sie wird Kim erst erreichen, wenn ich wieder bei meiner Mutter angekommen bin und mobile Daten habe. Falls alles geklappt hat, ist Kim mittlerweile in Hanoi bei ihrer Verwandtschaft. Sie besucht sie mindestens einmal im Jahr.
WIE OFT BESUCHST DU DEINE VERWANDTSCHAFT?
Ich bin doch gerade dabei.
DENKST DU EIGENTLICH AUCH MANCHMAL AN DIE ZUKUNFT?
Wieso?
...
Überall schwarze Aluminiumjalousien, von außen kann ich in keins der kleinen Bungalowfenster schauen. Als ich heute Vormittag hier ankam, dachte ich: *Das ist der Inbegriff eines modernen Hexenhäuschens.* Fünf Minuten später saß ich drinnen an einem Tisch aus dunklem Holz: Ich komme mir daran jugendlich und deplatziert vor, blättere, ohne zu lesen, in einer Fernsehzeitschrift. Meine Mutter nimmt zwei Konservendosen aus dem Hängeschrank, schaltet den Herd ein. Bisher habe ich noch keinen Fernseher gesehen, aber die Zeitschrift liegt trotzdem rum. Buntes, dünnes Papier, das leicht reißt, bedruckt mit kleinen, eckigen Bildern. Unvermittelt sage ich:
Weißt du, immer wenn ich Fernsehen gucke, habe ich das Gefühl, als würde ich gar nicht in Deutschland leben.

Was meinst du?

Na ja, dieses Trash-ProSieben-Deutschland, was da gezeigt wird, oder halt so Opern auf Arte, das hat irgendwie nichts mit mir zu tun. Oder mit irgendwem, den ich kenne.

Da gibt's nichts dazwischen, meine ich, nichts Gutes. Und niemand im Fernsehen, der junge Menschen ansprechen soll, ist unter 40.

Zwingt dich doch keiner, dir das reinzuziehen.

Kochst du eigentlich ernsthaft Dosenravioli?

Die sind ohne Fleisch.

Ich hätte irgendwie gedacht, dass du dich mittlerweile besser ernährst.

Was genau ist dein Problem?

Ich mein' bloß … wir hätten ja auch was Richtiges kochen können.

Du hättest dir doch vorhin auch was Richtiges kaufen können.

Ich habe noch keine 20 Minuten in dem Bungalow gesessen und hatte schon das Gefühl, zu lange da zu sein. Aber nach meinen vorwurfsvollen E-Mails aus der intensivsten Therapiephase bin ich es meiner Mutter schuldig, mir diese Zeit zu nehmen.

KANNST DU ETWAS AUS DIESEN E-MAILS ZITIEREN?

hallo, hey, du meintest ja, ich soll mich zwischendurch mal melden. also hi. bisher ist es ziemlich strange. ich geh' grad spazieren, alles hier ist grün, braun und harmlos, und mein akku ist fast leer. ich hab bisschen sorge, dass ich nicht zurückfinde, lol. also irgendwie ist es schon auch gut, hier zu sein. aber halt auch irreal. ich weiß einfach nicht, was sie von mir will. zum beispiel vorhin, da komme ich an, sie holt mich am busbahnhof ab, wir umarmen uns nicht, aber sie guckt mich so an. keine ahnung, so, als würde sie gerne. oder so, als bräuchte sie 'ne umarmung. später haben wir kurz was zusammen gegessen und direkt ging der erste streit los. ich glaube, sie traut sich nicht, mich zu fragen, wie's mir geht. oder sie ist zu nervös, auf jeden fall irgendwie aufgewühlt. bla bla bla, ich ich ich. bist du schon gelandet? schick mal ein foto, wenn du in die stadt reinfährst, du meintest doch, da gibt's überall high speed internet kostenlos. okay, ich meld' mich später noch mal, tschau.

Ich versuche, meine Schultern zu entspannen. Der Spaziergang hat mich ruhiger gemacht, die Sprachnachricht an Kim ist gerade gesendet worden. An den Häkchen erkenne ich, dass Kim sie direkt abgehört hat. Ich schalte mein Handy aus und lege es in den merkwürdigen Kasten, den meine Mutter dafür vorgesehen hat. Dann klopfe ich vorsichtig an die Tür, im vereinbarten Rhythmus, eine Klingel gibt es nicht. Auf dem Dach des Bungalows läuft in diesem Moment ein muskulöser, eingeölter Student im Tanga im Kreis, lächelt mit gebleachten Zähnen ins Nichts und hält ein Schild hoch, auf dem zu lesen ist: *Zweite Runde! Ding! Ding! Ding!* Dahinter, auf dem Baumwipfel einer Fichte, sitzt mein Bruder als Uhu, starrt zu uns herab und dreht seinen Kopf um 360 Grad.

Warum haben die dich eigentlich damals verhaftet?

Wenn du die Frage so stellst, klingt das, als wär's meine Schuld gewesen. Ich hab aber nichts falsch gemacht.

Hast du nicht?

Das ist genau das, was die damals mit ihren ›Zersetzungen‹ erreichen wollten.

Aber du hast doch irgendwelche Sachen geschmuggelt. Vom Westen in den Osten, Atari-Computer und so.

Blödsinn. Ich war damals 18 und hatte euch grad erst bekommen. Da wäre überhaupt keine Zeit für sowas geblieben.

Und wieso steht dann in deiner Akte –

Die hätte ich dir niemals zeigen sollen, das war hirnverbrannt von mir.

Okay.

Wenn dir wochenlang zwei Typen auf dem Weg in die Lehre hinterherlatschen und du bist 16, immer dieselben zwei Hackfressen, ohne dir zu sagen, warum … in eine Scheißlehre, in die du reingezwungen wurdest, weil deine Einstellung dem Staat nicht passt, dann fängst du irgendwann auch an zu glauben, dass du was verbrochen hast. Dass die alles mitkriegen von dir.

Aber die Stasi hat dich doch nicht bespitzelt, bloß weil du auf einmal bunte Haare hattest.

Doch.

Das glaub' ich irgendwie nicht.

Deine Generation, ja, die Jugendlichen von heute, ihr wisst echt nicht, welche Freiheiten ihr eigentlich habt.

Ich bin Mitte 30.

Weißt du, wozu eine paranoide Regierung fähig ist?

Ihre Bürger paranoid zu machen! Wasserzelle, Einzelhaft, Gruppenisolierung im lichtlosen Keller, langes Stehen bei Schnee im Hof, gezielte Mangelernährung … wegen ein paar Flugblättern. Oder wegen einem Punkkonzert in einer Kirche.

Oder wegen Eltern, die sagen: ›Dieses eine Kind taugt nichts, das ist psychisch krank, das muss weg‹.

So was haben Oma und Opa nie gesagt.

Und da sind wir noch nicht mal bei den Misshandlungen angekommen.

Wurdest du denn im Gefängnis misshandelt?

… Warum bist du hier?

Weil du mich drum gebeten hast.

Und was dachtest du, was wir hier machen?

So 'ne Art Aussprache?

Es ist was passiert, verstehst du, ich hab nicht viel Zeit. Dein Gewühle in der Vergangenheit kann ich jetzt nicht brauchen.

Also keine Aussprache.

Wie kommst du überhaupt auf die Idee, dass du ein Recht hast, irgendetwas über meine Vergangenheit zu erfahren? Das war mein Leben, nicht deins. Das geht dich nichts an.

Klingt, als wär's jetzt vorbei.

Was?

Dein Leben.

Und?

Also hast du deinen Namen jetzt echt geändert, so richtig offiziell mit allem Drum und Dran?

Ja, mein Kind, ich habe jetzt einen neuen Namen, das ist korrekt.

Einen Namen, der nur mir gehört.

Und wie ist der?

Das weißt du doch.

Ich meine den vollen Namen, mit Nachnamen.

Selbst wenn ich dir den sagen würde: Im Internet findest du diese Person nicht.

… Was ist daran so lustig?

Du sitzt hier wie die Stasi höchstpersönlich und verhörst mich. Und ich hab dich auch noch eingeladen. Was hab ich mir nur gedacht.

Das würde ich auch gern wissen.

Isst du das noch?

… Nee, ich bin satt.

Okay, dann komm, ich will dir was zeigen.

Gehen wir raus?

Ja.

Und kann ich dann jetzt vielleicht mein Handy zurückhaben?

Du hältst es echt keine drei Stunden ohne deinen Peilsender aus, oder?

Falls jemand wirklich wissen will, wo ich bin, um rauszufinden, wo du bist, dann haben die das eh' schon bis hierher getrackt. Das hättest du mir vorher sagen müssen, dass du das nicht willst. Dann hätt' ich mir ein Nokia mit anderer Simcard besorgt oder so.

Ich geb' dir dein Handy heut' Abend wieder, ja?

Und wenn ich später spazieren gehen will und mich verlaufe? Ohne GPS, meine ich.

Hörst du dich eigentlich manchmal selbst reden?

Ständig. … aber jetzt sag mal bitte, wegen damals – was würdest du denn sagen, weswegen die dich verhaftet haben?

Jetzt reicht's.

Wieso?

Raus mit dir.

Ernsthaft?

Du sollst rausgehen, hab ich gesagt.

Komm wieder, wenn du dich zusammengerissen hast!

Mein Herz war mal ein großer Automat aus Blech. Er stand an einem Gleis in irgendeiner Kleinstadt, als glänzender, quadratischer Koloss. Mittlerweile ist er kleiner geworden, leichter, noch unauffälliger.

Der Automat hängt jetzt an einer Hauswand irgendwo in Thüringen oder Berlin, ist zugetaggt und mit Stickern beklebt. Täglich laufen Dutzende Leute an ihm vorbei und bemerken ihn nicht, es ist nicht mehr so einfach, in sein Inneres zu schauen. An manchen Stellen blättert der rote Lack ab, das Metallgesicht lächelt müde.

Wenn ich mich vor den Automaten stelle und ein wenig bücke, weckt er eine Nostalgie in mir, die vielleicht mit meiner Kindheit zu tun hat oder mit dem Entstehen der BRD, auf jeden Fall mit einem diffusen Früher. In seinem Inneren, hinter den Glasfenstern, befinden sich billiger Schmuck, Spielwaren und Süßigkeiten in drei Behältern. Ganz links: bunte, einfarbige Kaugummikugeln, die alle gleich schmecken; süß und alt. In der Mitte: Ringe aus Plastik, die auf der vergilbten Werbeabbildung teuer aussehen und mit rubinroten Diamanten besetzt funkeln. Diese kostbaren Ringe warten im Automaten, eingekapselt in einen zur Hälfte transparenten Plastikball, umgeben von noch mehr bunten Kaugummikugeln, sehnsüchtig auf meine Finger. Ganz rechts dann: Spielwaren. Diverse kleine Figürchen, Tiere zum Kneten oder Aufblasen; ich kann es nicht genau erkennen. Vor jedem der drei Behälter ist ein Schuber, daran ein Riegel aus Metall. Ihn um 360 Grad zu drehen macht ein vergnügliches Gefühl.

WO BIST DU JETZT?

Es ist Mittwochvormittag, die Sonne scheint, meine Mutter und ich gehen in einem kleinen Waldsee baden. Für Ende Mai ist es schon ziemlich warm, das Wasser umrandet von Laub- und Nadelbäumen, deren Namen ich nicht kenne. Außerdem, zu meinen Füßen, sandige Wege, auf denen vereinzelt Tannenzapfen liegen, Coladosen, Äste, viel Schatten, wenig Licht und ein Flipflop.

ES IST ERSTAUNLICH, DASS ÜBERALL AUF DER WELT MENSCHEN DAZU NEIGEN, IMMER GENAU EINEN SCHUH ZU VERLIEREN.

Oder eine Socke.

WO GENAU SEID IHR?

Ungefähr eine Viertelstunde zu Fuß von ihrem Bungalow entfernt.

Ich komme mir verklemmt vor in meinem Bikini, ziehe den Bauch ein, obwohl ich das gar nicht will, obwohl wir nur zu zweit sind. Meine Mutter geht nackt ins Wasser, taucht unter und wieder auf, schwimmt ein Stück. Dann treibt sie 20 Minuten lang in der Mitte des Sees, auf dem Rücken, als zufriedene Qualle. Ich sitze längst wieder am Ufer, trockne mich ab und verstehe nicht, was es ihr gibt, so lange im Wasser zu bleiben, sich nackt so auszubreiten. Warum sie immer alles bis ins Extrem treiben muss. Warum sie nicht einfach in einem blickdichten Badean-

zug kurz schwimmen gehen kann, danach wieder aus dem Wasser kommt und auf durchschnittliche Art in einen durchschnittlichen Apfel beißt.
Am liebsten würde ich rauchen. Wenn ich mir jetzt eine von ihren F6 nähme, würde sie es vielleicht erst am Abend merken, wenn vor der üblichen Zeit die Packung leer wäre.
ABER DU HAST DIR VORGENOMMEN, JETZT WIRKLICH AUFZUHÖREN.
Ja.
OBWOHL DU GERN RAUCHST. VOR ALLEM, WENN ES DICH MIT ANDEREN MENSCHEN IN KONTAKT BRINGT.
...
DIESE JUNGE FRAU IN DEN USA ZUM BEISPIEL, MIT DER DU WÄHREND IHRER PAUSE EINE ZIGARETTE GETEILT HAST, DAS WAR DOCH SCHÖN.
Welche Frau?
DIE DICH GESCHMINKT HAT.
Ich erinnere mich nicht, davon erzählt zu haben.
FAST JEDE FRAU, DIE DU IN NEW YORK GESEHEN HAST, HATTE IHR GESICHT MIT EINER SCHICHT MAKE-UP BEDECKT.
Ja. Und? Das ist Jahre her.
NACH DREI TAGEN WIRKTEN FRAUEN OHNE MAKE-UP AUF DICH FAST SCHON UNGEPFLEGT, WEISST DU NOCH?
... Stimmt.
Ich selbst kam mir plötzlich auch zu ungeschminkt vor. Deshalb habe ich einmal in einer Drogerie Make-up aus-

probieren wollen. Eine junge schwarze Mitarbeiterin hatte große Freude daran, mich mit Produkten, die sie mir verkaufen wollte, zu schminken. Sie war dick auf eine straffe Art und roch gut, summte vor sich hin, ich saß auf einem drehbaren Hocker und ließ mich überall im Gesicht berühren. Als sie flüssigen Eyeliner auf meine geschlossenen Augen malte, fingen sie an zu tränen; die Prozedur dauerte etwa eine Viertelstunde.
UND DANN ZEIGTE SIE DIR DEIN GESICHT IM SPIEGEL.
You're officially americanized now!
Ich sah aus wie eine Mischung aus Amy Winehouse und Dieter Hallervordens Rappaport.
SOLL DAS HEISSEN, DU SAHST GUT AUS ODER SCHLECHT?
Vor allem lächerlich. Aber aus Höflichkeit und weil ich es gut fand, dass es solche Produkte in dieser Bandbreite überhaupt gibt, kaufte ich trotzdem das Make-up, das angeblich exactly meinen Hautton matcht.
OBWOHL DU WUSSTEST, DASS DU ES NIE BENUTZEN WÜRDEST.
Wäre ich mit so einer Schicht Schminke hier im See baden gegangen, hätte sich vielleicht nichts in meinem Gesicht verändert, alles wäre genauso zugekleistert geblieben. Eine wasserdichte Visage. Oder vielleicht wäre der gesamte See danach auch officially americanized gewesen.
WORAUF WILLST DU HINAUS?
Diese vielen Dinge, die ich als selbstverständlich in meinem Alltag wahrnehme, obwohl sie zu Konsumzwecken aus den USA importierte Bilder sind, nerven mich plötz-

lich. Während meine Mutter im Wasser auf dem Rücken liegt, denke ich: *Das ist doch auch nur so ein Abzieh-Werbebild von Freiheit und Zufriedenheit, im deutschen Wald, in deutscher Stille, naturverbunden und nackig vor sich hin dümpeln.* Genauso ein Abziehbild wie weiße, US-amerikanische Familien auf karierten Picknickdecken in den 50ern oder heute mit übertrieben vielen Grills im Mund rappende Afroamerikaner oder dieser ewig lässig rauchende Cowboy im Sonnenuntergang. Ich merke auf einmal, dass ich Sehnsucht nach anderen Bildern habe.

UND NACH NIKOTIN.

Nach dem Essen mit Henning habe ich meine allerletzte Zigarette geraucht.

IST ER DER VATER, ODER NICHT?

Seitdem ist Schluss. Henning hat mir vorher viel über seine Arbeit erzählt, er kann noch ausdauernder monologisieren als ich. Ich habe ihn so verstanden, dass er sich seinen Skulpturen am liebsten vom Titel her nähert, den er vorher totally random festlegt, erstmal nur intuitiv quasi, weil ihm das mehr kreative Freiheit gibt.

KREATIVE FREIHEIT.

GIBT ES AUCH UNKREATIVE FREIHEIT? ODER KREATIVE UNFREIHEIT?

Was?

DIESER HENNING UND DU, HABT IHR IM MOMENT KONTAKT?

Nein.

WO IST ER JETZT?

Zuhause.
SCHREIBT IHR EUCH?
Ich fahre übermorgen zurück nach Berlin, wozu sollten wir uns die ganze Zeit Nachrichten schicken?
DU SCHREIBST DOCH AUCH MIT KIM, LUISE UND BURHAN.
Kim hat noch nicht geantwortet. Beziehungsweise sie schickt immer mal Links zu Bildern, von denen sie glaubt, sie könnten mir gefallen. Ich schreibe ihr dann ein paar englische Zeilen zurück, die mir spontan einfallen; vielleicht macht sie daraus neue Songs. Normale SMS wären mir lieber.
Sie müsste mittlerweile bei ihrer ältesten Tante im Dorf angekommen sein.
WARUM MACHST DU JETZT WIEDER DIESES GESICHT?
BIST DU BELEIDIGT?
Drei Tage mit meiner Mutter sind ziemlich lang, also energetisch.
SIE LIEGT IM WASSER, DU SITZT AM UFER, DIE SONNE SCHEINT, KEINE NAZIS IN SICHT. WAS GENAU IST DEIN PROBLEM?
Ich weiß in ihrer Gegenwart einfach nicht, wer ich bin. Ich glaube, das liegt daran, dass ich ihren Charakter nie so richtig begriffen habe. Und mich deshalb dazu in kein Verhältnis setzen kann.
UND KIM?
Was soll mit ihr sein?
WEISST DU IN IHRER GEGENWART, WER DU BIST?

Heute morgen habe ich mir ihre Fotos bei Instagram angeschaut. Sie postet vor allem Essen und Ausschnitte aus Gesprächen mit ihren vietnamesischen Großeltern, alles sieht gemütlich aus. Vielleicht sollte ich jetzt auch dort sein.
WARUM?
Um das mit ihr zusammen zu erleben.
IHR UNTERNEHMT DOCH NUR NOCH PLATONISCH DINGE ZUSAMMEN.
Da bin ich mir nicht mehr so sicher.
WEIL SIE AUSSER REICHWEITE IST? ODER WEIL DU SCHWANGER BIST?
Wahrscheinlich beides. Eigentlich will ich darüber im Moment nicht nachdenken.
HÄLTST DU ES FÜR EINEN ZUFALL, DASS MAN SICH ALIENS OFT EXAKT SO VORSTELLT, WIE MENSCHLICHE EMBRYONEN IN EINER BESTIMMTEN ENTWICKLUNGSPHASE AUSSEHEN?
… Ich beneide Kim um ihre Familie. Nicht, dass bei ihr alles ideal wäre. Alle erwarten ständig, dass sie einen vietnamesischen Mann aus einer erstklassigen Familie heiratet und dann zügig viele erstklassige Kinder kriegt. Nur eine ihrer Tanten weiß, dass sie lesbisch ist. Aber in ihrer Familie gibt es immerhin klare Regeln, Verlässlichkeiten. Bei mir nicht. Alles kann jederzeit davontreiben.
DEINE MUTTER TREIBT IMMER NOCH IM SEE.
Ja. Wie eine Leiche.
WAS WÜRDEST DU FÜHLEN, WENN SIE PLÖTZLICH TOT WÄRE?

...

WAS WÜRDEST DU FÜHLEN, WENN DEINE MUTTER PLÖTZLICH TOT WÄRE?

Als sie mit ihren rot gefärbten, nassen Haaren aus dem Wasser kommt, staune ich für einen Moment. Ihre vielen Tattoos. Nach dem Tod meines Bruders fing sie an, sich großflächig Motive und Schriftzüge stechen zu lassen. Mir war das damals unangenehm; ich hatte das Gefühl, sie wolle sich zurück in ihre Jugend katapultieren, unbeschwert dort weitermachen, wo ihr Erwachsensein schmerzhaft abrupt begann.

Jetzt gefallen mir die Tattoos auf einmal.

WELCHE TÄTOWIERUNGEN BESCHÜTZEN DICH?

Ich konnte mich nie dazu entscheiden, mir eins stechen zu lassen. Mittlerweile wäre das zu bedeutungsschwanger. Außerdem ist es heute schon fast etwas Besonderes, keins zu haben.

WILLST DU ETWAS BESONDERES SEIN?

Nein. Meine ganze Kindheit lang war ich damit beschäftigt, nicht aufzufallen. Meine Großmutter sagt, als meine Mutter im Gefängnis saß und mein Bruder und ich bei ihr gelebt haben, hätte ich mich immer hinterm Sofa versteckt, wenn Besuch gekommen sei. Und dort stundenlang mit festem Gesicht meine Haare gekämmt. Absolut durchschnittlich zu sein, fand ich selbst noch als Jugendliche erstrebenswert.

UM AUF DURCHSCHNITTLICHE ART IN EINEN DURCHSCHNITTLICHEN APFEL BEISSEN ZU KÖNNEN?

Mittlerweile haben sich Wolken vor die Sonne gesetzt, ich

habe Gänsehaut auf Armen und Beinen. Meine Mutter rubbelt mit einem schwarzen Handtuch erst ihre Gliedmaßen, dann ihr Haar trocken, wirft ein weites, schwarzes Kleid über, setzt sich neben mich und fängt an, ein Brot zu essen. Während ich weiter fröstele, unterhalten wir uns. Aus irgendeinem Grund ziehe ich immer noch den Bauch ein, überlege kurz, ob das dem Fötus schaden kann, bleibe dennoch mit angehaltener Luft im Bikini sitzen; sie beginnt zu rauchen. Von außen wirkt unser Setting harmlos, vielleicht sogar harmonisch. Trotzdem löst sich die Anspannung nicht.

WUSSTEST DU, DASS ERPEL MANCHMAL IN DER GRUPPE GEZIELT EINE EINZIGE ENTE VERGEWALTIGEN?

Bevor meine Mutter und ich aufbrechen, erzählt sie mir viel zu persönliche Dinge, beiläufig, als wären es amüsante Anekdoten.

WAS FÜR DINGE?

Sexuelle. Ich weiß nicht, ob diese Sachen stimmen oder ob sie sie erfindet. Während sie spricht, starre ich aufs Wasser zu einer kleinen Entenfamilie. Es gelingt mir nicht, unser Gespräch umzulenken; ich habe kein Gefühl dafür, was für ein Mutter-Tochter-Verhältnis angemessen wäre und was nicht.

Nachdem meine Mutter aufgehört hat zu sprechen, nehme ich mir eine ihrer Zigaretten und fahre mit der Zunge über meine Vorderzähne. Dann setze ich mich ein Stück weg, in einen Fleck aus Sonnenlicht. Das von ihr Gesagte hallt nach, ich habe das Gefühl, dass ihre Worte mir unabsichtlich weh tun, ziehe etwas Rotz hoch, nehme die Zigarette und klemme sie mir zwischen die Lippen. Ohne sie anzuzünden, inhaliere ich Luft in tiefen Zügen durch die Zigarette hindurch, puste immer wieder unsichtbaren Qualm aus dem Mund, lege mich auf den Rücken und schließe die Augen.

DER ERSCHLAGENE FISCH.

Was?

DU LIEGST MAL WIEDER DA WIE EIN ERSCHLAGENER FISCH.

Ja.

WORAN DENKST DU?

An früher. Was sonst.

WESHALB GIBST DU EIGENTLICH NIE DEN NAMEN DEINES BRUDERS AN?

Was?

DU SAGST IMMER NUR *MEIN BRUDER*.

Einen Namen zu haben macht keinen Sinn für einen Toten.

WIE HIESS DEIN BRUDER?

Wenn ich ihn jetzt sagen würde, klänge das hohl. Also im Sinne von ausgehöhlt. Alles weg, nur der Name noch übrig, das ist irgendwie falsch.

HAT SEIN NAME NICHT VIEL MEHR BEDEUTUNG ALS DIE TATSACHE, DASS ER DEIN BRUDER WAR?

Er ist es immer noch. Ich verstehe die Frage nicht.

DAS WORT ›BRUDER‹ REDUZIERT IHN AUF SEINE BEZIEHUNG ZU DIR.

…

WAS IST MIT DEINEN AUGEN?
Nichts.
WAS IST MIT DEINEN AUGEN?
Ich glaube, mir platzen in letzter Zeit so viele Adern, weil ich mehr unter Druck stehe als sonst.
DRUCK – SEHR GUT.
DAMIT KÖNNEN WIR ARBEITEN.
Woran?
AN DIR. AN DEINEM DRUCK, AN DEINEM ÜBERHEBLICHEN GESICHTSAUSDRUCK, AN DEINEM SPRACHLICHEN AUSDRUCK, AN DEINEM LEIDENSDRUCK.
Als ich letztens in Berlin auf Milli aufgepasst habe, saß sie einmal lange auf ihrem Töpfchen. Beim Pressen habe ich ihre Hände festgehalten und kurz befürchtet, sie drücke auch gleich ihre stark geweiteten Augen mit heraus. Danach bestand sie darauf, sich selbst den Po abzuwischen. Ich habe noch etwas nachgebessert mit einem Feuchttuch, sie war trotzdem stolz auf ihren Versuch. Triumphierend fragte sie mich:
Kannst du dir auch schon allein die Scheibe sauber machen?
Das D geht ihr manchmal aus irgendeinem Grund nicht gut über die Lippen. Ich habe mir verkniffen zu sagen, dass selbst das korrekte Wort Scheide nicht korrekt bezeichnet, was Milli meinte, habe stattdessen geantwortet, dass ich das schon selbst könne, *na klaro,* und dachte daran, wie meine Mutter es mir als Achtjährige mit einem kalten, nassen Waschlappen zeigte. Susannes Bewegungen waren grob, mir tat danach mein Geschlecht weh, und ich kam

mir dumm vor, weil ich nicht gewusst hatte, dass ich mich an dieser Stelle anders zu waschen hatte als am Rest meines Körpers.

Jetzt zieh dir doch mal was über, das ist ja nicht auszuhalten, sagt meine Mutter plötzlich.

Alles gut, sage ich und frage:

Gehen wir gleich los, oder willst du noch mal rein? Ich hab noch was in der Stadt zu erledigen. Aber da musst du nicht mit. Von mir aus kannst du auch schon mal heimgehen.

Heimgehen – das hieße zurück nach Berlin fahren, nicht zurück ins Hexenhaus.

ZURÜCK ZU HENNING.

Und unserer Mitbewohnerin.

IHR LEBT ZU DRITT?

Ja, aber die Mitbewohnerin ist nur für ein paar Monate hier. Sie sagt jeden Morgen, sie habe eine Mission und verteilt dann den ganzen Tag lang Flyer für eine Veranstaltung ihres spirituellen Meisters der Happy Science. Er kommt bald aus Japan das erste Mal nach Deutschland, um im Ritz-Carlton seine Religion zu verbreiten, 50 Euro Eintritt, auf Spendenbasis.

BIST DU NICHT ETWAS ZU ALT, UM IN EINER WG ZU LEBEN?

Ab wann ist man zu alt für Gemeinschaft?

SEIT WANN WOHNST DU DORT?

Seit ein paar Monaten. Das erste Kennenlernen war angenehm und befremdlich:

Wir sitzen mit Henning in der geräumigen Küche, nach

dem üblichen Smalltalk fängt sie an, mir Ausschnitte einer deutschen Serie auf ihrem Laptop vorzuspielen.
HAT DEINE GROSSMUTTER DICH SCHON MAL DORT BESUCHT?
Was?
Nein.
Die Mitbewohnerin spricht die langsam vorgetragenen Texte der Seriendarstellerinnen mit und lacht schrill über vorhersehbare, drollige Witze – zusammen mit eingespielten Lachern eines imaginären Publikums. Henning beobachtet alles, guckt durch sein Weinglas, kneift im Wechsel das linke und rechte Auge zu. Ich habe kurz das Gefühl, mein Humor würde getestet. Später erklärt er, dass die Sitcom ausschließlich dafür gedreht worden sei, damit Ausländer mit ihr Deutsch lernen können; ich merke schon da, dass Henning gern erklärt.
Haste deine Gedanken verbummelt, oder was?
Was?
Meine Mutter wirft mir ihr Handtuch ins Gesicht, ich setze mich auf. Sie steht bereits, hat ihre Sachen zusammengepackt.
Du findest allein zurück, oder?
Ja, sage ich und wundere mich, wohin die Zigarette, die ich nicht geraucht habe, verschwunden ist.
Und dann geht meine Mutter fort, ich sitze allein am See und fange plötzlich an, übermäßig zu lachen. Es ist eins dieser Lachen, das – wenn man zu weit geht – ins Weinen umschlägt. Die Art von Lachen, die mit dem Erwachsenwerden kam.

HAT DEIN LACHEN SICH NACH DEM TOD DEINES BRUDERS VERÄNDERT?

Ich glaube, wir hatten einen sehr ähnlichen Humor, den unsere Mutter manchmal ätzend fand. Wenn wir sie zum Beispiel *Das weißeste Toastbrot auf Erden* nannten. Wir wussten damals nicht, wie wir das meinten, warum wir das sagten. Heute finde ich das nicht mehr lustig. Als wir zwölf waren, fuhren meine Mutter, mein Bruder und ich mal zusammen nach Gran Canaria in den Urlaub. Da gab es auch –

STOPP, STOPP, STOPP. BITTE BLEIB BEI DER SACHE.

Welcher?

DIESE GANZEN UMWEGE EBEN:

MAKE-UP, TATTOOS, SCHEIBEN PUTZEN – WORUM GEHT ES DA?

...

WAS IST DAS THEMA?

...

DU SITZT JA IMMER NOCH IM BIKINI AM SEE, FRÖSTELST UND ZIEHST EINE UNEINDEUTIGE GRIMASSE.

... Ich glaube, es geht um Körper und Scham. Oder um das Gefühl, dass man so, wie der eigene Körper ist, nicht richtig ist. Meine Mutter wiederzusehen bedeutet, mich mit voller Wucht daran zu erinnern, also auch körperlich.

WORAN?

Wie ich mich heranwachsend gefühlt habe.

DIESE GEPLATZTEN ADERN IN DEINEN AUGEN, DER DRUCK, DEIN HOHER BLUTDRUCK – SIND DAS RESULTATE DIESER GEFÜHLE?

Die Adern habe ich erst seit kurzem.
ABER DU NIMMST WEITERHIN DEINE MEDIKAMENTE?
Ja.
WESHALB HAT SICH DEIN INNERER DRUCK TROTZDEM ERHÖHT?
Ich glaube, das hat was mit der Schwangerschaft zu tun.
WIE FÜHLT ES SICH AN, SCHWANGER ZU SEIN?
… Zermürbend, idiotisch und unfassbar.
WIE KLINGT DAS WORT ›ABTREIBUNG‹ JETZT FÜR DICH?
Weniger einladend als letztens … Wie ein E-Mail-Newsletter mit Aufruf zu einer Demo, von der sich nicht mal die Initiatorinnen politische Konsequenzen erhoffen.
…
Damals im Urlaub bekam ich jedenfalls das erste Mal meine Tage.
VON WELCHEM URLAUB REDEN WIR JETZT?
Auf Gran Canaria. Ich war verwirrt, frustriert, schaffte es nicht, Tampons zu benutzen. Mein Bruder freundete sich auf der Insel schnell mit Jungs in seinem Alter an. Obwohl er kein Spanisch verstand, ging er mit ihnen schwimmen und Turmspringen. Ich war beeindruckt von seinem Mut, war stolz und neidisch zugleich: Ein Zwölfjähriger, der sich im Ausland wagemutige Salti vom Zehnmeterbrett traut, während ich in Shorts, T-Shirt und mit einer dicken Binde zwischen den Oberschenkeln am Beckenrand festhänge und es kaum wage, aufzustehen. Ich wüsste gern, ob Jahre später sein Sprung vor den Zug genauso anmutig aussah.

NIEMAND SIEHT ELEGANT AUS, WENN ER STIRBT. DAS IST EINE ERFINDUNG DES FILMS.
Blödsinn.
STELLST DU DIR MANCHMAL VOR, WIE DU AUSSEHEN WIRST, WENN DU STIRBST?
Ich habe ein ziemlich genaues Bild davon im Kopf, ja.
BITTE BESCHREIB ES.
Komisch eigentlich, dass es dafür noch keine App gibt – eine Todes-App. Man kann ja auch seit Jahren mittels Software voraussagen, wie man im Alter aussehen wird.
BITTE BESCHREIB ES MIR.
In dem Urlaub haben mein Bruder und ich einmal einen Lachanfall auf Kosten unserer Mutter bekommen. Sie sprach gerade begeistert über ein Gebäude, mit dem Reiseführer in der Hand, und trat dabei in einen Hundehaufen. Wir konnten nicht aufhören zu lachen. Daraufhin war sie so beleidigt, dass sie schwor, nie wieder mit uns zu verreisen. Sie hat Wort gehalten, ich kenne bis heute keine konsequentere Person als sie. Als mein erster Freund einmal versäumte, zu einem Bewerbungsgespräch zu erscheinen, das sie ihm organisiert hatte, sprach sie über ein Jahr lang nicht mit ihm. Damals war ich 16 und von ihrer Härte beeindruckt und überfordert. Wenn wir einander in Erfurt zufällig auf der Straße begegneten, wechselte sie die Straßenseite, ohne uns anzuschauen.
WIE HIESS DEIN ERSTER FREUND?
Rollo. Er wollte Elektriker werden.
WIE LANGE WART IHR ZUSAMMEN?
Viel zu lang.

WEISS ER, WIE DU ALS TOTE AUSSEHEN WIRST?
Er wird es sich denken können.
STEHEN ROLLO UND DU NOCH IN KONTAKT?
Nein.
KÖNNTEST DU IHN ALS KONTAKT IN CASE OF EMERGENCY ANGEBEN?
Ich habe ihn seit Jahren nicht gesehen, wir hatten im Grunde nichts gemeinsam. Aber so bedingungslos von Rollo geliebt zu werden war damals wichtig.
WIE WAR SEIN VERHÄLTNIS ZU DEINEM BRUDER?
Koks, tiefergelegtes Auto, demonstrative Gewaltbereitschaft; mein Bruder fand ihn dumm und bewunderte sein Ego. So ging es mir irgendwie auch.
Ich glaube übrigens, es wird nie einen nennenswerten Case of Emergency in meinem Leben geben, auch wenn ich das oft anders empfinde. Deshalb brauche ich keinen Kontakt zu nennen. Mir wird nichts zustoßen. Und dem Baby auch nicht.
WIE BITTE?
Weil mir schon genug passiert ist.
Weil ich es verdiene, dass auch mal eine Zeitlang alles gut ist.
Weil ich keine Lust habe, mich immer weiter an Vergangenem abzuarbeiten.
Weil ich nicht in einem Gefängnis sitze. Weil ich frei bin, mein Leben zu gestalten.
Weil ich allen Grund zur Freude habe. Weil ab hier nur alles besser werden kann. Weil ich weiß, dass ich ein gutes Leben führen kann. Weil ich ein gutes Leben führe. Weil

das Universum auf meiner Seite ist. Weil Gott auf meiner Seite ist. Weil ich meine eigene Göttin bin. Halleluja.
MEINST DU DAS ERNST?
Das waren Sätze aus meiner Therapie, die ich ein paar Monate lang täglich zweimal vor dem Spiegel aufgesagt habe. Eine Angststörung ist ja eigentlich ein permanenter Case of Emergency.

...

Vor kurzem habe ich beim kleinen Psychiater im viel zu großen Sakko angerufen. Ich wollte fragen, ob ich die Dosis meiner Medikamente runtersetzen könnte, da ich mir wieder relativ stabil vorkam. Und wegen des Embryos. Burhan fand die Idee auch gut. Leider war der Arzt kurz nach meinem letzten Besuch verstorben. Die Schwester am Telefon klang merkwürdig neutral, als sie sagte:
Lungenentzündung, das hat keiner kommen sehen, er selbst am wenigsten. Passt es Ihnen kommenden Donnerstag elf Uhr?
Ich frage mich, ob er bis zuletzt die Welt durch eine pathologisierende Brille betrachtet hat: Borderline hier, Angststörung da, Depression überall. Ob er die Menschen selbst vor lauter Krankheiten nicht mehr sehen konnte.
WO BIST DU JETZT?
Am Bahnhof. Ich kam mit dem Zug und warte auf einen Regionalbus, der mich an den Waldrand fährt. Zu meiner Überraschung bin ich aufgeregt. So viele Jahre haben meine Mutter und ich uns nicht gesehen, ob sie mittlerweile graue Haare hat?

In der Bahnhofshalle kaufe ich ihr Blumen – drei rosafarbene Lilien. Sie passen überhaupt nicht zu ihr; ich freue mich darauf, sie ihr kommentarlos zu geben. Während ich nach Kleingeld suche, mustert die vielleicht vietnamesisch-stämmige Verkäuferin mich freundlich. Auf meinem Bauch, der unter dem Trenchcoat nicht zu sehen ist, ankert ihr Blick. Leise beginnt sie den Chorus von Whitney Houstons bekanntestem Lied zu summen. Er wird für mehrere Tage fanatisch durch meine Gehörgänge hallen, Whitney Houston ab da untrennbar mit meiner Schwangerschaft verwachsen.

WO BIST DU JETZT?

Am Bahnhof … An einem anderen Bahnhof.

Um damals in den Urlaub nach Gran Canaria zu reisen, fuhren meine Mutter, mein Bruder und ich zuerst mit der Bahn zum Flughafen: Wir sind guter Dinge und aufgeregt, warten vorfreudig. Mit uns am Gleis stehen wenige Leute, alle weiß. Hätte ich zu diesem Zeitpunkt Rollo schon gekannt und dabeigehabt, wäre alles anders gelaufen.

DASS DIE ANDEREN MENSCHEN AM GLEIS WEISS SIND, FÄLLT DIR ABER ZU DIESEM ZEITPUNKT NOCH NICHT AUF.

Weiß am Gleis … stimmt.

Unsere Mutter steht an einem anderen Gleis in Sichtweite; sie hat eben eine Freundin getroffen, deren Zug früher kommt als unserer. Die Frauen unterhalten sich verschwörerisch, mein Bruder und ich sehen, wie die Freundin lachend Bewegungen macht, als würde sie Glühbirnen über sich in die Luft schrauben. Auf einmal bemerke ich, dass ein vielleicht dreißigjähriger Mann und eine Frau uns anstarren. Der Mann macht einen Schritt auf uns zu und wendet sich wieder ab, mein Bruder und ich sitzen auf der Bank und sind unvorbereitet. Plötzlich beginnt der Mann loszuschreien, mit dem Rücken zu uns, es ist früher Morgen. Er brüllt, dass wir weg müssten, und dann Bezeichnungen für unsere Körper, die ich nie vergesse. Worte, die mir manchmal besoffen durch den Kopf poltern, so dass ich sie am liebsten auskotzen würde. Während seiner Tirade dreht er sich immer wieder zu uns um, schreit weiter, dreht sich wieder weg, so dass wir nicht alles verstehen können, aber genug. Dass wir ins KZ gehörten zum Beispiel, dass wir dort anständig vergast würden und dass schon bald der richtige Zug für uns komme. Wir sehen, wie er immer wieder den gestreckten Arm hebt, dazu seine geweiteten Augen, sein entrücktes Grinsen, seine Berauschung an der eigenen Stimme, an der Grenzüberschreitung, seine Genugtuung darüber, sich von einem inneren Druck zu befreien. Mein Bruder beginnt zu weinen, ich nehme seine Hand, sitze hart und still da. Die Frau neben dem Mann – seine Stimme übertönt jetzt einen durchfahrenden Zug – fängt an zu feixen, die anderen Menschen am Gleis haben sich in Schaufensterpuppen verwandelt. Plötzlich ist unsere Mutter da. Sie brüllt zurück, er solle gefälligst seine Schnauze halten, sonst würde sie sie ihm einschlagen. Die beiden fixieren einander, dann dreht der Mann sich weg, zischt dabei *rote Hexe*, was wir nicht verstehen, unsere Mutter hatte damals blonde Haare; dann ist es vorbei. Wenig später fährt

der Zug ein. Ich bin erleichtert, dass es ein ganz normaler Zug ist; wir steigen an verschiedenen Enden ein. Während der Fahrt fürchte ich die ganze Zeit, dass der Mann noch mal zu uns kommen und uns etwas tun wird. Mein Bruder starrt auf seine Turnschuhe, schaukelt mit den Beinen, hinter ihm ziehen baumlose, beigegelbe Felder vorbei. Ich schaue mich immer wieder um, die Angst hat sich festgesetzt, meine Mutter sagt bemüht ruhig:
Bald sind wir im Urlaub, das wird schön.
ABER ES WIRD NICHT SCHÖN.
Zumindest nicht für mich. Nachdem ich drei Tage lang unbeholfen auf Gran Canaria menstruiert habe, heule und schreie ich über Stunden, dass ich es hier nicht länger aushalte, bis meine Mutter es schließlich mit mir nicht länger aushält und den Urlaub vorzeitig abbricht. Das tut mir bis heute leid. Ich wusste ja, wie wichtig es für sie war, weg aus Deutschland zu sein, wie lange sie gespart hatte für diesen Urlaub, wie gut es meinem Bruder auf der Insel gefiel.
ZIEMLICH REDUNDANT DAS GANZE.
Was?
AM BAHNHOF, DER NAZI.
IMMER WIEDER DIESE GESCHICHTEN, IN DENEN DIR FAST ETWAS PASSIERT, ABER LETZTLICH DOCH NICHT. UND IMMER WIEDER BAHNHÖFE.
Mir ist etwas passiert.
Das Problem ist doch nicht, dass die Dinge, die ich erzähle, sich wiederholen.
SONDERN?

Dass diese Dinge selbst sich wiederholen, ständig, dass sie nie aufgehört haben.
SO KOMMEN WIR NICHT ANS ZIEL.
An welches Ziel denn?
NA, DEINS.
ES GEHT DOCH HIER IMMER NOCH UM DICH, ODER?
UND WIE DAS ALLES MIT DIR ZU ENDE GEHT.
Ach so? Was ist denn mein Ziel?
IM LEBEN?
Ja.
ZU LEBEN?
... Ja.
ALSO.
ZURÜCK ZU *DEINEM* LEIDENSDRUCK: DEINE AUGEN.
WARST DU DAMIT SCHON MAL BEIM ARZT?
Ich habe kein Problem mit meinen Augen, das sind bloß ein paar Adern.
WOMIT DANN?
... Ich weiß es nicht, sag du's mir.
WO IST MEINE MUTTER JETZT?
Deine Mutter?
JA, MEINE MUTTER.
Wie ist das gemeint?
GENAU SO. ICH LÖSE DICH AB.
DU HAST FÜR DEN MOMENT GENUG.
... Okay.
WO IST MEINE MUTTER JETZT?
... In der Stadt.
UND ICH?

Du bist allein im Wald, im Bungalow, schaust dir ihre Sachen an.
WAS FÜHLE ICH?
Du kommst dir vor, als solltest du nicht hier sein.
GUT.
WEITER, WEITER.
... So wie mitgebrachte Muscheln von fernen Stränden, die in ein Zierglas gelegt werden, zusammen mit einer ekligen Duftkerze?
ICH MEINTE: WAS ERLEBE ICH? WAS GEHT IN MIR VOR?
...
PROBIERE ICH IHRE KLEIDER AN?
Nein. Aber du berührst manches: Die wenigen Kleidungsstücke auf der Garderobenstange, den rauen Stoff ihrer halbvollen Reisetasche, die zwei Wärmflaschen in ihrem Bett, den Bilderrahmen darüber.
ALLES TADELLOS SAUBER, KEIN STAUB AN MEINEN FINGERN.
Das gerahmte Foto zeigt, wie deine Mutter und ein Mann sich küssen. Das Bild ist dir direkt nach deiner Ankunft ins Auge gesprungen. Du hast versucht, es zu ignorieren, dir deine Verstörung darüber, zum ersten Mal in deinem Leben zu sehen, wie deine Mutter einem Mann einen Kuss gibt, nicht anmerken zu lassen. Jetzt, allein, schaust du dir das Foto genauer an. *Wirkt gar nicht so abgefuckt, der Typ,* denkst du. *Ob er auch tagsüber nach Wodka geschmeckt hat?*
In einem großen Karton findest du weitere Fotos. Sie sind

älter und zeigen manchmal dich und deinen Bruder. Du weißt in diesem Moment noch nicht, dass deine Mutter dir diese Bilder zwei Wochen später zuschicken wird, alle, dass sie kein einziges Bild behalten wird. Du weißt noch nicht, dass sie gerade in der Fußgängerinnenzone des nächsten Orts ist, um sich nach Paketgrößen und zulässigen Gewichten der Post zu erkundigen, weil sie kein Internet hat, und zu stolz oder zu paranoid ist, dich nach Auskünften per Smartphone zu fragen.
STOLZ UND PARANOIA PLUS EINE PRISE WUT ERGEBEN EINEN TOLLEN COCKTAIL.
Was?
EINEN LECKEREN MOLOTOWCOCKTAIL.
FÄNDE ICH ES GUT, WÜRDE SICH MEINE MUTTER IN EINEN LINKSTERRORISTISCHEN UNTERGRUND ZURÜCKZIEHEN?
... Und dort Anschläge auf Nazis vorbereiten?
ZUM BEISPIEL.
Zutrauen würdest du es ihr, aber du glaubst, für so was ist sie zu alt.
UND WAS IST MIT MIR?
Du bist viel zu harmlos, das war schon immer dein Problem.
LEIDER.
Ja.
Und leider weiß deine Mutter nichts von den Bildern, die du dabeihast und die du ihr gern gezeigt hättest. Kopien von Abzügen des Fotografen. Bilder, die er nie entwickelt hat, Aufnahmen, die nicht so ikonisch wirken

wie *Susannes Traum*, sondern persönlicher, zum Teil verwackelt. Bilder, auf denen deine Mutter als Jugendliche lachend, rennend, herumalbernd mit Freundinnen auf einem Acker zu sehen ist, im Hintergrund ein karges Hochhaus. Auf einem Bild scheint sich einer ihrer Ohrringe in ihrem Palituch verheddert zu haben; es sieht aus, als versuchte sie mit geneigtem Kopf, ihn zu lösen. Auf einem anderen Bild stehen die drei Freunde vornüber gebeugt auf einem kleinen Hügel, mit dem Rücken zu dir, besprechen etwas Geheimes. Auf einem dritten raucht ein junger Punk schmunzelnd, während deine Mutter und die dritte Person zu raufen scheinen, sie halten einander grob im Arm. Es sind Bilder, die deine Mutter außerhalb von dir zeigen, so, wie du sie niemals hättest oder wirst sehen können. Bilder, die dir deine Mutter nahebringen und deiner Großmutter feuchte Augen machen.

Wie gesagt, gäh, ich hab die Tür zugemacht, aber nicht abgeschlossen. Wenn die Susanne eines Tages zurückkommt, bin ich da. Aber ich warte jetzt nicht mehr, dass sie auftaucht, ich guck sozusagen mit'm Herzen nicht mehr jeden Tag durch'n Spion.

ICH HABE NOCH EIN ANDERES BILD DABEI, AUF DÜNNEREM PAPIER, AUCH IN SCHWARZWEISS. DAS BILD EINER PERSON, DIE ES NOCH NICHT GIBT.

Leider wirst du keinen Moment finden, deine Mutter auf den Karton voll Fotos anzusprechen oder ihre Bilder mit ihr anzuschauen. Leider wirst du deiner Mutter keins deiner Bilder zeigen. Du wirst es weder schaffen, ihr von deiner Schwangerschaft zu erzählen, noch deine Trotzhal-

tung, die dich früher am besten vor ihr bewahrt hat und die jetzt, mit Mitte 30, nur noch dämlich ist, aufzugeben. Erst als du im Überlandbus sitzt und wegfährst, wirst du merken, wie traurig du eigentlich über diese Begegnung bist. Wie gern du ihr Danke gesagt hättest.
WOFÜR?
Für alles, was sie für dich und deinen Bruder getan und ausgehalten hat.

Kein Mensch außer mir weiß, wer den Kaugummiautomaten an die Wand montiert hat oder wer ihn immer wieder befüllt. Manche Leute glauben, dass ein dicklicher Mann mit Rückenproblemen und Schnupfen für ihn zuständig ist. Ein Mann, der manchmal niest und dabei versehentlich seine Bazillen auf die bunten Plastikbälle und Kaugummis speit. Andere vermuten, dass ein sorgloses Mädchen mit flatterndem Haar den Automaten wartet. Ein Mädchen, das nur bei Vollmond erscheint und, unbesehen von der Welt – schlafwandelnd in der Nacht –, immer neue bunte Bälle ins viereckige Metall schüttet. Bis es sich Schlag Mitternacht zurückverwandelt in einen Junkie.
Es ist erfreulich, dass nur der Automat und ich um die Wahrheit wissen.

You picture this:
Während deine urdeutsche Urgroßmutter hochschwanger keinen Bock hat, aufs kalte Plumpsklo außerhalb des Hauses zu gehen, um sich dort nach dem Scheißen den Arsch mit rissigem Zeitungspapier abzuwischen, hat Charles de Gaulles keinen Bock das Ende der Kolonialzeit zu akzeptieren. Während französische Truppen erneut Vietnam besetzen und sich weigern, ihre Kolonien aufzugeben, ihr großes, schönes Indochine loszulassen, weigert sich der Fötus deiner urdeutschen Großmutter, noch länger zu verweilen, und wird drei Wochen vor Stichtag ins kaputte Nachkriegsdeutschland geboren – mit den Füßen voran und dem Kopf zuletzt, eine Steißgeburt. Während deine kleine Großmutter ihre Kindheit in der neugegründeten DDR erlebt, gepeinigt von unzähligen Märschen aufs eiskalte Plumpsklo, leitet in den USA ein junger Martin Luther King jr. den Montgomery Bus Boycott an; wenige Jahre später marschieren Hunderttausende mit ihm. Während infolge des Civil Rights Movements eine weiße Universität in Mississippi erstmals einen schwarzen Menschen aufnimmt, protegiert von über 500 Marshals, nimmt in Saigons Straßen ein Mönch ein Streichholz vom Boden auf, zündet seine mit Benzin übergossene Haut aus Protest gegen die skrupellose Herrschaft der katholischen Minderheit über die buddhistische Mehrheit an und ver-

brennt. Während Jahre später in Hanoi Onkel Hồ bewusst wird, dass Uncle Sam nicht Demokratie delivert, sondern Völkermord, schlägt dein urdeutscher Urgroßvater deine pubertierende Großmutter mit dem Schaft seines Jagdgewehrs bewusstlos – aus Versehen, er wollte eigentlich ihre Wange treffen, nicht die Schläfe; Ritas zwei Brüder hatten mal wieder schlechte Noten. Während in Karl-Marx-Stadt dein jugendlicher Großvater (ein vergnügter, stiller Teenager, der noch nie schlecht über die DDR gedacht hat) mit seinen auffallend weißen Zähne in eine Scheibe Graubrot beißt, schicken die USA weitere Bodentruppen nach Vietnam. Während schwarzen Menschen, die in die weiße US-Army aufgenommen werden und die für ihr Land kämpfen wollen, die also glauben, für ihr Land der drohenden Weltherrschaft des Kommunismus den vietnamesischen Wind aus den Segeln zu nehmen, gesagt wird: *Thanks for your body, but this isn't your country. It never will be,* lernt dein gutaussehender Großvater im Ferienlager Ziehharmonika spielen und trällert sozialistische Lieder seines Landes. Einige schwer Verliebte erinnert er an Elvis. Während Elvis in Westdeutschland stationiert ist und beginnt Drogen zu nehmen, werden in den USA trotz seiner Abwesenheit immer neue Hits von ihm veröffentlicht. Während Hunderte DDR-Bürgerinnen versuchen, über die Mauer zu fliehen, *This shall no longer be my country, von nun an will ich abwesend sein,* verlieben sich deine Großeltern auf der Leipziger Agrarmesse ineinander (ein behäbiger Onkel hatte Rita mitgeschleift, um nicht allein seiner Liebe für Pflugmaschinen zu frönen, doch nun frönt deine Großmutter ihrer Liebe, *love me tender)*. Während Hunderte US-Amerikaner vietnamesische Frauen schwängern, fast ausnahmslos gegen ihren Willen, wird deine Mutter in die DDR hineingeboren. Während Tausende Vietnamesinnen migrieren (zuerst vom Süden Vietnams in den Westen Deutschlands, später vom Norden Vietnams in die DDR, immer von einem halbierten Land ins nächste), plagt deine süße elfjährige Mutter das erste Mal ein Zweifel an ihrem Land: *Ist der Westen wirklich so böse? Wir freuen uns doch immer so über seine Pakete*. Während sich deine jugendliche Mutter wenige Jahre später final aus der elterlichen Wohnung schleicht, in der Gewissheit, keinen Schwangerschaftsabbruch vorzunehmen *(Bento und ich, wir lieben einander wirklich, was soll schon schiefgehen, vielleicht können wir eines Tages in seinem Land leben)*, schleicht sich Dioxin in die Körper Hunderttausender vietnamesischer geborener und ungeborener Kinder, um eines Tages groß und stark zu werden – als Krebs in ihren Zellen, als Defekt in ihren Nervensystemen, als schwere körperliche und geistige Behinderung. Während Hunderttausende US-Kriegsveteranen von Chemiekonzernen für die Auswirkungen durch Agent Orange in Milliardenhöhe entschädigt werden, erhält trotz zahlreicher Klagen keine einzige vietnamesische Person eine Entschädigung. Während die USA Bengasi und Tripolis in Libyen bombardieren *(Vietnam ist längst abgehakt, Schwamm drüber)*, lernen du und dein Bruder laufen. Während du verzückt durch New Yorks Straßen flanierst, drei Hot Dogs und drei Bananen unter jedem

Arm, bemüht sich deine Mutter, sich nur noch an ihr Leben vor dem Mauerfall zu erinnern. Während du vollgefressen in Manhattan über das Wort ›Longing‹ im Wort ›Belonging‹ nachdenkst und über das Wort ›Gehör‹ im Wort ›Angehören‹, über das Verhältnis von Besitz (*This country belongs to me*) und nationaler Zugehörigkeit (*I belong to this country*), platzt dir vorzeitig die Fruchtblase. Während dein vierjähriger Sohn dich fragt, wie die Ausbildung persönlicher Identität mit Nationalgefühl, Hautfarbe und Besitzdenken zusammenhänge, nuckelst du verängstigt an deiner E-Zigarette und suchst den Himmel nach Drohnen ab.

WO BIN ICH JETZT?
Im Fernbus zurück nach Berlin, dein Zug ist ausgefallen.
WORAN DENKE ICH?
Als du auf dein Handy schaust, siehst du zwei Sprachnachrichten von Kim. Außerdem hat deine Großmutter eine leere E-Mail geschickt, mit einem Fotoanhang und dem Betreff *Pulli Nummer 3*.
WAS HAT KIM ERZÄHLT?
Viel Banales, vom Wetter, vom Essen und davon, wie sie mit ihren Cousinen, Tanten und Onkeln auf dem Land rumhängt, dass sie Berlin ein bisschen vermisst. Du hörst natürlich heraus, dass sie dich ein bisschen vermisst.
KLAR. WAS NOCH?
Du fühlst dich weicher als sonst, irgendwas scheint sich zu lösen.
DAS IST SCHÖN.
Ja.
UND ANGENEHM.
Sehr.
Dass deine Großmutter trotz ihrer Arthritis sofort angefangen hat, so viel zu stricken, die fertigen Sachen anschließend mit einer Digitalkamera abfotografiert, auf ihren Rechner zieht und minutenlang hochlädt, rührt dich.
ES WAR SCHON RICHTIG, DASS ICH'S IHR BEIM LETZTEN BESUCH GESAGT HABE.

Besser soll sie sich nur einen Monat lang darüber freuen, als vielleicht niemals.
FÄNDE ICH ES GUT, WENN SIE AUCH PULLOVER FÜR REFUGEES STRICKEN WÜRDE?
Für welche Refugees denn?
ICH HAB DOCH MAL VERSUCHT, MICH EHRENAMTLICH ZU ENGAGIEREN.
Ja, aber als du in der Turnhalle standest und den in die Schlange gedrängten Menschen vorschreiben solltest, welche gespendeten Klamotten sie überhaupt nur anschauen durften, hast du dich schlecht gefühlt. Damit hat das Stricken deiner Oma nichts zu tun.
SORRY, LEUTE! ICH BIN MORALISCH SO ERHABEN, DASS ICH EUCH NICHT HELFEN KANN. BYEEE – SEE YOU NEVER!
Pulli Nummer 3 ist golden mit vielen pinken Linien. Du bist überrascht, wie hip er aussieht. Masche für Masche wächst ein kleines, trendy Outfit, Masche für Masche ein vertrackter Pfad aus Wolle.
ICH KANN MIR WEDER VORSTELLEN, DASS TATSÄCHLICH EIN KIND AUS MIR HERAUSKOMMEN KÖNNTE, NOCH, DASS ES EINES TAGES DIESE SACHEN ANZIEHT. ES FÜHLT SICH AN, ALS OB ICH DIE PULLIS 1–3, ODER AUCH 1–33, SCHON BALD IN EINEM KARTON VERSTAUEN WERDE, DER IN DEN KELLER WANDERT. OB ICH WILL ODER NICHT.
Blödsinn. Kleine Socken, süße Hauben, tolle Strampler – je mehr Kleidung du anhäufst, desto realer wird es werden, und du schon bald ersticken vor Glück!

EINE SPRACHNACHRICHT VON LUISE KOMMT AN:
ey, ich hatte schon wieder diesen traum, wo der mann im ofen mit käse überbacken wird … egal. wegen morgen: geht klar, wir freu'n uns! ach, und milli will wissen, was dein lieblingsdino ist, this child is obsessed, i'm telling you. sag' mal, wie groß ist der fötus eigentlich gerade? oder muss man noch embryo sagen? kennst du diese animation, wo man sieht, wie sich die innereien von einem verschieben, absurde quetscherei! ich hab das damals immer auf so'ner website nachgeguckt, die haben alles mit obst und gemüse verglichen, erst war's 'ne olive, dann 'ne weintraube, 'ne zitrone und so weiter, irgendwann ernsthaft ein blumenkohl, dann ein kürbis. ich hab mir damals milli überhaupt nicht vorstellen können, weil ich immer nur an dieses blöde gemüse gedacht hab. das such' ich dir mal raus, ja? also wie gesagt, um neun ist super, wir bringen brötchen mit. komm gut wieder zurück, bis dann.
NOCH EINE NACHRICHT ERSCHEINT.
… ey, sag mal, glaubst du, dass ein brokkoli, wenn er einen blumenkohl sieht, erschrickt und denkt: ›hilfe, ein geist!‹?
ICH WÜSSTE GERN, WIE ES FÜR MEINE MUTTER WAR, SCHWANGER ZU SEIN.
Wozu?
DAS HABEN WIR JETZT GEMEINSAM.
Eigentlich nicht. Eine Zwillingsschwangerschaft ist was anderes. Das wird dir ungefähr jede Zwillingsmutter in Westeuropa mit der ihr eigenen Arroganz verkünden.
WAS IST?

Eine Frau, die in der Reihe parallel zu deiner sitzt, zieht deine Aufmerksamkeit auf sich.
DIE IST MIR SCHON BEIM EINSTEIGEN IN DEN BUS AUFGEFALLEN. ICH HABE SIE GESEHEN UND GEDACHT: URSULA. OHNE SIE ZU KENNEN.
Grober Körperbau, weißgraue, ölige Haare, vielleicht Ende 40. Immer wieder murmelt sie Dinge vor sich hin, drapiert Stifte auf dem Tablett, das am Vordersitz befestigt ist. Vor ihr sitzt ein junger Mann mit dunklen Haaren, hört Musik über Ohrstöpsel. Als er seine Rückenlehne ein wenig nach hinten stellt, fallen zwei Stifte der Frau zu Boden. Murrend hebt sie sie auf, umschließt sie mit einer Hand, lässt sie während der gesamten Fahrt nicht mehr los. Du hast das Gefühl, dass etwas nicht stimmt. Der junge Mann spürt deinen Blick, dreht sich nach hinten und begreift die Situation. Mit Akzent sagt er: *Entschuldigen Sie bitte*, dreht sich wieder nach vorn. Die Frau blafft, dass sie sich davon auch nichts kaufen könne; du weißt nicht, ob er es hört.
BITTE NICHT NOCH EINE GESCHICHTE MIT RASSISTISCHER POINTE.
Irgendwann widmest du dich wieder deinem Handy, schaust dir erneut *Pulli Nummer 3* an, denkst an alle Menschen, die du kennst und magst, die dir helfen könnten bei dem, was bald kommt, oder auch nicht kommt, gehst ihre Namen und Gesichter im Kopf durch. Als ihr etwa fünf Stunden später nach Berlin einfahrt, steht die Frau als erste auf. Sie geht einen Schritt in Richtung des Fahrers und der vorderen Tür. Plötzlich dreht sie sich zu dem jungen Mann und schlägt ihm mit der Faust ins Gesicht. Er springt auf

und tritt ihr in den Bauch, sie taumelt ein Stück rückwärts in Richtung des Fahrers. Alles geht schnell, der Junge und die Frau stehen einander keuchend gegenüber, starren sich an, plötzlich hörst du deine Stimme:
ICH BRAUCHE EINE PAUSE.
Du rufst: *Seid ihr bescheuert? Was macht ihr da?*
...
ICH BRAUCHE WIRKLICH EINE PAUSE.
DESHALB MISCHE ICH MICH NICHT EIN, DIE ANGELEGENHEIT GEHT MICH NICHTS AN.
Die Frau dreht sich zu dir, der Junge nicht, sie schnauzt: *Halt dich da mal lieber raus, Mäuschen.* Du sagst, dass du kein Mäuschen bist und dass du, wenn sie hier so 'ne Scheiße abziehe, das Recht hättest, dich einzumischen. Die Frau sagt: *Ach, jetzt willst du wohl alle auf deine Seite holen,* dann fixiert sie erneut den Jungen. Wieder hörst du deine wacklige Stimme:
ICH SCHWEIGE UND BLEIBE SITZEN.
Ihr entschuldigt euch jetzt beim anderen, sonst ruf' ich die Polizei!
ICH SCHAUE AUS DEM FENSTER UND BEKOMME UNTER MEINEN KOPFHÖRERN NICHTS VON DER AUSEINANDERSETZUNG MIT.
Die Frau brüllt, sie hätte gar nichts gemacht, der Junge habe sie grundlos angegriffen, du wirst lauter, rufst, sie solle aufhören zu lügen, du hättest alles beobachtet. Du spürst die Blicke der übrigen Fahrgäste in deinem Rücken, beginnst zu schwitzen, fragst dich, ob diese Situation dem Embryo schaden kann.

EIN MANN HINTER MIR UND DER BUSFAHRER SCHREITEN PLÖTZLICH EIN.
Der Busfahrer sagt und tut nichts, außer schließlich anzuhalten.
DIE MÄNNER GEHEN SOUVERÄN DAZWISCHEN, EHE ES ZU WEITEREN HANDGREIFLICHKEITEN KOMMT.
Ihr fahrt in den Busbahnhof ein, die Situation löst sich schlagartig auf. Als sich die Türen öffnen, stürmt die Frau raus, der Junge dreht sich kurz zu dir. Dann hebt er seine Tasche von der Ablage und steigt ebenfalls aus dem Bus, zusammen mit den anderen Fahrgästen. Als schließlich auch du rausgehen willst, hält der Busfahrer dich zurück.
ER SAGT: *JUNGE FRAU, VERZEIHEN'SE BITTE. SO'N STRESS IST NICHT GUT FÜR WERDENDE MAMAS.*
Du denkst, er möchte sich dafür bedanken, dass du eine Schlägerei verhindert hast, doch er hat nur eine Frage:
Junge Frau, verzeihen'se bitte: Aber dieser Junge – was war'n das für'n Landsmann?
WIE BITTE?
Was für'n Landsmann das war.
Du bist erstaunt darüber, dass du eben auf die Situation reagieren konntest. Auf die Frage des Busfahrers weißt du nichts zu sagen.
WEIL ICH WEIBLICHE AGGRESSION GEWÖHNT BIN?
Was?
KONNTE ICH SO SCHNELL REAGIEREN, WEIL ICH WEIBLICHE AGGRESSION GEWÖHNT BIN?
Nein. Aber du hast vermutlich ein besseres Gespür dafür, wann sich Gewalt anbahnt als andere Menschen.

UND DESHALB EINE ANGSTSTÖRUNG?
Vielleicht.
GLAUBE ICH, MEINE MUTTER IST IN EINE GEWALTTÄTIGE STRAFTAT VERWICKELT?
Ja.
WILL ICH WISSEN, WOVOR SIE SICH VERSTECKT?
Nein.
GLAUBE ICH, MEINE MUTTER WIRD JEMALS GLÜCKLICH SEIN?
Nein.
GLAUBE ICH, SIE WAR JEMALS GLÜCKLICH?
Sie sah stabil aus, als du abgefahren bist, hat dich durchs Fenster lächelnd verabschiedet, mit der schrägen, gestreckten Hand erst auf der Stirn, dann in der Luft.
HAT HINTER IHRER HÄRTE JEMALS EINE GLÜCKLICHE PERSON GESTECKT?
Vielleicht als Kind?
Wenn man deiner Großmutter glaubt.
UND WENN MAN MEINER MUTTER GLAUBT?
Deine Mutter hat nur selten über ihre Kindheit gesprochen. Aber wenn, dann eher negativ, alles war überschattet von Momenten, in denen deine Großmutter ihr das Leben zur Hölle machte, die Menschen rings um sich mit ihren Launen manipulierte, deinen Großvater erniedrigte.
MEIN GROSSVATER WAR EIN SOFTER MANN.
Das tat sie zum Beispiel, indem sie auf eine hohe Leiter stieg und damit drohte, sich runterzustürzen, wenn er nicht gleich irgendwelche Dinge für sie erledigte. Oder indem sie im Wutanfall ihren Ehering aus dem Fenster warf

und dein Großvater wenige Minuten später draußen, auf dem akkurat geschorenen Rasenstück der Neubausiedlung, auf allen vieren danach suchte. Oder indem deine Großmutter deinen Großvater dazu brachte, deine Mutter so lange mit dem Kochlöffel für ihre Aufmüpfigkeit zu schlagen, bis er kaputtging. Deine Großmutter sprach ihm im Alltag zunehmend jede Kompetenz ab, bis er schließlich nicht mal in der Lage war, allein zu entscheiden, welche Kleidung er tragen sollte, oder ans Telefon zu gehen.

ICH WEISS NICHT, OB MEINE GROSSMUTTER JEMALS GLÜCKLICH WAR.

Oder dein Großvater.

ODER MEINE MUTTER.

Vielleicht manchmal mit ihren Freundinnen.

SO WIE ICH?

So glücklich wie du?

GLÜCKLICH NUR IM KREIS VON FREUNDEN.

MIT WELCHEM GRUSS HABE ICH MICH VON IHR VERABSCHIEDET?

Du hast versucht, sie zu umarmen und deine verfrühte Abreise mit komplizierten Lügen zu rechtfertigen.

ICH HABE VERSUCHT, SIE ZU UMARMEN.

Beides hat sich richtig angefühlt, beides hat nicht geklappt.

Frierst du nicht?

Früher warst du auch mal 'ne richtige Wasserratte.

Hast du vergessen, oder?

… Kein Plan.

Was ist?

Nichts.

Wieso ziehst du so 'ne Fresse?

Mir ist nur bisschen kalt, das ist alles.

Dann leg doch deine nassen Sachen ab.

Hör mal bitte auf, mich so zu bemuttern.

Bemuttern …

Weißt du noch, als du mir mal gesagt hast, dass ich nicht so der Muttertyp bin?

Ja.

Na siehste.

Da war ich 12, und du hast mir zugestimmt.

Ich hatte fast das Gefühl, da wärst du'n bisschen stolz drauf.

Blödsinn.

Aber du hast mir zugestimmt.

Ja.

Hast du Hunger?

Nee.

Willst du 'nen Schluck Tee?

Du siehst irgendwie blass aus.

Dein Ernst?

So grau irgendwie.

Das ist, weil mir kalt ist.

Aber ich hab doch Brote eingepackt.

Ich will jetzt nichts essen, okay?

Vor allem kein Toastbrot mit Remoulade.

Is' ja gut.

Also Holm haben meine Brote immer geschmeckt.

Jetzt muss ich fragen: Wer ist Holm, oder?

Brauchst nicht so tun, als wär' dir das Foto nicht aufgefallen.

Welches Foto?

Ts.

Also ist das dein Freund?

Nicht mehr.

Ging nicht so gut mit uns.

Wieso?

Ist doch egal.

Jetzt sag halt.

… Holm war früher auf Heroin, ist schon ewig her.

Das war aber nie Thema zwischen uns, der hatte unglaubliche Disziplin. Aber war trotzdem schwierig.

Hm.

Du weißt ja, dass ich nie Alkohol getrunken habe, oder?

Na ja. Als Jugendliche schon.

Schwachsinn, ich hab nie getrunken.

Da sagt Oma aber was anderes.

… Wenn du wüßtest, was deine liebe Oma dir alles nicht sagt.

Was denn zum Beispiel?

Holm brauchte jedenfalls abends immer 'ne ganze Flasche Wodka. Sonst konnte der nicht einpennen. Das konnt' ich mir irgendwann nicht mehr mit angucken.

Klingt ja noch verkorkster als du.

Was hast du gesagt?

Sorry, das war jetzt blöd.

Ich meinte: Das klingt, als hätte der auch 'ne Menge Probleme gehabt.

Ja. Hatte der.

Leider.

…

…

Fehlt er dir?

Sonst hätte ich wohl kaum das Foto aufgehängt.

Wieso hast du eigentlich immer wieder versucht, uns abzugeben?

Was?

Oma hat mir die Briefe gezeigt.

Das war so klar.

Diese Schreiben an verschiedene Behörden, vor und nach der Wende. Als du versucht hast, Oma und Opa das Sorgerecht zu übertragen. Beziehungsweise als du versucht hast, dass Bento es kriegt. Damit du uns los bist … sind die alle echt?

Euer Vater hätte euch nie genommen.

Der war immer viel zu beschäftigt mit sich selbst.

Also hast du ihn tatsächlich gefragt, und er hat Nein gesagt?

So einfach war das damals alles nicht.

Weißt du, ich war so dermaßen jung –

Aber wenn er Ja gesagt hätte, dann hättest du uns einfach so weggegeben?

Nicht einfach so, nein.

Und ich wäre ja trotzdem mit euch in Kontakt geblieben.

Das glaub ich dir irgendwie nicht.

Du wolltest doch immer so weit weg wie möglich.

Glaub doch, was du willst.

Machst du doch eh' schon dein Leben lang.

Können wir vielleicht Plätze tauschen?

Der ganze Qualm zieht zu mir rüber.

Seit wann stört dich das denn?

Rauchst du nicht mehr?

Nee.

Und bist du jetzt so jemand, der allen anderen das Rauchen verbieten will?

Hä? Ich find's eklig, das ist alles.

Hier so am See, das kommt mir falsch vor mit deinen Kippen.

Ich sammel' die Stummel nachher schon wieder ein, keine Sorge.

…

…

Und hast du jetzt noch Kontakt zu diesem Holm?

Nee. Aber ich hab dir seine Adresse aufgeschrieben. Für alle Fälle.

Was denn für ›alle Fälle‹?

Ich sitz' bisschen in der Scheiße.

… Brauchst du Geld?

Nein.

Aber es kann sein, dass ich bald noch mehr abtauchen muss. Und dass du mich dann nicht noch mal siehst.

Wie jetzt?

Nie wieder?

…

Hast du irgendwen umgebracht oder so?

Hä?

Hast du irgendwas Schlimmes gemacht?

Nein.

… Willst du mit dir selbst was Schlimmes machen?

Blödsinn.

Ich hab mich das früher manchmal gefragt.

Was?

Ob du mal versucht hast, dich zu töten.

Oder ob du mal jemand anderen getötet hast irgendwann.

Nur einmal fast.

Was jetzt?

Hab ich versucht, jemanden umzubringen.

Wen?

Deinen Vater.

… Bento? Was hat er denn gemacht?

Ich hab ihm ein Messer in den Bauch gesteckt. Der hat sich manchmal richtig beschissen verhalten.

Hat er dich geschlagen?

Ist fremdgegangen, hat mich verraten, war nicht für euch da, such dir was aus.

Das erzählt Oma aber ganz anders.

Glaubst du, deine Oma hat alles mitgekriegt, was damals abging? Die hat ja nicht mal gemerkt, wie tief ihr eigener Mann, dein sanftmütiger, leiser Opi, in die ganze Atari-Sache verwickelt war. Und sich jahrelang halbtot gesoffen hat.

… Aber du hast doch gestern gesagt, dass du das nie gemacht hast mit dem Computerschmuggeln.

Ja, scheiß' drauf, vergiss es.

Das ist echt anstrengend.

Was?

Dass man bei dir nie weiß, was die Wahrheit ist.

… Soll ich dir mal was Krasses erzählen?

Nein!

Nachdem das mit Holm vorbei war, bin ich ziemlich runter gewesen mit den Nerven.

Deswegen dachte ich so: Okay, dann probierst du das mit diesen Chatrooms jetzt mal aus. Und da schreibe ich mir nach ein paar Tagen mit einem echt fetzigen Mann, zu dem hatte ich voll den guten Draht. Wir lernen uns kennen, na ja, du weißt ja, wie so was läuft, schreiben immer privatere Sachen. Ich hab ihm sogar schon bisschen von dir erzählt. Und dann fangen wir irgendwann an, zu telefonieren.

Was hast du denn von mir erzählt?

Was du studierst, dass du mit Kindern arbeitest, solche Sachen.

Ich bin seit Jahren mit der Uni fertig.

Jedenfalls merke ich plötzlich, dass ich ihn noch nie ge-

fragt habe, was er eigentlich macht, beruflich. Also frag' ich ihn und dann platzt die Bombe:
Der Typ is'n Bulle.
Okay.
So was kann man sich gar nicht ausdenken, oder?
Aber das ist doch nicht so schlimm, wenn er nett ist?
'N Bulle?!
Nee, auf so'n Scheiß hab ich keinen Bock.
Und hast du danach noch mit anderen Männern geschrieben?
'Ne Zeitlang, ja. Aber niemanden mehr getroffen.
Nur kurz vor Holm, da hatte ich manchmal paar Dates.
Aber du hast doch eben gesagt, dass du erst nach deiner Beziehung zu Holm mit den Chatrooms angefangen hast?
Hab ich?
Ist das wieder so 'ne Geschichte, wo du was auslässt, und am Ende stimmt die Hälfte nicht?
Boah, du bist echt so'n richtiger Dobermann.
Was?
Direkt nach Sammys Tod war ich in anderen Chatrooms unterwegs, okay, nicht so romantisches Zeugs.
Da hingen vor allem Faschos und Hooligans ab.
Das versteh' ich jetzt nicht.
Ich hab mich mit denen getroffen, mich ficken lassen und danach von ihnen verprügeln.
...
Für Samuel.
Zur Strafe.

…

Jedes neue blaue Auge, jeder neue blaue Fleck, das war irgendwie so –

Wie oft hast du das denn gemacht?

Drei-, viermal.

Einer hat mir sogar mal den Arm ausgerenkt.

Und das findest du jetzt lustig?

Du nicht?

Nein, überhaupt nicht.

Du glaubst einem echt alles.

Die Fabrik, die Kaugummiautomaten herstellt, liegt im Schlaraffenland. Da die Arbeiterinnen dort sehr faul sind, werden jährlich nur zwei Automaten produziert. Die Auslieferung dauert meist ein weiteres Jahr. Häufig taucht das Problem auf, dass die Zusteller die Finger nicht von der Ware lassen können. So kommt es, dass sich in unserer schönen Welt nur noch wenige, verwaiste Automaten befinden. Allein, wer mit wachen Augen und einem kaugummihungrigen Herzen durch die Straßen flaniert, wird hin und wieder einen der köstlichen Kästen zu entdecken vermögen.

So wie ich, und zwar genau jetzt:
Der Kaugummiautomat vor mit hat die perfekte Größe.
Je länger ich ihn betrachte, desto jünger werde ich.

Nach einigen Minuten stehe ich als Siebenjährige davor. Ich überlege kurz, ob ich einen Böller in eins der drei Mäuler stecken soll, entscheide mich dagegen. Lieber ein intaktes Spielzeug ziehen und sauber bleiben, heute keine krummen Dinger drehen. Ich bin aufgeregt, denn es ist erst das zweite Mal, dass ich von meinem Taschengeld etwas kaufe. Aber vor allem bin ich aufgeregt, weil ich nicht weiß, welches Spielzeug ich bekommen werde. *Meine zweite bewusst ausgeführte Transaktion im Kapitalismus,* denke ich stolz, und pule mit der Hand an meinem aufgeschlagenen Knie. *Diese Prise Zufall,* denke ich, *diese Unvorhersehbarkeit des Outcome macht das Ganze so verführerisch. Aber vielleicht,* denke ich dann mit meinem siebenjährigen Gehirn, *sollte ich nicht gleich aufs Ganze gehen, finanziell.* Vielleicht sollte ich versuchen, für 50 Pfennig einen Ring zu bekommen und zu heiraten. Falls es klappt, falls das Metallmaul ausspuckt, was ich begehre, könnte ich Denny Müller aus der Parallelklasse einen Antrag machen. Oder besser noch meiner Lehrerin. *Nein, nein,* denke ich dann, *ich will etwas nur für mich, nichts weiterreichen, bloß keine Verbindlichkeiten ein-*

gehen. Also volles Risiko, finanziell. Und Single bleiben, privat.

Ich hole mein Markstück aus der Hosentasche und stecke es behutsam in den dafür vorgesehenen Schlitz. Als ich den Metallhebel von links nach rechts drehe, hoffe ich auf einen kleinen Troll mit blauen Haaren. Oder einen mini Schnuller aus Plastik, am besten in Pink, den könnte ich als Kettenanhänger tragen. Hauptsache, es kommt nicht irgendwas zum Selberbasteln heraus, diese Enttäuschung würde ich nicht verkraften.

WO BIN ICH JETZT?

Du sitzt am Meer im Sand, auf einer Halbinsel in der Nähe von Sông Câu, fast mittig zwischen dem heißen, ruralen Süden und dem sophisticated Norden Vietnams. Es ist schwül, der Himmel genauso grau wie das Meer, deine Haut klebrig. Dort, wo die Palmen und Büsche dicht zu wachsen beginnen und noch keine Häuser gebaut wurden, vielleicht 20 Meter hinter dir, sitzen vier vietnamesische Teenager und hören Musik. Eine Art Goa-Techno, über die eine laute, selbstbewusste Stimme immer wieder, in Karaokemanier, jault: *I am. A superstar! I am. A superstar!* Ansonsten ist niemand da, du hast Kopfhörer auf, Radiohead schwirren melancholisch um dich herum. Immer wieder lässt du nassen, beigegrauen Sand zwischen deinen Händen hindurchrieseln, summst vor dich hin, beobachtest die milchig transparenten Krebse, die aus den Löchern im Boden schnellen. Sie können seit- und vorwärts laufen, schaufeln mit unsinnigem Ehrgeiz Löcher in den Sand und verschwinden in anderen Löchern.

Wer anderen eine Grube gräbt, –

Aus der Ferne nähert sich irgendwann eine kleine Gestalt, die du erkennst: Es ist die Dosensammlerin. Sie geht langsam und krumm den Strand entlang in deine Richtung, einen Plastiksack über der Schulter. Als sie näher kommt, begaffst du erneut ihre von der Sonne raue Haut, ihre tiefen, schönen Falten. Sie hockt sich neben dich, grinst, sagt *Thank you,* zeigt dabei auf die zerdrückten Coladosen. Als sie vorhin am Strand Müll aufgelesen hat, hast du ihr zugewunken und aus dem Papierkorb deines Bungalows das rote Blech gefischt. Jetzt hockt die Alte ganz neben dir, in Deutschland würdest du sie für eine 80-Jährige halten. Ihr *Thank you* klingt kehlig und warm, du setzt deine Kopfhörer ab, antwortest: *Không sao đâu.* Sie schaut dich fragend an. Du versuchst es noch mal, denn du hast vorab ambitioniert ein paar Vokabeln gepaukt: *Không sao đâu.*

Sie versteht dich nicht, lächelt und zeigt auf die Berge, redet auf Vietnamesisch weiter. Du wechselst ins Englische, zeigst aufs Meer, sagst, wie schön es hier sei, in ihrem Land.

You know, sometimes I think we are so drawn to the sea, because the sound of the breaking waves resembles the sound of our breathing in and out.

WAS SAGST DU?

Sometimes I think we are so drawn to the sea, because the sound of the breaking waves resembles the sound of our breathing in and out.

Die alte Frau redet weiter auf Vietnamesisch, zeigt jetzt in den Himmel.

And because of that we feel that we should be or that we once were part of the ocean.

Versonnen nickst du ihr zu. Als sie sich entfernt, schaust du ihr nach. Irgendwann hält sie an, rafft ihren Rock nach oben, hockt sich hin und scheißt. Es irritiert dich nicht;

dieses Bild hast du hier schon öfter gesehen. Alte Frauen, die auf den kompletten Fußsohlen hockend ihr Geschäft verrichten, so enthemmt und gelenkig, wie du nie sein wirst. Als die Frau aus deinem Sichtfeld ist, denkst du: Sie hat vermutlich die letzten beiden Kriege in diesem Land bewusst miterlebt. Und überlebt. Und egal, wie sehr du dich anstrengen würdest, ihre Sprache zu lernen, nie könntest du wirklich mit ihr darüber sprechen.
WARUM SPRECHEN WIR DANN IMMER WEITER?
...
WARUM SPRECHE ICH IMMER WEITER?
... Weil du nicht anders kannst.
ES IST ZU HEISS HIER.
KÖNNTE DAS GEFÄHRLICH WERDEN?
Seit deiner Ankunft in Vietnam war deine Haut nicht einmal vollständig trocken. Du wusstest vorher, dass das Klima dich anstrengen würde, aber zu Luise hast du gesagt: *Das stecken meine afrikanischen Gene locker weg, no worries,* und ihr ein Victoryzeichen gezeigt. Jetzt bist du dir nicht mehr so sicher.
JETZT IST DER EMBRYO NICHT MEHR SO SICHER.
Solange du nicht tagelang Durchfall kriegst, wird er klarkommen.
WIE IST ES FÜR MICH, HIER SCHWANGER ZU SEIN?
Surreal. Du bist immer noch oft verwundert, dass du und dieses Wort jetzt miteinander zu tun haben. ›Schwangerschaft‹, das gilt für andere Lebensläufe. So wie: ›Einfamilienhaus‹, ›Dow Jones‹, ›Jagdschein‹ oder ›unheilbare Autoimmunkrankheit‹.

WO SIND DIE VIER TEENAGER HIN?
Du bist jetzt allein am Strand. Bald wird die Sonne untergehen.
HABE ICH LUST, IM MEER ZU BADEN?
Die Vorstellung, dass du im Meer schwimmst und dass gleichzeitig in dir drin ein kleines, menschwerdendes Etwas herumschwimmt, dass ihr also zeitgleich das Gleiche tut, gefällt dir. Aber du kennst dich hier nicht aus und willst nichts riskieren, niemand sonst ist bisher baden gegangen. Und für die Fischer, die du manchmal gesehen hast, ist das Meer ein Arbeitsplatz; du möchtest nicht zu touristisch wirken. Eigentlich wüsstest du gern, ob sie glauben, dass das Meer die Schreie, die in ihm losgelassen werden, speichern kann. Dein Magen knurrt, vermeldet echten Hunger. Bald wird Binh Abendessen kochen. Als du aufstehst und losläufst, freust du dich. Morgen kommt Kim, sie kommt tatsächlich zu dir. Du machst die Musik in deinen Kopfhörern lauter, drehst dich um, versuchst rückwärts passgenau in die Fußstapfen zu treten, die du vor wenigen Stunden hinterlassen hast, und so zurück zum Bungalow zu gelangen.
DAS LETZTE MAL, ALS ICH DAS GEMACHT HABE, WAR ICH IN MAROKKO.
Du kommst an einer Gruppe vietnamesischer Touristen vorbei, die für ein Picknick vom Shuttlebus an den Strand gespuckt wurden. Eine vierköpfige Familie winkt dich zu sich. Die vielleicht fünfjährige Tochter schaut dich verstohlen an, ihr älterer Bruder grinst mehrdeutig, sie bitten dich mit Handgesten um ein Foto. Du willigst ein, weil du

die Kinder niedlich findest und freundlich sein möchtest. Doch nur der Vater steht auf und lässt sich mit dir ablichten. Nach mehreren Schnappschüssen willst du gehen, aber der kleine, sehnige Mann lässt deinen Nacken nicht los. Es reicht ihm noch nicht. Als du dich zu entziehen versuchst, lacht er laut und greift fester zu, sein Handballen zwischen deinen Schulterblättern drängt nach unten. Schließlich windest du dich aus seinem Griff. Auf dem restlichen Weg zum Bungalow schenkst du deinen Fußspuren keine Beachtung mehr.

WIE HABEN KIM UND ICH UNS KENNENGELERNT?

Warum?

WIE GUT KENNEN WIR UNS?

Luise, eure gemeinsame Freundin, hat euch vorgestellt, vor über 15 Jahren, kurz nach dem Tod deines Bruders.

SO LANGE IST DAS MITTLERWEILE HER?

Das spielt doch jetzt keine Rolle.

ERZÄHL MIR TROTZDEM DAVON.

... Mit der Bahn seid ihr damals gemeinsam zu Freundinnen von Luise gefahren, auf eine Mottoparty nach Köln – warum willst du jetzt nicht in Vietnam bleiben?

ES WURDE GERADE UNBEQUEM.

Okay ... Im Zug zieht ihr euch mehrmals um und schminkt euch. Ihr wollt halbwegs adäquat nach ›20er Jahre‹ aussehen, denn ihr seid Anfang 20 und nehmt Mottopartys ernst. Als du nach einem Kaugummi für Luise in deinem Rucksack suchst und Kim gerade zurück von der Toilette kommt, schaust du auf, siehst sie an und denkst: *Das könnte meine Freundin sein.* Die Klarheit dieses Gedankens verwirrt dich, denn du bist Anfang 20 und nimmst auch deine Heterosexualität ernst.

Die Party ist bunt, laut und gut, die Wohnung groß, aus zwei Zimmern quillt blickdichte, weiße Luft aus einer Nebelmaschine. Kim trägt den ganzen Abend über einen albernen Zylinder und angeklebten Schnauzbart, du ein beigegoldenes Cocktailkleid, dessen linker Träger dir immer wieder von der Schulter rutscht. Ihr werdet beide gleich schnell betrunken und destruktiv, lacht und lallt viel. Zu einem Song von Britney Spears haltet ihr einander an der Hand, euch gegenüberstehend und zurückbiegend in den hellen Qualm, beginnt, euch immer schneller im Kreis zu drehen. Irgendwann lasst ihr dabei mit der anderen Hand eure Bierflaschen los. Das braune Glas zerschellt an einer Fototapete, färbt den unteren Teil einer Strandpalme dunkel, was ihr erst seht, als ihr die Party verlasst. Tim, der Freund der Gastgeberin, kommt zu euch. Er hat eine Glatze und ist über zwei Meter groß, fasst euch beiden großväterlich auf die Schultern: *Bitte reißt euch ein wenig zusammen, die Flasche ging nur knapp an Valeries Kopf vorbei.* Ihr fragt ihn, was das Problem von Valeries Kopf sei, stecke der etwa in seinem Arsch, haha, und ob er eigentlich der längste Nazi der Stadt sei. Dann rennt ihr weg, holt aus der Wanne im Badezimmer vier neue Bierflaschen, die ihr kreischend vom Balkon auf die Straße schmeißt, fünf Stockwerke abwärts auf den dunklen Asphalt, nichts kann euch halten. Tims Freundin, die Gastgeberin, baut sich plötzlich vor euch auf.

Der Tim ist seit einem Monat zurück von der Chemo, das

hier ist seine Willkommensparty, und ihr zwei seid ekelhaft. Ihr geht jetzt.
In der U-Bahn muss Kim sich übergeben. Zwei Stationen lang hält sie ihr Erbrochenes im Mund, dann spuckt sie es am Friesenplatz zwischen ein- und aussteigenden, etwas weniger betrunkenen Fahrgästen in einen Mülleimer. Du bist beeindruckt, hast dich innerhalb weniger Stunden tatsächlich verliebt; eure Abgründe ähneln einander. Auf der Rückfahrt am nächsten Tag spricht Luise nicht mit euch, weil sie sauer ist. Du und Kim sprechen nicht miteinander, weil ihr nicht wisst, wie.
ICH KENNE SIE NUR SO GUT, WIE SIE ES ZULÄSST.
Ja. Und sie dich auch.
WO BIN ICH JETZT?
Vor deinem Bungalow. Binh, die vietnamesische Ehefrau von Lothar, sagt jeden Abend grinsend *Viel Gämiehse!*, wenn sie dir dein Essen serviert. An einem Plastiktisch auf einem Campingstuhl sitzend verspeist du, was sie für dich und drei andere Gäste gekocht hat. Einer der Gäste hatte am Morgen, nachdem er mit seinem Motorrad den Strand rauf- und runtergerast war, selbstvergessen eine Drohne übers Meer gesteuert; ein echtes Gespräch entwickelt sich mit niemandem. *Immerhin*, denkst du, *bin ich nicht mehr in der Tourihölle*. Vorher warst du eine Woche lang auf der Insel Phú Quõc, einer Art vietnamesischem Mallorca, ächzend unter der Last wohlhabender ausländischer Touristen. Du hattest das Gefühl, dass selbst die Affen, die du einmal zufällig im Wald gesehen hast, genervt waren von der Vermarktung ihres Lebensraums.

BIN ICH EIN BISSCHEN SO WIE LEUTE, DIE IM STAU STEHEN UND PÖBELN: *SCHEISS-STAU*?
Was?
Guten Appetit!
SAGT BINH IM VORBEIGEHEN UND ZWINKERT MIR ZU.
Was für ein Stau denn?
Viel Gähmiese! Met gaaans gaaans viel Gähmiese!
Deine Gastgeber Binh und Lothar leben seit fünf Jahren zusammen. Binh hat in dieser Zeit Deutsch gelernt, wegen der Gäste; Lothar kann circa acht Worte Vietnamesisch. Ihr gemeinsamer Sohn ist schon jetzt, im Alter von drei Jahren, reicher als jede Familie im Umkreis von 100 Kilometern.
WAS MACHE ICH?
Du liegst mit vollem Bauch im Bett, das Essen war gut. Drei kleine Oktopusse, stellst du dir vor, gleiten in ein paar Stunden durch die Nabelschnur zu Baby X – auf Karottenstückchen und Bambussprossen surfend, deinen Herzschlag als Beat im Ohr, mit lecker Vitaminen an den Tentakeln.
ICH KENNE MICII NICHT BESONDERS MIT BIOLOGIE AUS, ODER?
Während der Schweiß auf deinem Rücken sich weigert, zu trocknen, schaust du dir YouTube-Videos zu den Schlagworten ›Befruchtung‹ und ›Die Entstehung des menschlichen Lebens‹ an. Zuerst einen fünfminütigen Clip, aufwendig animiert und mit klassischer Musik unterlegt. Als unzählige Spermien zu epischen Klängen versuchen, in

eine Eizelle einzudringen, fühlst du dich an eine Gruppenvergewaltigung erinnert.
DAS STIMMT NICHT.
... Als unzählige Spermien versuchen, in die Eizelle einzudringen, fühlst du dich an ein Porno-Gangbang erinnert.
NEIN, AUCH NICHT.
Als ein paar Spermien versuchen, in die Eizelle einzudringen, denkst du an die Zauberkugel der Mini-Playback-Show. Hineingehen als etwas Kleines, Unbedeutendes – herauskommen als grandioser Mensch.
IN DER SHOW WURDEN IN DEN 90ERN REGELMÄSSIG KINDER GEBLACKFACET. EINMAL AUSSERDEM IN FATSUITS GESTECKT, UM DIE WEATHER GIRLS DARZUSTELLEN. DIE ECHTEN WEATHER GIRLS WAREN IN DER SENDUNG ALS JURY ANWESEND UND RIEFEN DEN DÜNNEN, UNTER SCHICHTEN STOFF UND MAKE-UP VERSTECKTEN WEISSEN MÄDCHEN ANZÜGLICH ZU, DASS SIE GROSSARTIG IHRE HÜFTEN GESCHWUNGEN HÄTTEN. EIN WEATHER GIRL HATTE IHREN SOHN DABEI. DER KLEINE – ETWAS JÜNGER ALS DIE VERKLEIDETEN MÄDCHEN – WIRKTE GLEICHERMASSEN GELANGWEILT UND BEFREMDET VON DER SHOW, WÄHREND ER AUF EIN BLATT PAPIER MALTE.
Was hat das mit dir zu tun?
NICHTS.
Ist das eine Analogie zu dir in den USA?
BITTE?
Dort hast du doch auch ein schönes afroamerikanisches Kostüm übergezogen.

HÄ?
Und dir tagelang vorgegaukelt, Teil einer schwarzen Community zu sein.
ICH VERSTEHE NICHT, WORAUF DU HINAUSWILLST.
Erinnerst du dich, wie du am Hudson River in der Sonne auf einer Parkbank eine Stunde lang geschlafen hast? Es war angenehm kühl.
DAS WAR EIN PAAR WOCHEN VOR DER ANGST, ALS ICH NOCH SCHLAFEN KONNTE.
Du kommst vom Einkaufsbummel und deine Füße tun weh. Deine Tasche dient dir als Kopfkissen, einen ihrer Riemen wickelst du vorsichtshalber mehrmals ums Handgelenk, dann schläfst du auf der Sitzbank ein. Beim Aufwachen stellst du fest, dass du dringend aufs Klo musst und dass die Freiheitsstatue die ganze Zeit in Sichtweite stand, weit hinten im Wasser.
UND?
Als du drei Tage später abends wiederkommst, wirkt der Ausblick aufs Wasser und die Statue nicht mehr so einladend, nicht mehr so frei, alles irgendwie schummrig. Du läufst auf das Ende einer schmalen Straße zu, um von dort einen Blick auf die Skyline zu erhaschen. Die Bank, auf der du zuvor tagsüber geschlafen hast, steht noch circa 20 Meter von dir entfernt, nirgends andere Menschen zu sehen. Bis auf ein Polizeiauto am Ende der Straße, mit glimmenden Scheinwerfern. Es sieht aus wie Autos in Hunderten Actionfilmen, deshalb unecht. Während du daran vorbeigehst, um ans Wasser zu gelangen, nimmst du vorsichtshalber die Hände aus den Manteltaschen. Erst als du am

Wasser stehst, den Polizeiwagen im Rücken, merkst du, was du gerade getan hast.
WAS HABE ICH GERADE GETAN?
Und plötzlich begreifst du: Diese warme Community schwarzer Menschen, hier in den USA, ist nur möglich, weil sie jahrhundertelang zum Überleben nötig war. Die Basis, auf der sich diese Menschen begegnen und bestärken, war und ist blutig, ungerecht, qualvoll. Du kannst dankbar sein, dass du willkommener Gast in dieser Gemeinschaft bist, eine Touristin dieser auf Schmerz gewachsenen Blackness. Du kannst froh sein, dass dein Herz hier nur temporär ein paar düstere Schläge imitiert.
... VIELLEICHT HABE ICH MICH DAMALS IN NEW YORK EIN WENIG GEFÜHLT WIE JETZT SCHWANGER?
Dicker als sonst?
NEIN.
Hungrig und trotzdem ständig kurz vorm Brechreiz?
NEIN. EHER SO: DIE MÖGLICHKEIT EINES ALTERNATIVEN SELBSTBILDS WIRD ERFAHRBAR.
... Hm. Cuter Gedanke, aber nein, so hast du dich nicht gefühlt.
SCHADE.
UND JETZT?
Was?
WIE FÜHLE ICH MICH JETZT?
Du sitzt neben dem leeren Teller, den Binh später abräumen wird, gleitest mit dem Handy durchs Internet.
ICH HALTE MIR INDIREKT 44 SKLAVEN. DURCH MEINEN LEBENSSTIL UND MEIN KONSUMVERHALTEN.

Findest du auf einer Website heraus. Dann schaust du dir noch mehr Videos auf YouTube an, über die vielen Kriege in Vietnam, die Roten Khmer in Kambodscha, die Gründe, warum Hollywood Wesley Snipes nicht mehr castet, Lifehacks zum Thema Babypflege. Ein Ratschlag ist, Neugeborenen nicht mit einer Schere die Nägel zu schneiden, sondern sie abzuknabbern, damit die neuen Kanten nicht so scharf sind. Randvoll mit willkürlich collagiertem Wissen legst du dich ins Bett und schläfst ein. Die Moskitos lassen dich in Ruhe; du hast dich mit deutschen Produkten eingesprüht und liegst zuverlässig isoliert unterm Moskitonetz.

ICH BIN DER SCHWITZIGE TILSITER UNTER DER KÄSEGLOCKE.

Vor dem Einschlafen schlagen deine Gedanken quer, haben mit Uncle Sam und Ho Chi Minh zu tun, mit Elvis in Westdeutschland, deiner Großmutter auf der Agrarmesse, Agent Orange in Embryonen und der Ziehharmonika deines Großvaters.

Und was hast du jetzt vor?
Wie meinst du?
Na ja, willst du genauso weiterleben wie bisher?
Denkst du, ich muss was ändern?
...
Was soll ich denn ändern?
Und der Vater?
Der weiß es bisher nicht. Ich kenn' ihn kaum.
Aber er ist in Ordnung, glaub' ich.
Und ich erwarte ja von ihm auch nicht, dass er dabei ist.
Aber vielleicht will er ja Teil des Ganzen sein?
Wär' auch okay.
Trotzdem will ich jetzt nicht so happy Hetero-Kernfamilie spielen.
Ist er weiß?
Ja, warum?
Na ja, ich dachte bloß ... Ach, egal.
Was dachtest du?
... Das wird es nicht gerade leichter machen.
Wie meinst du?
Dein Kind wird doch dann bestimmt auch als weiße Person gesehen, glaubst du nicht?
Kommt drauf an, wie's aussieht, oder?
Wobei ja ... wahrscheinlich schon.
Eben.

Fuck, darüber habe ich überhaupt noch nicht nachgedacht.

Für die Liebe zum Kind oder eure Beziehung spielt das ja auch keine Rolle.

Wie schrecklich wär' das denn: Wenn dann die ganze Scheiße von vorne losgeht, nur anders. Und ständig denken irgendwelche Leute, dass das nicht mein Kind ist, sondern dass ich die Nanny bin oder so.

Da kommst du nicht drumrum.

Wenn ich in Deutschland bleibe, ja.

Willst du denn weg?

Ich hab, seit ich es weiß, ständig das Gefühl.

Aber keine Ahnung, wohin. Am liebsten würde ich erst mal ein halbes Jahr lang hier am Strand hängen und mich mit nichts von alldem auseinandersetzen.

Dann mach das doch.

Ist mir zu unsicher. Ich will das Kind schon in Deutschland kriegen.

Denkst du, die Ärztinnen hier sind schlechter, oder was?

Nein.

Das war nicht ernst gemeint.

Und es wäre auch viel zu teuer, hier zu bleiben.

Außerdem ist mein Rückflug schon gebucht.

Dein Dad kann doch zahlen. Der rastet bestimmt aus vor Freude, wenn er hört, dass er Opa wird. Vielleicht kommt er dich dann endlich mal besuchen.

Er ist in Angola schon sechsfacher Großvater.

Oder du bleibst einfach hier, und dein Vater kommt

vorbei, und dann lebt ihr glücklich zusammen am Strand, für immer, und Lothar ist am allerglücklichsten. Das wär' doch was.

Das findest du so richtig kacke, oder?

Dass ich mich hier bei diesem Deutschen eingemietet habe?

Der Typ hat den halben Strand aufgekauft.

Aber die vietnamesische Regierung hat das doch gewollt, mit der Gesetzesänderung, oder? Dass die ausländischen Investoren jetzt loslegen.

Weißt du, die Kinder, die jetzt hier selbstverständlich Fußball spielen oder Musik hören, die dürfen in zehn Jahren die neuen Beach Resorts nicht mehr betreten. Außer sie sind dort angestellt.

Hm.

Lothar ist vielleicht nett, aber was der hier an Neokolonialismus abzieht, geht gar nicht. Diese Bungalows sehen aus wie mini Reihenhäuser in Schwaben. Das hat nichts damit zu tun, wie die Leute hier leben.

Ich hatte halt Bock auf deutsche Sauberkeit.

Und Erholung.

Ich weiß.

…

…

Kim, wenn du ein Kind kriegen würdest, wär' dir das wichtig …

Dass es mir ähnlich sieht?

Ja.

Auf jeden Fall. Und 'ne sportliche Tochter wär' mir auch lieber als ein kluger Sohn.

Was?

Du willst über Race sprechen, ohne es auszusprechen, oder?

Findest du das dumm von mir?

Nee, schon nachvollziehbar.

Hm.

Ich glaub', in deinem Leben spielt's auf jeden Fall 'ne Rolle, dass du von der Gesellschaft als Nichtweiße gelabelt wirst. Das ist doch'n Riesenthema für dich. Also klar willst du, dass dich das in irgend'ner Art auch mit deinem Kind verbindet, oder?

Na ja, ich wünsche mir jetzt nicht, dass das Baby die gleiche Scheiße erleben muss wie ich.

Eh' klar.

Aber dass ich vielleicht irgendwas von allem, was ich selber über Jahre kapieren musste, weitergeben kann, also wirklich mit dem Kind teilen kann – das wär' schon gut.

Also fändest du's besser, wenn dein Kind zumindest 'n bisschen dunkler wäre als der Vater?

Ich will nicht auf so'ne Art über das Baby nachdenken.

Wieso nicht? Jetzt sag's halt einfach mal.

...

Dacht' ich's mir doch.

Kannst du's dir denn vorstellen?

Was?

Mich. Als Mutter.

Klar.

Und dich auch?

Meinst du jetzt generell oder dass wir das zusammen machen?

Beides, glaub' ich.

Mhm.

Als ich den Schwangerschaftstest in der Hand hatte, war das mein erster Gedanke. Dass ich mir das mit dir gut vorstellen kann.

Und du wünschst dir doch schon länger eins.

Hm. Ich find's schön, dass du an mich denkst.

Aber das zwischen uns ist so verheddert, so aus'm Stegreif kann ich dazu nichts sagen, echt nicht.

Wegen deiner Freundin?

Nein, wegen dir! Du kannst doch nicht von mir erwarten, dass du einfach hergeflogen kommst, mir diese Nachricht vor'n Kopf knallst und ich händeklatschend rufe: I'm all in!

Tu' ich doch gar nicht.

Ich wollt's dir nur gern persönlich sagen.

Das ist 'ne heftige Ausnahmesituation, die alles Bisherige verändern wird.

Ja, weiß ich. Ich glaube, es hat sich schon alles verändert.

Deswegen bin ich ja hergekommen.

Sorry, ich wollte jetzt nicht so vorwurfsvoll klingen.

Ich weiß.

Ich muss da einfach in Ruhe drüber nachdenken.

Also, was das für dich und mich bedeuten könnte.

Ich bin noch 'ne Woche hier.

…

Das war'n Witz, du hast alle Zeit der Welt.
Na ja, beziehungsweise noch sechseinhalb Monate.

…

Das war auch'n Witz.

… Würdest du's denn zur Not auch allein durchziehen?

Ich glaub' schon.
Wenn meine Mutter das hingekriegt hat, kann ich das auch.

Und willst du's ihr sagen?

Erstmal nicht.
Nicht, bevor ich mir klargemacht hab, was ich eigentlich von ihr will. Außerdem taucht sie gerade immer mehr ab. Vielleicht gibt's die Möglichkeit, ihr davon zu erzählen, also eh' bald nicht mehr. Vielleicht habe ich sie letzten Monat schon zum letzten Mal gesehen.

Okay … aber als Großmutter wäre sie ja vielleicht ganz anders.
Also vielleicht irgendwie besser, oder? Das ist doch oft so.

Ich weiß nicht. Da ist so'n Betreten-verboten-Schild in meinem Kopf, ich kann da grad nicht rein.

Wollen wir vielleicht spazieren gehen?

Durch Lothars Königreich?
Soll ich dir mal sagen, womit der ursprünglich sein Geld verdient hat?

Ja.

Der hat in Deutschland ein Buch rausgebracht: Die 1000

besten Adressen im World Wide Web, das wurde ein Bestseller.

Ernsthaft?

Ja, kein Witz.

Ich stehe immer noch vor dem Automaten.

Was ich wollte, habe ich nicht bekommen, und jetzt ist meine Mark weg, nur noch 60 Pfennig übrig, verflixt und zugenäht.
Ein Sticker, der den Blick auf die Kaugummis zum Teil überdeckt, fällt mir auf. Er bewirbt eine Tanzveranstaltung im Norden der Stadt, im Neubaugebiet. Es würden dort Soul Music und andere heiße Grooves gespielt. Soul heißt Seele, so viel verstehe ich schon. Was Grooves angeht, bin ich überfragt. Und weshalb der Sticker eine Frau mit Afro zeigt, verstehe ich auch nicht. Im Neubaugebiet gibt es so eine Frau ja gar nicht, in der ganzen Stadt gibt es so eine Frau nicht. Nur mich, aber ich bin im Moment erst sieben Jahre alt; man wird mir ohne Stelzen kaum Eintritt zur Party gewähren.

Noch einmal befummle ich das Kleingeld in meiner Hosentasche. Zwischen den Kaugummikugeln im Automaten kann ich fünf Kapseln mit Ringen sehen. *Meine Chancen stehen gut,* denke ich, denn ich habe zum Glück noch nie etwas von Stochastik gehört und bin restlos begeistert vom schönen Schmuck, der sich hinter der Scheibe verbirgt. Als ich ans Fenster hauche, beschlägt mein Atem darauf. Nach und nach werden Fingerabdrücke sichtbar, immer mehr. Auf den Scheiben des Automaten und darüber hinaus, auf den Griffen, auf den Einwurfschlitzen, an den zerkratzten, metallisch schimmernden Kanten des Geräts. Fettflecken mit klitzekleinen, eingravierten Schlangenlinien, hinterlassen von zigtausend unsauberen Fingerkuppen. Vielleicht sind das die Fingerabdrücke aller Kinder, die jemals an diesem Automaten etwas kauften. Kinder, die mittlerweile Rentner sind, arbeitslos oder tot, oder die überarbeitet vor sich hinleben und keinerlei Aufregung mehr spüren, wenn sie etwas kaufen. Kinder, die jeden Tag irgendetwas kaufen, manchmal ohne es zu merken, manchmal illegal, manchmal online oder über die Hotline von QVC, manchmal sogar andere Menschen. Leute, die ohne Bezahlung für sie arbeiten oder die ihnen gegen Bezahlung ihre zukünftigen Kinder austragen oder die ihnen im Opel einen blasen ohne Kondom. *Eines Tages, wenn ich erwachsen bin und noch viel mehr Zeit habe als heute,* flüstere ich, *werde ich wiederkommen und jeden einzelnen Fingerabdruck mit meinem eigenen überlagern.* Hoffentlich vergeht die Zeit bis dahin möglichst schnell. Au backe, vielleicht sollte ich es doch mit dem Heiratsantrag bei meiner Lehrerin versuchen; wer will schon alleine alt werden. Hastig werfe ich 50 Pfennig in den Automaten, drehe den Riegel einmal im Kreis und halte meine Hand unters Metallmaul. Bitte, bitte ein Ring mit einem schönen Stein. Oder wenigstens ein Ring ohne Stein.

WO BIN ICH JETZT?

Es ist deine vorletzte Nacht in Vietnam, du liegst in der Hängematte auf der Veranda, sachte schaukelnd. Die Schreie von zwei Geckos, die es irgendwie in deinen gut klimatisierten Bungalow geschafft haben, halten dich wach. Du dachtest zuerst, du würdest panische Vögel hören. Kim schläft weiter, die Rufe stören ihren Schlaf nicht. Während du über der Terrasse baumelnd so tust, als ob du rauchst, kommt es dir vor, als wäre alles, wirklich alles, plötzlich egal.

WIE FÜHLE ICH MICH DABEI?

Ein Fischer läuft in der Dunkelheit am Meer entlang. Seine Stirnlampe leuchtet die Netze an, die das Meer jetzt bei Ebbe, auf dem nassen Sand liegend, preisgibt. Er geht in die Hocke, prüft ein Netz auf seinen Inhalt. Obwohl es Nacht ist und dunkel, riecht es nach Feuer.

ICH MAG MEIN LEBEN.

KANN DAS SEIN?

Du hattest vergessen, wie das geht. Aber jetzt fällt es dir wieder ein, ja.

KINDER SIND DAS BESTE ANTIDEPRESSIVUM, DAS ES GIBT.

Was?

MEINTE DIE FRAUENÄRZTIN, ALS SIE MIR GRÜNES LICHT FÜR DIE REISE GAB.

Eine Blondine mit geraden Zähnen, circa fünf Jahre älter als du.

ICH HABE FREUNDLICH GENICKT UND GEDACHT:

Falsch, Barbie – Kinder sind das beste Gefängnis, das es gibt.

Doch jetzt hast du fast Lust, ihr zu glauben.

Der Fischer schaltet seine Stirnlampe aus. Dein Handy vibriert, du ziehst es unter deinem Po hervor, der durch die Hängematte hindurch fast den Boden berührt. Burhan hat ein Foto geschickt. Bei ihm ist jetzt noch später Abend, er liegt fünf Stunden hinter deiner Zeit zurück. Das Selfie zeigt ihn neben einer älteren, aschefarbenen Version seiner selbst, beide Männer lächeln unglaubwürdig, Untertitel: *Chemo wieder aufgenommen.* Du weißt nicht, was du darauf antworten sollst, schickst einen gelben, ausgestreckten Daumen, dann korrigierend einen braunen Daumen hinterher, nimmst dir vor, in ein paar Tagen, wenn du wieder in Deutschland bist, bei Burhan vorbeizugehen und ihm deine Hilfe anzubieten. Gleichzeitig spürst du, dass du im Moment nicht die Energie dafür hast.

WIE LANGE WEISS ICH SCHON VON BURHANS VATER?

Gute drei Wochen. Kurz vor deiner Abreise nach Vietnam saßt ihr zusammen in einem teuren Westberliner Restaurant. Du wolltest ihn eigentlich auf den Fernsehturm einladen, doch das war ihm zu albern. Stattdessen unironisch niveauvolle Gastronomie.

WAS GAB ES ZU FEIERN?

Vor 20 Jahren hat Burhan eine Zeitlang in Australien

gelebt. Dort ging es ihm schlecht. Eine seiner Freundinnen war kurz zuvor bei einem Autounfall gestorben, sein bester Schulfreund wenige Jahre davor an einer seltenen Krankheit, ALS.
ICH DACHTE, EIN SCHULFREUND VON MIR LEIDET AN ALS?
Unvermittelt erzählt Burhan im Restaurant wieder davon, nebenbei esst ihr eine Bouillabaisse. Du hast bereits zweimal auf die hochwertige, apricotfarbene Tischdecke gekleckert und findest Burhans Tonfall eigenartig schwärmerisch. Er sei damals, nach den Todesfällen, ausgerechnet mit 27 Jahren, in der Nähe von Melbourne manchmal ganz weit hinaus ins Meer geschwommen. Um allein zu sein und in Ruhe unter Wasser zu schreien. Als ihm alles zu viel wurde. Es gebe keinen besseren Ort für Schreie als das Meer. Falls es dir in Vietnam schlecht gehe, solltest du das unbedingt mal ausprobieren. Ach, selbst wenn es dir dort gut gehe.
Du hattest dir das Essen mit ihm positiver vorgestellt. Nachdem du ihm von deiner Schwangerschaft erzählt hast, ungelenk anknüpfend an seine Melbournestory, umarmt er dich fest und sagt:
Wow, das ist heftig, jetzt muss ich erst mal eine rauchen.
Als er wiederkommt, denkst du kurz, er hätte gekokst. Dann erzählt er unvermittelt von der Krankheit seines Vaters, so, als wäre dein Beitrag abschließend besprochen. Er redet schnell und schaut dich weniger an als sonst, sagt, er müsse bald nach Duisburg fahren, um ihn zu pflegen. Sein Vater sei ja seit Monaten krank und habe es allen verheimlicht, habe Besuch abgewimmelt und die Chemo ab-

gebrochen. Burhans Schwester habe das so sehr verletzt, dass sie sich jetzt, in den letzten verbleibenden Wochen oder Monaten des Vaters, außerstande sehe, ihm beizustehen. Während Burhan spricht, bist du überwältigt von deinem Ekel vor der unsichtbaren Wolke Nikotin, die aus seinem Mund dringt.

ICH WERDE NICHT HALB SO VIEL FÜR IHN DA SEIN KÖNNEN, WIE ER ES FÜR MICH IN DEN LETZTEN JAHREN WAR, ODER?

Ja. Und ihr beide wisst es.

HALTE ICH MICH FÜR EINE GUTE FREUNDIN?

Manchmal.

Aber oft auch eine undankbare.

UND HALTE ICH MICH FÜR EINE GUTE MUTTER?

Noch nicht, nein.

GLAUBE ICH, MEINE MUTTER HAT MICH JEMALS AUSREICHEND GELIEBT?

Es existiert kein einziges Foto, auf dem ihr beide lacht oder lächelt.

NICHT MAL MIT SO EINEM GEFAKTEN LÄCHELN WIE VON BURHAN UND SEINEM VATER?

Nein.

... DIESE UMARMUNG, DIE MIR MEIN BRUDER AM TAG VOR SEINEM TOD GAB.

Was ist damit?

SIE WAR NUR MINIMAL LÄNGER ALS SONST, MINIMAL FESTER.

VIELLEICHT WÄRE MEINE MUTTER GERN IN DER LAGE GEWESEN, MICH SO ZU UMARMEN?

... Vielleicht, ja.
Gott! Ich liebe diesen Geruch!
WAS?
Es ist früh am Morgen, der Himmel ausnahmsweise klar, eure Füße im Sand berühren sich nicht. Kim ist erst seit einem Tag da, atmet demonstrativ ein, und weiß noch nichts von der winzigen Person in dir. Ein streunender Hund leistet euch Gesellschaft, beschnüffelt eine kugelrunde Kokosnuss mit kleinen Löchern. Ihr trinkt zum Teil gefrorene Cola aus einer Plastikflasche, sitzt im spärlichen Schatten einer Palme, du im Badeanzug mit Shorts, Kim in einem langärmligen Leinenkleid, das keinen Sinn ergibt.
Auf einmal kommt die Dosensammlerin vorbei, ohne ihren Plastiksack. Winkend ruft sie Kim etwas zu und zeigt auf dich, dann lachen beide. Du fragst nicht, was sie gesagt hat, trinkst die Cola leer und spuckst einen geschmacklosen Klumpen Eis in den Sand.
Als die Sonne untergegangen ist, lauschen du und Kim einem von vielen Gewittern. Sie hat dir beim Mittagessen einen neuen Song vorgespielt, du ihr von der Schwangerschaft erzählt, danach wart ihr spazieren. Jetzt, in der sicheren Dunkelheit des Bungalows, liegt ihr nebeneinander, streichelt euch die Handinnenflächen. Plötzlich sagt Kim, dass der Stichtag ja schon mal ein gutes Datum sei. Vielversprechend und Glück bringend. Dann fragt sie, ob sie zu einem Schrein fahren soll in den nächsten Wochen, für das Baby. Du schaust mit zusammengekniffenen Augen in Richtung ihrer Stimme, kannst aber nichts erken-

nen. Sie meint es ernst; du warst nicht darauf vorbereitet, eine abergläubische Seite an ihr zu entdecken.
WENN ICH EHRLICH BIN, HABE ICH SELBST AUCH EIN PAAR ABERGLAUBEN.
Ach so?
IN DEN WOCHEN NACH DEM TOD MEINES BRUDERS KAMEN HUNDERTE MARIENKÄFER IN SEIN ZIMMER GEFLOGEN; ICH HIELT SIE JAHRELANG FÜR SEINEN GRUSS AUS DEM JENSEITS, NICHT FÜR EINE PLAGE. BIS HEUTE PACKT MICH EIN HEIMELIGES GEFÜHL, WENN ICH EINEN MARIENKÄFER SEHE. FRÜHER HABEN WIR SIE MUTSCHEKIEPCHEN GENANNT.
Und zerdrückt.
Das leise Bersten von Chitin gefiel euch.
WO BIN ICH JETZT?
Du liegst im Nachtbus nach Saigon. Angestrahlt von der pinken Innenbeleuchtung, eingekeilt in eine Liegeschale für 1,70 große Menschen, fühlst dich unvollständig. Kim wird noch einen Tag länger am Strand von Lothar und Binh verbringen und danach zurück nach Hanoi reisen. Auf kleinen Monitoren läuft tonlos der gleiche Film, asiatische Männer kämpfen miteinander und schneiden rabiate Grimassen. Der Bus hupt ständig, deine angezogenen Beine schlafen ein, der Rest deines Körpers nicht. Irgendwann haltet ihr auf der befahrenen Hauptstraße. Links neben dir wartet ein Pick-up Truck; der Bus- und der Truckfahrer steigen aus, begrüßen sich nickend, verladen weiße Säcke vom größeren ins kleinere Gefährt. Im Film kämpfen mittlerweile zahlreiche Vampire gegeneinander, was man

daran erkennt, dass die Darsteller jetzt zwei spitze Zähne haben, die aus ihren Mündern ragen. *Manche erfundenen Figuren sind überall auf der Welt gleich,* denkst du; *Vampire und Hexen, Neger und Meerjungfrauen.*
Einmal fängt ein Vampir im Film eine Kobra mit der Hand, und Henning taucht auf. Wie er grinsend zwei Süßkartoffeln und eine Packung Bio-Milch in den Händen hält. Wie ihr auf dem Rückweg vom Supermarkt, vor dem ihr euch zufällig getroffen habt, spazieren geht, um länger zu zweit und außerhalb der WG Zeit zu verbringen. Euer Gespräch hat funktioniert, weil du dir Mühe gegeben und viele Fragen gestellt hast.
HAT HENNING DREADLOCKS?
Was? Nein, du findest Dreadlocks eklig, bei Weißen am meisten.
... DAS HAT VIELLEICHT ETWAS MIT MEINER GROSSMUTTER ZU TUN.
Als du aus dem Fenster des Nachtbusses schaust, vereist plötzlich die Fahrbahn. Zwei blasse Leute sitzen in einem ockerfarbenen Lada. Sie fahren Schritttempo, der Nachtbus überholt sie geräuschlos.
IN VIETNAM?
In Thüringen.
MEINE GROSSELTERN.
ICH ZWINKERE IHNEN IM VORBEIFAHREN ZU.
Zwei Stunden nachdem sie von einem Nachbar erfahren haben, dass alle Grenzen offen sind, stehen sie im Stau. Ein unglückseliges Stocken, das Stunden dauert und von einem Schneesturm überzogen wird, deine Großeltern klappern

tatsächlich mit den Zähnen. Jahre zuvor war der Neffe deines Opas von einer Hochzeit bei der hessischen Verwandtschaft nicht zurückgekehrt. Alles, was deine Großeltern drei Jahre lang wussten, war, dass man ihn seitdem einmal in Frankfurt am Main gesehen hatte und dass sich dort viele mittellose junge Männer prostituierten. Hungrig harren deine Großeltern deshalb inmitten der Schneeböen aus, sie haben Hoffnung. Doch dann: kein Wiedersehen, kein Glamour, kein freudiger, historischer Augenblick. Es bleibt beim kräftezehrenden Warten darauf, dass es einen Meter vorangeht, in einem unbeheizbaren Auto, in einem unbegreifbaren neuen Staat. Und die Sorge, dass der Neffe am Frankfurter Bahnhof von reichen Wessis in den Arsch gefickt wird, verschwindet ein Leben lang nicht.

WAS IST DAS FÜR EIN GERÄUSCH?

… Das resignierte Seufzen deiner Großeltern?

NEIN.

Meeresrauschen?

KLINGT EHER WIE DONNER.

Oder wie tiefes Ein- und Ausatmen.

VON EINEM AUFGEBRACHTEN TIER?

Unter Wasser.

SCHÖN.

Wunderschön.

VIELLEICHT WAR DAS DIE ERSTE SPÜRBARE BEWEGUNG DES KINDES?

Ja, vielleicht.

WAS WIRD MEIN KIND SICH WOHL WÜNSCHEN, WENN ES IN DIE PUBERTÄT KOMMT?

Unklar. Dir reicht es zu denken: *Hoffentlich überlebt mein Kind mich, und nicht andersrum.* Das wünschst du dir.
UND HOFFENTLICH WIRD ES MICH MÖGEN.
Lieben muss es dich, da hat es keine Wahl. Ob es dich mag, wird sich zeigen.
WANN?
Wenn die Pubertät beginnt. Dann ist vier Jahre lang Tag der Abrechnung.
ICH GLAUBE, ICH VERRENNE MICH GERADE WIEDER.
Kann sein.
ICH BIN NICHT GUT DARIN, EINER ROTEN LINIE ZU FOLGEN, ODER?
Dein Vater schrieb dir mal auf Facebook, das sei typisch afrikanisch, diese vielen Umwege, ehe man zum Punkt komme.
MEINTE ER DAS ERNST?
Es war ein gelbes Smiley an seine Nachricht geheftet, das dir die Zunge rausstreckte.
ICH GLAUBE, ICH WERDE MEINEN VATER BALD ANRUFEN.
Gut.
VIELLEICHT AN SEINEM GEBURTSTAG.
Hast du ihm schon mal gratuliert?
NEIN, NOCH NIE.
UND MEINER MUTTER SEIT JAHREN AUCH NICHT.
Als dein Bruder und du neun Jahre alt wart und längst hättet schlafen sollen, feierte sie einmal aufwendig ihren Geburtstag: Heimlich späht ihr aus dem Türspalt eures Kinderzimmers in den Flur. Eurem Zimmer schräg ge-

genüber, im Badezimmer, hat eure Mutter den gesamten Fliesenboden voll Sand gestreut, die Wände mit grünem Krepppapier dekoriert. Außerdem viele Pflanzen in den Raum getragen, Palmen und Efeu, sogar eine Hängematte installiert: Manche ihrer Freundinnen verabschieden oder begrüßen sich immer wieder mit der geballten Faust, die sie über den Kopf heben, während sie grinsend rufen: *Druschba!* Ein paar Gäste rauchen, andere schlürfen mit Strohhalmen Drinks aus halbierten Kokosnüssen. Songs von Bob Marley, Sinéad O'Connor, Lenny Kravitz und den Apokalyptischen Reitern tönen abwechselnd vom Schallplattenspieler. Dein Bruder und du wärt gern Teil dieses magischen, grünen Raums, die Stimmung gefällt euch. Am Tag danach stellen euch in der Schule andere Kinder Fragen zur Feier, auf die weder sie noch ihre Eltern eingeladen waren, von der sie aber trotzdem krude Details zu berichten wissen. Keiner von ihnen hat eure Mutter gesehen, wie schön sie an diesem Abend war, wie sie lachte und strahlte im grünen Bad. Als schwereloses Gravitationszentrum im Raum, umgeben von gepiercten und tätowierten Leuten, die es genossen, unter Palmen zu stehen.
WÜRDE ICH SIE SO GERN IN ERINNERUNG BEHALTEN?
Ja. Aber es geht nicht. Wenn du an deine Mutter denkst, erinnerst du vor allem den Moment, in dem ihr euch das letzte Mal ehrlich berührt habt, vor 16 Jahren.
KURZ BEVOR WIR MEINEN GROSSELTERN VOM TOD MEINES BRUDERS BERICHTETEN.
Damals hast du deiner Mutter die Hand auf die Schulter

gelegt und ihr zugenickt, ehe sie auf die Klingel drückte. Sie legte daraufhin ihre Hand auf deine, und ihr hattet einen Augenblick lang Frieden. Kurz davor hattest du versucht, präventiv einen Krankenwagen zu rufen: Du kennst die schwachen Herzen deiner Großeltern. Doch der Mann, der bei 112 rangeht, sagt, so etwas sei nicht möglich, erst wenn ein Notfall einträte. *Aber der ist ja schon eingetreten*, sagst du ruhig. *Sie waren doch heute morgen schon da und haben meinen Bruder geholt. Wenn wir das jetzt meinen Großeltern sagen, kriegt mindestens einer von beiden 'nen Herzinfarkt, das kann ich Ihnen versprechen.*

Es nützt nichts. Zehn Minuten später erzählt ihr es ihnen, in getrennten Zimmern. Du weißt nicht mehr, wie diese Teilung zustande kam: Du sprichst mit deiner Großmutter im Wohnzimmer, deine Mutter mit deinem Großvater im Schlafzimmer. Beide beginnen simultan zu keuchen, ringen um Luft, taumeln zueinander in den Flur, in die Arme des anderen. Deine Oma schluchzt zitternd, dein Großvater greift sich ans Herz und krümmt sich, du rufst erneut beim Notdienst an, jetzt, endlich, ordnungsgemäß.

UND DANN?

Und dann beginnt die Zukunft.

WIE IST DAS GEMEINT?

Am Flughafen, in Saigon. Du sitzt auf einem Stuhl aus Aluminium, der an identische Stühle geschweißt eine Bank ergibt. Draußen, hinter vier Meter hohem Glas, scheinen die Palmen in der Hitze flirrend zu zerlaufen. Als du einen Anflug von Panik bekommst, hältst du dir nicht

die Rippen. Deine Hände wandern wie von selbst auf deinen Bauch und bleiben dort liegen, bis die Angst abebbt.
WORAN DENKE ICH?
Du hast für niemanden ein Geschenk besorgt. Keinen vietnamesischen Kaffee, keine Muscheln vom Strand, keine billigen Basecaps.
WIE FÜHLE ICH MICH?
Gleich wirst du aufstehen und dich in die Schlange zum Check-in einreihen. Mit leichtem Handgepäck und Blick aufs Handy wirst du loslaufen. Dabei wirst du eine Lache Putzwasser am Boden nicht sehen, ausrutschen und hinfallen. Der Mund einer Reinigungskraft wird eine lautlose Null formen; während des Sturzes wirst du dich für einen glühenden Moment so sehr um alles in deinem Bauch sorgen, dass es keinen Sauerstoff mehr gibt. Auf der Seite, am Boden liegend, wirst du mit aufgerissenen Augen nachspüren, ob du dich verletzt hast.
KOPF?
Okay!
RÜCKEN?
Okay!
KNÖCHEL?
Leicht verdreht, aber nicht schlimm!
Du wirst in diesem Moment, am Flughafen in Saigon, aufstehen und mit radikaler Klarheit wissen, dass du das Kind bekommen wirst, bekommen musst, falls ihm eben nichts passiert ist. Dass du fähig sein wirst, es zu lieben, mit der Art von Liebe, die du für deinen Bruder reserviert hältst. Du wirst, während du dich vom spiegelglatten, fugenlosen

Boden erhebst, quasi emporsteigst in die hohen, klimatisierten Lüfte der Saigoner Wartehalle, begreifen, dass du den Platz deines Bruders in dir wirst teilen müssen, teilen dürfen, bald schon, und dass das nicht seinen Platz halbieren wird, sondern vielleicht etwas in dir verdoppeln oder ausbreiten oder heilen. Etwas, das damit einhergeht, eine neue, gesunde Angst in dein Leben zu lassen – eine Angst, tiefer, wärmer und zerreißender als jede Angst um dich selbst, dein Leben, deine identitären Befindlichkeiten es je sein könnte: eine Angst, gebunden an eine Liebe, so stark wie alles, was du bisher kanntest, mal 1000.

WO BIN ICH JETZT?
Du hast die Augen geschlossen. Mit einem Auge schaust du in deinen Bauch, mit dem anderen in die Einbauküche deiner Großmutter.
SIE HAT ES GESCHAFFT.
Was?
SICH IHREN SEHNLICHSTEN WUNSCH ZU ERFÜLLEN: IRGENDWANN MAL EINE EIGENE WOHNUNG MIT FLIESSEND WARMEM WASSER ZU BESITZEN.
Als junges Mädchen musste sie sich immer im großen Esszimmer waschen, in dem das einzige Waschbecken hing.
DAS HABE ICH SCHON ERZÄHLT.
Dort saß ihr Vater oft den ganzen Tag mit Eierlikör und seinen Jägerfreunden: Männer, die 20 Jahre zuvor, im Zenit ihrer körperlichen Leistungen, der Wehrmacht gedient hatten, und denen mittlerweile das Bier weiche Bäuche beschert hatte. Stumm und unverhohlen, vor an den Wänden lehnenden Gewehren sitzend, schauten sie deiner jugendlichen Großmutter zu, wie sie sich wusch. Als du ihr vor vor rund 2 Jahren *Susannes Traum* gezeigt hast, erzählte sie dir, sie habe oft bis nach Mitternacht warten müssen, bis alle Männer weg waren, um sich im Intimbereich zu waschen.
WIESO HABE ICH MICH NICHT GETRAUT, SIE ZU FRA-

GEN, OB EINER DIESER MÄNNER AUCH MAL MEHR GEMACHT HAT, ALS SIE ›NUR‹ ANZUSTARREN?
Dass deine Großmutter heute drei verschiedene Wasserkocher hat, bei denen sie vor dem Kochen die Zieltemperatur einstellen kann, macht dich froh. Sie kann sogar von außen zuschauen, wie im Glasbehälter – von blauem, gelbem oder pinkem LED-Licht erhellt – das Wasser zu blubbern beginnt. In den Monaten nach dem Tod ihres Enkels haben die leuchtenden Wasserkocher ihr sehr geholfen.
DAS GLAUBE ICH KAUM.
Doch. Manchmal hat sie nächtelang dem sich erhitzenden Dreiklang gelauscht. Bis heute bringt sie an Feiertagen, an denen die Einsamkeit die kleine Neubauwohnung zu sprengen droht, ihre Tränen im ältesten Wasserkocher zum Sieden; die anderen zwei reinigt sie mit Essig.
IRGENDWAS STIMMT AN ALL DIESEN ERZÄHLUNGEN NICHT.
Wieso?
HALTE ICH INFORMATIONEN ZURÜCK?
Nein, eigentlich nicht.
ABER VIELLEICHT SOLLTE ICH?
Informationen zurückhalten? Wozu?
NA JA, EIN PAAR DINGE MUSS ICH SCHLIESSLICH AUCH FÜR MICH BEHALTEN.
…
… MACHT ES EINEN UNTERSCHIED, OB MEIN BRUDER MIT MIR IN ANGOLA WAR UND AUF DEM RÜCKSITZ SASS, WÄHREND UNSER ONKEL SEINE ZUNEIGUNG BEKUNDETE?

In Angola?
WIR STEHEN IN LUANDA IM STAU, WEIL DAS NICHT ANDERS GEHT IN LUANDA, GEBETTET IN WEICHE LEDERSITZE: MEIN ONKEL IST 20, NUR EIN JAHR ÄLTER ALS ICH, DER JÜNGSTE BRUDER MEINES VATERS. DAS TAPEDECK KAUT AUF EINER KASSETTE HERUM, WIR TEILEN UNS EINE ZIGARETTE. PLÖTZLICH SAGT ER UNVERMITTELT, IN EINE SCHÖNE PAUSE HINEIN:
We have loved you even before you were born. Everybody here loves you so much.
ICH FANGE AN ZU HEULEN, STAMMLE NACH EIN PAAR MINUTEN:
I guess I am … I am not equipped to be loved that much, haha, sorry.
Wann genau war das?
VIELLEICHT WÜRDE MEIN BRUDER, WENN ER MIT NACH ANGOLA GEKOMMEN WÄRE UND DIESE SÄTZE SICH AUCH AN IHN GERICHTET HÄTTEN, HEUTE NOCH LEBEN.
Also war er nicht mit?
IST DAS WICHTIG?
IST ES WICHTIG, OB MEINE GROSSELTERN EINEN LADA FUHREN ODER EINEN TRABI?
Kommt darauf an, worum es geht.
FÜHLST DU DICH VERARSCHT, WENN ICH DIR SAGE, DASS MEINE MUTTER NIEMALS IN EINER PSYCHIATRIE SASS?
… Ja.
VIELLEICHT NICHT MAL IM GEFÄNGNIS.

FREUST DU DICH, WENN ICH DIR SAGE, DASS SIE UND ICH BIS HEUTE KONTAKT HALTEN?
IST ES EGAL, OB ICH VON HENNING, DUANE ODER EINEM WAHLLOSEN ONE-NIGHT-STAND SCHWANGER BIN?
... Nein.
LOHNT ES SICH ZU FRAGEN, OB MEIN BRUDER, WÄRE ER WEISS GEWESEN, SICH GETRAUT HÄTTE, BEIM SEX MIT SEINER FREUNDIN DAS LICHT ANZULASSEN?
WÜRDE ES DIR BESSER GEFALLEN, WENN MEIN VATER NICHT VERMÖGEND WÄRE UND KEINE EINZIGE MEINER REISEN HÄTTE FINANZIEREN KÖNNEN? WÄRST DU ENTTÄUSCHT, WENN SICH MEINE SCHWANGER- UND MUTTERSCHAFT ALS ECHTE, VÖLLIG ›UNAMBIVALENTE‹ LÖSUNG FÜR ALL MEINE PROBLEME HERAUSSTELLEN WÜRDE?
Bist du denn überhaupt schwanger?
WÄRST DU ERLEICHTERT ODER VERÄRGERT, WENN ICH MIR DIE HÄLFTE ALLER RASSISTISCHEN ERFAHRUNGEN AUSGEDACHT HÄTTE?
Fragst du das jetzt mich, oder ...
JA, DICH.
VOR ALLEM ABER FRAGE ICH DICH:
BEGREIFST DU DEN GEDANKEN, DASS ALLES, WAS ICH DIR ERZÄHLE, IN EIN EINZIGES LEBEN PASST UND DASS DIESES LEBEN DENNOCH EIN GEWÖHNLICHES UND EIN GUTES IST?

Wo bin ich jetzt?

Zurück in Berlin. Bei der Ankunft am Flughafen denke ich: *Ich hatte vergessen, wie teuer gekleidet und zugleich hässlich viele Menschen hier sind.*

Und wie gern ich Käse und Joghurt mag. Wie geht es mir?

Ich sitze bei Imren in Neukölln, nach 23 Uhr kriege ich hier noch etwas zu essen. Ein übertrieben freundlicher Verkäufer nimmt mir am Eingang den Koffer ab, weist mir einen Tisch zu, als wären wir im Restaurant. Während ich auf mein Essen warte, bringt er mir helle Stückchen, die in heißem Wasser schwimmen. *Musst du mit dem Tee zusammen essen.* Haloumikäse, ungewohnt süß; ich fühle mich ehrlich herzlich empfangen und nicht angegraben.

Hat mich jemand vermisst?

Zuhause zeigt mir Henning die Benachrichtigung eines Postboten. Er habe versucht, das Paket vom Späti für mich zu holen, aber die hätten gesagt, das sei bei ihnen nie angekommen. Die Post wiederum behaupte, das Paket sei genau diesem Kiosk zugestellt worden. Hennings detaillierter Bericht mit anschließenden Mutmaßungen über den Verbleib meines Pakets langweilen mich. Während er spricht, schaue ich aus dem Küchenfenster, sehe im Ende eines Krans einen Dinosaurierkopf, dann fangen Henning und ich an, uns zu küssen.

Warum bin ich aufgeregt?
Es ist drei Uhr nachts, ich kann nicht schlafen, kaue den Nagel meines rechten Ringfingers ab, ein Halbmond aus Keratin segelt aufs Parkett. Der blaue Müllsack. Ich verlasse leise Hennings Bett, ziehe mir sein T-Shirt und seine Boxershorts über und gehe in den Flur, nehme den kleinsten Schlüssel vom Schlüsselbrett. Im Keller riecht es nach feuchten Steinen. Das Licht ist kaputt, ich leuchte mit dem Handy durch niedrige Gänge, spitzkantige Schatten verfolgen mich, mein Leben ein 20er-Jahre-Horrorfilm. Raschelnd öffne ich die Mülltüte mit aussortierten Kleidungsstücken, wühle kurz herum, bis ich den festen Stoff in der Hand halte.

I picture this:
Im Park, auf einer großen Wiese ohne Bäume, falte ich den Stoff auseinander und ziehe ihn mir übers Shirt. Das Kleid reicht bis zu meinen Füßen und fühlt sich an wie ein Kostüm; ich bin verkleidet und weiß nicht, als was. Im Handy stelle ich die Wiedergabe so ein, dass ein Song immer von neuem gespielt wird, sobald er endet. Dann lege ich es ins Gras, einige Halme knicken ehrfürchtig beiseite. Ich strecke mich, werfe den Kopf in den Nacken, beuge meine Knie. Whitney Houston singt *You light up my life* in Perfektion, *arme Bobbi Kristina,* denke ich und halte mir einen Ärmel von Saidas Kleid unter die Nase. Er riecht nach Kernseife und Keller. Saida und ich haben uns im Ferienhaus in Essaouira kennengelernt. Sie hatte dort täglich den Haushalt zu führen, was Kim und mir unan-

genehm war. Kim hat sich durchgängig bemüht, ihr den Abwasch abzunehmen, ich anfangs auch, dann bin ich faul geworden. Als Saida erfuhr, dass ich mit Kim weiter nach Sidi Kaouki reisen und dort noch ein paar Tage allein verbringen würde, lud sie mich zu sich nach Hause ein. Am Tag nach dem Dreier mit den Schweizern ging ich sie besuchen.

Warum hat sie mich eingeladen?

Je älter die Frau, desto mehr Wangenküsse gibt man zur Begrüßung. Saidas jüngere Schwestern bekommen an der Türschwelle zwei Küsse, Saida drei, ihre Mutter vier. Die Mutter sieht niedlich und zäh aus, lächelnd bringt sie eine Tajine voll Couscous, Putenfleisch und Gemüse ins Wohnzimmer. Ich esse, so viel ich kann. Die Mutter sagt immer wieder, ich hätte ja überhaupt nichts gegessen. Wir unterhalten uns belanglos auf Französisch, dann schauen wir Fernsehen, Arabisch untertitelt, zwei Stunden lang. Eine junge Anne Hathaway ist eigentlich eine Prinzessin und muss lernen, sich als solche zu verhalten. Ich liege auf der Couch fremder Leute, vollgefressen und entspannt, als würde ich zur Familie gehören. Sie wollen nichts von mir wissen, nichts von meiner Herkunft, meinem Beruf, meinen Ansichten, beantworten meine Fragen zu diesen Themen höflich und knapp. Plötzlich steht die Mutter vom Sofa auf, geht aus dem Raum, kommt freudestrahlend zurück. Auf ihren Unterarmen liegt ein Berg Stoff, sie sagt: *Un cadeau pour toi*, und überreicht ihn mir grinsend. Ich falte ein purpurfarbenes Kleid mit goldenen Nähten und Verzierungen auf. Fassungslos ziehe ich es über, drehe mich befangen vor dem Spiegel im Flur. Um mich herum klatschen die Frauen und sagen, ich solle am besten über Nacht bleiben.

> Werde ich zuerst von meinem Kind träumen, oder mein Kind zuerst von mir?

Dieses selbstverständliche, ereignislose Aufeinander-Rumhocken. Das war auch so in Vietnam. Manchmal ging ich eine Straße entlang und bekam Einblick in ein Wohnzimmer, angegliedert an ein Ladengeschäft, Häuserfronten wie geöffnete Sardinendosen: Auf engem Raum, dicht beieinander, saßen Menschen aus mindestens drei Generationen, auf und vor dem Sofa. Das Einzige, was sich bewegte, waren rotierende Ventilatorenblätter und die Bilder im Fernseher; niemand schien etwas vom anderen zu wollen. Vielleicht ist das die schönste Art des Zusammenseins. Ein völlig unambitioniertes Miteinander mit klaren Rollenverteilungen. Vielleicht werden eines Tages mein Kind, meine Großmutter, meine Mutter und ich auch so zusammensitzen. In liebevoller Ignoranz, ohne eine Anstrengung zu unternehmen, uns auszutauschen, uns zu verstehen, uns von etwas zu überzeugen.

Ich drehe mich langsam im Kreis. Das Kleid macht trocken knarzende Geräusche, crispy, als würde jemand Laub zertreten. *Henning ist schon grundsätzlich okay*, geht es mir durch den Kopf. Okay genug für alles, was kommt. Die Stimme meiner Mutter am Busbahnhof, nachdem wir uns umarmt haben und ich in den Bus steigen will, legt sich über Whitney Houston. Alle Weihnachten, alle Sommerferien, alle Geburtstage von uns sind jetzt weg. Wäre das Kleid nicht so kostbar, würde ich mich rückwärts auf die Wiese fallen lassen und einen Schneeengel auf dem Gras machen. Stattdessen laufe ich los in Richtung der WG. Plötzlich stoße ich mit dem Fuß gegen etwas Hartes. Auf der dunklen Wiese liegt etwas in meinem Weg. Ich bücke mich und taste vorsichtig den Gegenstand ab: kaltes eckiges Metall. Meine Finger begrüßen streichelnd den Automaten, kurz drücke ich die Stirn gegen seine vernarbte Blechhaut. Wenn mein Kind erwachsen ist, wird es solche Automaten nicht mehr geben. Mein Kind wird keine Erinnerungen daran haben, wie es mit einer Münze etwas Süßes, nicht ganz Keimfreies aus einem Metallkasten ordert. Vielleicht wird es sich überhaupt an keine Süßigkeiten erinnern oder an irgendwelche Snacks, sondern bloß an sein erstes Mal Online-Banking oder seine erste Schiffsreise. An seinen ersten, zermürbenden Streit mit mir oder an den Overall, den es am Tag trug, an dem der Krieg aufhörte.

Ich grinse. Im Inneren des Automaten rumpelt es kurz, dann liegt eine grüne Murmel hinter der Metallklappe. Hopphopp, flugs in den Mund damit. Ich beginne zu kauen, der süßsaure Geschmack ist schnell verflogen. Ich kaue trotzdem weiter, solange, bis es sich bröselig anfühlt. Dann strecke ich die Zunge durch das Gummi und meine Lippen, beginne zu pusten. Eine Blase wölbt sich aus meinem Mund. Mit den Fingerspitzen drehe ich das blasse Gebilde herum, so dass es verschlossen ist. Zufrieden nehme ich es raus und halte es in das schwache Licht, das mein Handy in die Nacht wirft, schaue es von allen Seiten an.
Die Blase ist perfekt.
Langsam hebe ich sie nach oben, weit über meinen Kopf, bis sie den gesamten Mond verdeckt. *Farewell, my friend,* denke ich und lasse los.
Gemächlich steigt die Blase in den Nachthimmel.
Whitney Houston wird kurz leise, auf meinem Handy erscheint eine Nachricht von Kim. Nur ein Satz, *I'm all in.*

Ich schlucke und hoffe, dass die Kaugummiblase meinen Atem möglichst weit fortträgt. Vielleicht zu meinem Bruder, vielleicht zu meiner Mutter. Vielleicht zu einem Marienkäfer, der schon lange Zeit auf Reisen ist und deshalb froh, auf dem klebrigen, weichen Ball voll Atemluft kurz verschnaufen zu können.